EDMOND GONDINET

THÉATRE
COMPLET

III

LE PLUS HEUREUX DES TROIS
LES RÉVOLTÉES
LE CLUB — LES CONVICTIONS DE PAPA

PARIS
CALMANN LÉVY, ÉDITEUR
ANCIENNE MAISON MICHEL LÉVY FRÈRES
3, RUE AUBER, 3
—
1894

THÉÂTRE COMPLET

DE

EDMOND GONDINET

III

IMPRIMERIE CHAIX, RUE BERGÈRE, 20, PARIS. — 18196-8-92. —(Encre Lorilleux).

LE PLUS

HEUREUX DES TROIS

COMÉDIE EN TROIS ACTES

Représentée pour la première fois à Paris,
sur le théâtre du PALAIS-ROYAL le 11 janvier 1870.

———————

COLLABORATEUR : M. E. LABICHE

PERSONNAGES

ALPHONSE MARJAVEL . . . . MM. GEOFFROY.

KRAMPACH. . . . . BRASSEUR.

JOBELIN . . . . LHÉRITIER.

ERNEST JOBELIN . . . . GIL-PÉRÈS.

HERMANCE . . . . Mmes RAVEL.

BERTHE . . . . PRISTON.

PÉTUNIA . . . . KID.

LISBETH . . . . REYNOLD.

LE PLUS

HEUREUX DES TROIS

ACTE PREMIER

UN SALON CHEZ MARJAVEL

Cheminée à gauche, premier plan ; sur a cheminée, une pendule surmontée d'une tête de cerf ; un petit guéridon au troisième plan. Une grande horloge-coucou à droite ; portes au fond dans es pans coupés. Au milieu de la scène, un divan rond et s'ouvrant ; au milieu du divan, une corbeille de fleurs. Porte au fond ; de chaque côté de cette porte, un portrait : celui de droite sur ses deux faces représente une femme ; celui de gauche représente Marjavel ; une console sous chaque portrait. Au premier plan, à droite, une fenêtre ouvrant sur un balcon.

SCÈNE PREMIÈRE

PÉTUNIA, puis MARJAVEL, puis HERMANCE.

Au lever du rideau, Pétunia est en train d'épousseter le divan.

PÉTUNIA, au public.

Je ne connais rien de bête comme d'épousseter ! cette opération consiste à envoyer sur le fauteuil de droite la poussière qui se reposait sur le fauteuil de gauche... C'est

un déplacement, voilà tout... (Elle gagne la droite et époussette le
portrait. Elle le retourne et voit un autre portrait de femme derrière.)
Tiens ! le portrait de madame qui a un envers, un autre
portrait de femme !

MARJAVEL, une serviette au cou, se disposant à se raser ; il paraît à la
porte, pan coupé gauche.

Pétunia !

PÉTUNIA, replaçant le tableau comme il était.

Monsieur ?

MARJAVEL.

Ernest n'est pas arrivé ?

PÉTUNIA.

Non, monsieur.

MARJAVEL, désappointé.

Non ? (Poussant un soupir.) Enfin !

Il disparaît.

PÉTUNIA, seule et venant en scène.

Il ne peut plus se passer de son Ernest... il a été lui-
même le chercher à Paris, en voiture... et il l'a installé à
Auteuil dans le pavillon, au bout du jardin... Après cela, il
paraît que c'est dans la nature... un mari aime toujours
l'Ernest de sa femme.

HERMANCE entre par le fond ; elle tient à la main un petit paquet
enveloppé.

Pétunia !

PÉTUNIA.

Ah ! c'est madame...

Elle prend le paquet et le pose sur un petit meuble à droite.

HERMANCE.

M. Ernest n'est pas arrivé ?

PÉTUNIA.

Non, madame.

HERMANCE.

Non ?... (Poussant un soupir.) Enfin !... débarrassez-moi de
mon chapeau... de mon mantelet, et laissez-moi.

PÉTUNIA, prenant les objets indiqués qu'elle pose sur le divan.
Bien, madame.

Elle entre à droite, pan coupé.

SCÈNE II

HERMANCE.

Personne !... (Elle court vivement à une tête de cerf empaillé, qui est
sur la cheminée et l'ouvre comme une boîte.) C'est là dedans que nous
cachons notre correspondance. (Regardant dans la boîte.) Rien !...
Il ne m'a pas écrit... Ah ! les hommes ne savent pas aimer !...
(Tirant une lettre de sa poche et la remettant dans la boîte qu'elle referme.)
Tandis que moi... tous les jours, un billet... Aujourd'hui,
je lui fais part de mes terreurs... Ce cocher que j'ai vu rôder
sous mes fenêtres...

MARJAVEL, passant sa tête.
Ernest n'est pas arrivé ?...

HERMANCE.
Non... je ne l'ai pas vu...

MARJAVEL, entrant.
Mais qu'est-ce qu'il fait, cet animal-là ? à dix heures !

HERMANCE.
Tu as besoin de lui ?

MARJAVEL.
Non, non... mais j'aime à le voir... il m'amuse, il a des
naïvetés... Hier, on parlait devant lui d'une femme mariée...
et légère... il s'est écrié : « Est-ce que c'est possible ? est-ce
qu'il y a des femmes qui trompent leurs maris ?... » Un enfant ! quoi, un enfant !

HERMANCE, riant.

Oh ! tout à fait !

MARJAVEL.

Un jour, il faudra que je m'amuse à le dégourdir.

HERMANCE, vivement.

Par exemple ! de quoi vous mêlez-vous ? Est-ce que ça vous regarde ?

MARJAVEL.

Non... Je dis ça pour plaisanter... Voyons, ne te fâche pas... Ah ! je savais bien que j'avais quelque chose à te confier.

HERMANCE.

Quoi ?

MARJAVEL.

Je me suis donné un valet de chambre.

HERMANCE, étonnée.

Ah ! c'est une bonne idée.

MARJAVEL.

Avec sa femme.

HERMANCE.

Ah !

MARJAVEL.

Des gens sûrs... parce que je ne veux plus être servi que par des gens sûrs... Je les fais venir d'Alsace.

HERMANCE.

D'Alsace ?

MARJAVEL.

J'ai écrit à mon régisseur : « Mariez-moi un domestique sûr... avec une domestique sûre... et envoyez-les moi... » Ils arrivent aujourd'hui.

HERMANCE.

Comment ?... Eh bien, et Pétunia ?

MARJAVEL.

Je crois que le moment est venu de lui indiquer la porte... Est-ce que tu y tiens?

HERMANCE.

Oh! pas du tout!

MARJAVEL.

Mon Dieu, ce n'est pas une méchante fille; mais elle a continuellement un pompier dans sa cuisine.

HERMANCE.

En effet, j'ai cru remarquer...

MARJAVEL.

Et moi, ça me fait des peurs... Je crois toujours qu'il y a le feu.

HERMANCE.

Alors tu vas la congédier?

MARJAVEL.

Non... pas moi... toi...

HERMANCE.

Comment ?

MARJAVEL.

Affaire d'intérieur... ça te regarde. Ainsi ma première femme... cette bonne Mélanie... dont le portrait est derrière le tien... car je n'ai pas voulu vous séparer...

HERMANCE, sèchement.

Merci bien !

MARJAVEL.

Oh ! si tu l'avais connue, tu l'aurais aimée... tout le monde l'aimait... Demande à Jobelin, l'oncle d'Ernest... il savait l'apprécier, lui ! Eh bien, quand il y avait un domestique à renvoyer, elle me disait : « Alphonse, est-ce que tu ne vas pas faire un petit tour à ton café?... » Je partais... et, à mon retour, c'était fait.

HERMANCE.

C'est bien, je me charge de l'exécution.

MARJAVEL.

Après ça, si tu préfères attendre Ernest... il fera ça, lui !

HERMANCE.

Non, c'est inutile.

MARJAVEL.

Au fait, j'ai un autre service à lui demander.

HERMANCE.

Mon ami, si je puis...

MARJAVEL.

Non, il s'agit d'une toiture qui a besoin de réparations...
Il est jeune... il montera là-haut... ça le promènera.

HERMANCE.

Mais c'est très dangereux.

MARJAVEL.

Je crois bien ! Je n'y monterais pas pour mille francs !
on me dirait : voilà mille francs, je n'y monterais pas.

HERMANCE.

Mais alors?...

PÉTUNIA, au dehors.

Oui, tout de suite.

MARJAVEL.

Chut!... j'entends Pétunia!... sois ferme! je file!

Il rentre à gauche.

SCÈNE III

HERMANCE, PÉTUNIA.

PÉTUNIA, entrant par le pan coupé de droite.

Madame n'a pas d'ordres à me donner?

HERMANCE.

Si, j'ai à vous parler, mademoiselle; je vais sans doute être forcée de me priver de vos services...

PÉTUNIA, stupéfaite.

Madame me renvoie?

HERMANCE.

Vous ne devez pas en être bien surprise.

PÉTUNIA.

Au fait, je devais m'en douter... je n'ai pas le bonheur de plaire à M. Ernest.

HERMANCE, étonnée.

Plaît-il? En quoi les affaires de mon ménage regardent-elles M. Ernest?

PÉTUNIA.

Oh! je dis ça... parce que M. Ernest est l'ami de monsieur... et de madame.

HERMANCE, à part.

Elle se doute de quelque chose!

PÉTUNIA.

Madame me donne-t-elle huit jours?...

HERMANCE.

Certainement, nous n'en sommes pas à quelques jours près.

PÉTUNIA, pleurant.

Ah! ça me fait de la peine! J'étais attachée à madame et à M. Marjavel! et à M. Ernest aussi.

HERMANCE.

C'est bien! et, puisque vous êtes dévouée... et discrète...

PÉTUNIA.

Ah! madame!

HERMANCE.

Je verrai mon mari, je lui parlerai... Je dois vous dire qu'il est très froissé de ce pompier que vous recevez.

III.   1.

PÉTUNIA.

Dame! je ne peux pas recevoir des ambassadeurs; d'ailleurs, ce pompier... c'est mon tuteur!

HERMANCE, à part.

Elle se moque de moi. (Haut.) Allez... Attendez mes ordres.

PÉTUNIA se dirige vers la porte du fond et s'arrête.

La robe que madame portait hier est bien fatiguée, est-ce que madame compte la remettre?

HERMANCE.

Non, je vous la donne...

PÉTUNIA, avec effusion.

Oh! je ne quitterai jamais madame!

Elle sort par le fond.

SCÈNE IV

HERMANCE, puis MARJAVEL, puis PÉTUNIA.

HERMANCE, seule.

Elle me tient! nous aurons commis quelque imprudence. Et Ernest qui n'est pas là!

MARJAVEL, entrant.

Ernest n'est pas arrivé?

HERMANCE, s'oubliant.

Non, je l'attends.

MARJAVEL.

Moi aussi, parbleu!... Onze heures!... Je parie qu'il est encore à sa toilette! S'il croit que je l'ai invité à venir à ma campagne pour se cirer les moustaches!... Ah! je finirai par prendre un parti!

HERMANCE.

Lequel?

MARJAVEL.

J'en inviterai un autre!

HERMANCE.

Tu es injuste; hier, il a arrosé ton jardin jusqu'à neuf heures du soir, pendant que tu fumais ton cigare.

MARJAVEL.

Moi, je ne puis pas arroser, ça me fait mal aux reins. Mais après, pour le récompenser, j'ai fait son bésigue.

HERMANCE.

C'est-à-dire qu'il a fait le tien!

MARJAVEL.

Pourquoi le mien plutôt que le sien?

HERMANCE.

Il déteste le jeu!

MARJAVEL.

Lui?... alors, pourquoi me dit-il tous les soirs : « Eh bien, papa Marjavel, est-ce que nous ne faisons pas notre petite partie?... » Tu t'asseois près de nous avec ton ouvrage... alors ses yeux brillent... s'allument...

HERMANCE, vivement.

C'est la vue des cartes.

MARJAVEL.

Parbleu! je m'en suis bien aperçu! Veux-tu que je te dise? Ernest est joueur! il n'aime pas les chevaux, il n'aime pas la table, il n'aime pas les femmes... du moins je n'ai jamais remarqué...

HERMANCE.

Moi non plus!

MARJAVEL.

Donc, il est joueur! donc il finira mal!... Il faudra que je prévienne Jobelin, son oncle... Mais il ne s'agit pas de ça! Tu as vu Pétunia! L'as-tu?...

HERMANCE, à part.

Que lui dire?... (Elle court prendre le petit paquet enveloppé que Pétunia a déposé sur un meuble.) Mon ami... permets-moi?...

MARJAVEL.

Quoi donc?

HERMANCE, lui présentant une calotte.

C'est aujourd'hui ta fête... la Saint-Alphonse...

MARJAVEL.

Une calotte !

HERMANCE. Elle arrache vivement l'étiquette qui pendait après.

Brodée par moi, en cachette.

MARJAVEL, l'embrassant.

Ah ! chère amie ! que tu es bonne !

HERMANCE.

Et comme tu t'enrhumes souvent du cerveau l'hiver...

MARJAVEL.

C'est vrai... Ça me grossit le nez.

HERMANCE.

J'ai fait ouater l'intérieur avec de l'édredon...

MARJAVEL, épanoui.

De l'édredon !... Elle m'entoure d'édredon ! ma parole, il n'y a pas sous le ciel un homme plus heureux que moi ! Avec ma première femme (Hermance remet la calotte sur le petit meuble.), c'était la même chose... J'ai une chance de... pendu ! (Tendrement.) Hermance... (Hermance vient près de lui.), tu n'as pas affaire à un ingrat, et, ce soir... j'irai lire mon journal dans ta chambre.

HERMANCE, baissant les yeux.

Tais-toi donc !

MARJAVEL, la lutinant.

Tu ne veux pas que j'aille lire mon journal dans ta chambre?... Dis-le donc! dis-le donc!... Ah! tu ne le dis pas!

HERMANCE.

Voyons... Marjavel... tu es fou !

MARJAVEL, poussant un cri.

Ah ! sapristi !

HERMANCE.

Quoi donc ?

MARJAVEL.

Puisque c'est aujourd'hui ma fête, nous allons recevoir des visites ! Jobelin... avec son bouquet, il n'y manque jamais... et puis la petite Berthe, sa nièce... et Isaure, ma sœur.

HERMANCE.

Eh bien ?

MARJAVEL.

Comment allons-nous faire ? Nos Alsaciens ne sont pas arrivés, et tu as renvoyé Pétunia... Il ne nous reste qu'Ernest.

HERMANCE.

Non, je n'ai pas renvoyé Pétunia.

MARJAVEL.

Ah ! tant mieux ! ce sera pour demain.

HERMANCE.

Cette fille est dans une position très intéressante.

MARJAVEL.

Allons, bon ! le pompier !

HERMANCE.

Mais non ! tu ne comprends pas... Je veux dire très digne d'intérêt.

MARJAVEL.

Elle ? allons donc !

HERMANCE.

Je l'ai fait parler... Elle élève, avec ses faibles gages, deux orphelins, dans une mansarde.

MARJAVEL.

Pas possible ?...

HERMANCE.

Et elle leur fait donner une très bonne éducation... sur ses économies.

MARJAVEL.

Tiens ! tiens ! qui est-ce qui se serait douté de ça ?

HERMANCE.

C'est une vie de sacrifice... de dévouement... Elle a renoncé pour eux aux joies de la famille.

MARJAVEL.

Ah ! c'est bien !... Ah çà ! et le pompier ?

HERMANCE, embarrassée.

Le pompier... c'est leur père...

MARJAVEL.

Alors ils ne sont pas orphelins...

HERMANCE, souriant.

Oh ! un pompier... ce n'est pas un père... il est toujours dans le feu !

MARJAVEL, passant à la petite table de droite, sur laquelle est une sonnette.

C'est juste. Je suis d'autant plus touché de la conduite de Pétunia, que j'ai absolument besoin d'elle.

Il sonne.

HERMANCE.

Qu'est-ce tu fais ?

MARJAVEL.

Je la sonne... Je vais lui adresser quelques mots. (Pétunia paraît.) Approchez, mademoiselle, approchez.

PÉTUNIA.

Monsieur ?

MARJAVEL.

Je sais tout. Continuez, mademoiselle, à marcher dans cette voie d'abnégation et de sacrifices que vous vous êtes tracée...

PÉTUNIA.

Plaît-il ?

MARJAVEL.

L'orphelin porte bonheur. (Il passe devant elle.) Continuez, mademoiselle, continuez, l'orphelin porte bonheur.

Il sort par la gauche.

PÉTUNIA, allant vivement à Hermance.

Quel orphelin ?

HERMANCE, bas, à Pétunia, en gagnant la porte.

Taisez-vous donc, puisqu'on vous garde.

Elle disparaît par la porte où est sorti son mari.

SCÈNE V

PÉTUNIA, puis JOBELIN.

PÉTUNIA, seule.

Eh bien, elle est forte, madame !... et voilà monsieur qui me fait des compliments !

JOBELIN, entrant du fond avec une bouteille et un bouquet de roses.

Marjavel est-il chez lui ?

PÉTUNIA.

Monsieur Jobelin !... Je vais le prévenir de votre arrivée.

Elle sort, par le pan coupé gauche.

JOBELIN, seul ; il dépose le bouquet et la bouteille sur le divan.

Je viens souhaiter la fête à Marjavel ; c'est une habitude que j'ai contractée du temps de sa première femme... Je ne puis entrer dans ce salon sans être ému... Il m'est permis de jeter un regard mélancolique sur le portrait de cette pauvre Mélanie. (S'adressant au portrait d'Hermance.) On t'a remplacée, pauvre femme!... au bout d'un an et trois jours'... On oublie si vite... ô époque voltairienne! (Allant au portrait, le regardant.) Mais me voici, moi... (S'arrêtant.) Ah! non, c'est la seconde... (Il retourne le portrait, côté Mélanie.) Me voici! je viens accomplir mon pieux pèlerinage... chère Mélanie!... nous fûmes bien coupables. (S'adressant au portrait de Marjavel qui est de l'autre côté.) Nous t'avons trompé, Marjavel!... homme excellent!... homme parfait!... homme admirable!... Je n'ai pas de remords, parce que je me repens... (Il revient en scène.) Et, si je me repens, c'est qu'elle n'est plus là... Sans cela!... pauvre amie!... c'est moi qui ai suggéré à Marjavel l'idée de la faire peindre derrière l'autre... La dernière fois que nous nous vîmes, nous étions en fiacre... elle avait une peur d'être reconnue qui la rendait charmante... elle se cachait derrière un éventail qu'elle était censée avoir gagné à la loterie... La loterie, c'était moi!... Pauvre enfant! tout me la rappelle ici... (Il soupire en regardant le divan, puis va à la cheminée.) J'avais eu l'idée machiavélique d'offrir à Marjavel cette pendule à tête de cerf... pour sa fête. C'est là dedans que nous cachions notre correspondance... (Il ouvre.) Hein?... un billet, un ancien qui est resté... (Il ouvre le billet, et vient en scène.) Quelle imprudence!... écrit d'une main tremblante... c'est bien ça... elle tremblait toujours. (Lisant). « Un grand malheur nous menace... le cocher du fiacre nous a reconnus, il nous épie, il porte le n° 2114. Tâchez de le voir... j'ai le pressentiment que ce fiacre nous portera malheur. » (Parlé.) Elle était bébête avec ses pressentiments!... Je me rappelle qu'un jour elle avait rêvé d'un chat noir... et elle prétendait que c'était le commissaire de police.

PÉTUNIA, entrant.

Monsieur Marjavel vous attend.

Elle sort par la droite.

JOBELIN, reprenant sa bouteille et son bouquet.

Ah ! très bien, je vais lui offrir un bouquet de roses et une bouteille de rhum de 1789... il n'y en a qu'une au monde.

Il sort.

SCÈNE VI

ERNEST, seul ; il est entré par le fond, porte un bouquet de roses et une bouteille de rhum.

Je viens souhaiter la fête à Marjavel, un bouquet de roses et une bouteille de rhum de 1789... il n'y en a qu'une au monde... Je l'ai chipée à mon oncle Jobelin... Sapristi ! que j'ai mal aux reins !... Cet animal de Marjavel m'a fait arroser hier jusqu'à neuf heures du soir... (Regardant la porte de gauche.) Pauvre Hermance !... c'est bien pour toi ! Voilà son portrait. (S'adressant au portrait.) Oh ! nous fûmes bien coupables. (Il dépose sa bouteille et son bouquet sur la console de droite. — Apercevant la tête de Mélanie.) Tiens ! c'est l'autre ! Mais qui est-ce qui retourne donc toujours la vieille ? (Il retourne le portrait côté d'Hermance.) Oui, nous fûmes bien coupables. (S'adressant au portrait de Marjavel.) Nous l'avons trompé, Marjavel ! homme excellent, homme parfait ! homme admirable !... Je n'ai pas de remords... parce que je ne me repens pas !... Oh ! mais pas du tout ! (Venant en scène.) J'ai fait avant-hier avec Hermance une promenade délicieuse... tout le long des fortifications... Ce matin, j'ai retrouvé dans ma poche le numéro du fiacre. (Il le montre.) 2114... Je le conserve comme un symbole d'amour... et de petite vitesse... Voyons si Hermance n'a rien laissé pour moi dans la tête de cerf... (Il l'ouvre.) C'est très commode, cette cachette que nous avons trouvée. (Regardant.) Je ne vois rien... (Il replace la tête de cerf, les cornes à l'envers, et gagne la droite.) Sapristi ! que j'ai mal aux reins !... Je frise un lumbago.

SCÈNE VII

ERNEST, HERMANCE

HERMANCE, entrant vivement de gauche et très agitée.

Ah ! vous voilà ! je vous attends depuis ce matin...

ERNEST.

Qu'y a-t-il ?

HERMANCE.

Je n'ai qu'une minute... et mille choses à vous dire... On vient.

Ils s'éloignent vivement l'un de l'autre.

ERNEST.

Non... remettez-vous.

HERMANCE.

Voyons... je ne sais par où commencer... D'abord ma femme de chambre a des soupçons !...

ERNEST.

Pétunia ?

HERMANCE.

M. Marjavel voulait la renvoyer... j'ai obtenu qu'elle restât.

ERNEST.

Bravo ! On ne renvoie jamais une femme de chambre qui a des soupçons...

HERMANCE.

Il a arrêté des Alsaciens... des gens sûrs... pour nous espionner sans doute..

ERNEST.

Oh ! quelle idée !

HERMANCE.

On vient !

Elle tombe assise, à gauche, sur le divan.

ERNEST tombe assis, à droite sur le divan ; il remonte sa montre
pour se donner une contenance.

Mais non !... c'est une voiture...

HERMANCE, se levant.

Une voiture !... Vous m'y faites songer... Méfiez-vous du cocher.

ERNEST, se levant en même temps qu'Hermance.

Quel cocher ?...

HERMANCE.

Et si l'on veut vous faire monter sur le toit... n'y montez pas, c'est très dangereux.

ERNEST.

Quel toit ?

HERMANCE.

Ah ! j'oublie le plus important... j'ai laissé mon éventail dans le fiacre... un cadeau de mon mari.

ERNEST.

Mais je suis là, moi, je l'ai trouvé et je l'ai serré dans la poche de mon paletot...

HERMANCE.

Alors, vite, rendez-le-moi...

ERNEST.

Plus tard... Je suis allé ce matin chez mon oncle pour lui emprunter quelque chose... de 1789... et j'y ai oublié mon paletot.

HERMANCE.

On va le trouver... nous sommes perdus !

ERNEST.

Mais ne tremblez donc pas toujours... (Lui prenant la taille.) Je suis discret... prudent...

Le coucou laisse entendre un long échappement, puis sonne lentement deux heures.

HERMANCE, le repoussant.

On vient !

Elle tombe assise sur une chaise à gauche, près de la cheminée.

ERNEST est allé s'asseoir vivement sur la chaise à droite,
près du petit meuble. — Après un temps.

C'est pas votre mari... c'est le coucou.

HERMANCE, se levant.

Oh ! je l'arrêterai... il me fait trop peur.

ERNEST, même jeu.

Ah ! c'est ennuyeux de causer comme ça, c'est à peine si nous pouvons nous voir tous les 36 du mois et nous serrer la main entre deux portes.

HERMANCE.

Ah ! c'est que je ne vis pas !

ERNEST.

Hier soir, je voulais vous surprendre...

HERMANCE.

Comment ?

ERNEST.

J'ai grimpé sans bruit, le long du treillage qui est sous le balcon... Je me croyais arrivé à votre fenêtre... J'ai frappé trois petits coups... et une grosse voix m'a répondu : « Qui va là ? »

HERMANCE.

La chambre de ma tante !... Nous sommes perdus !

Elle gagne vivement la droite.

ERNEST.

Mais non !... Je me suis laissé dégringoler... et tout est rentré dans le silence... Mais je reviendrai ce soir...

HERMANCE.

Ce soir ? Ça ne se peut pas ! Je vous le défends.

ERNEST.

Pourquoi ?

HERMANCE.

C'est la fête de M. Marjavel, et...

ERNEST.

Quoi ?

HERMANCE.

Rien !

ERNEST.

Ecoutez... si la chose est possible... ouvrez la fenêtre de ce
salon...

Indiquant la fenêtre, premier plan.

HERMANCE.

Non... ce ne sera pas possible... partez. Il ne faut pas
qu'on nous trouve ensemble. Vous reviendrez dans cinq
minutes !

ERNEST.

Oui... dans trois minutes. Ah ! j'oubliais. (Reprenant son
bouquet et sa bouteille de rhum.) Ah ! je suis bien heureux !

Il sort par le fond.

SCÈNE VIII

MARJAVEL, JOBELIN, HERMANCE, puis ERNEST.

Marjavel paraît au bras de Jobelin.

HERMANCE, à part.

Il était temps !

Elle va au petit meuble de droite et semble chercher quelque chose.

JOBELIN, entrant avec la bouteille.

Elle a été apportée, en 1789, par un cousin de Lafayette,
dont le neveu la légua au grand-père de mon oncle... il n'y
en a qu'une au monde...

MARJAVEL.

Ah ! ce bon Jobelin ! Voilà un ami ! (Passant à sa femme.)
Ernest n'est pas arrivé ?

HERMANCE.

Je ne l'ai pas vu.

JOBELIN.

J'ai laissé Berthe, ma nièce, avec sa femme de chambre en train d'achever un petit ouvrage pour la Saint-Alphonse... elle va venir.

MARJAVEL.

Ah ! cette chère Berthe... elle a aussi pensé à moi... Mais qu'est-ce que fait Ernest ?... Sans être exigeant, il me semble qu'un jour comme celui-ci...

PÉTUNIA, annonçant.

Monsieur Ernest !

Ernest entre avec son bouquet et sa bouteille.

ERNEST, saluant Hermance cérémonieusement.

Madame... Mon cher Marjavel...

Il lui présente son bouquet.

MARJAVEL, sévèrement.

Monsieur Ernest, j'aurais préféré moins de fleurs et un peu plus d'empressement...

ERNEST.

Excusez-moi... j'ai fait une longue course ce matin pour vous apporter...

MARJAVEL.

Quoi ?

ERNEST, présentant sa bouteille.

Cette bouteille de rhum de 1789... il n'y en a qu'une au monde.

JOBELIN, à part.

Mais je la reconnais.

ERNEST.

Elle a été rapportée par un cousin de Lafayette.

MARJAVEL.

Alors, il en a rapporté deux.

Il montre la bouteille donnée par Jobelin, prend celle d'Ernest ainsi que le bouquet, et va les déposer à gauche sur la console.

ERNEST, à Jobelin, bas.

Comment! vous en aviez donc deux?

JOBELIN, bas.

Mais non! la mienne vient des Caves Réunies, animal!

MARJAVEL, revenant à sa place.

Mes amis... je vous remercie... et, pour vous témoigner
le prix que j'attache à votre précieux cadeau... ces deux
bouteilles... je les boirai seul... Je n'en donnerai à personne...

JOBELIN, réclamant.

Mais...

MARJAVEL.

Ne me remerciez pas!...

JOBELIN, à part.

J'aurais pourtant voulu y goûter.

SCÈNE IX

Les Mêmes, BERTHE.

JOBELIN, apercevant Berthe qui paraît au fond. Il va au-devant d'elle.

Ah! voici ma nièce...

BERTHE, entrant du fond avec des bretelles dans un papier; elle
salue Hermance qui est remontée à son entrée.

Bonjour, madame... (Allant à Marjavel.) Monsieur Marjavel,
permettez-moi de vous offrir...

JOBELIN, vivement.

L'ouvrage de ses doigts... Je l'ai vu faire...

MARJAVEL, qui a déployé le papier.

Une paire de bretelles... merci, chère enfant... Je vous promets de les porter tout seul!...

JOBELIN, à part.

Je comprends les bretelles... mais le rhum!...

BERTHE, à Ernest.

Bonjour, cousin; vous avez oublié votre paletot chez mon oncle... et voici ce qui est tombé de la poche.

Elle tire l'éventail de sa poche.

HERMANCE, à part.

Mon éventail!

ERNEST, à part.

Petite bête!

MARJAVEL.

Voyons? très joli!

ERNEST, bas, à Hermance.

Il va le reconnaître!

HERMANCE, de même.

Nous sommes perdus!

Berthe remonte et gagne la gauche.

MARJAVEL, prenant l'éventail à Ernest.

Ah! mon gaillard! vous laissez traîner des éventails dans vos poches de paletot.

JOBELIN, à part, suivant l'éventail des yeux.

Il ressemble à celui de Mélanie.

ERNEST.

Monsieur Marjavel, n'allez pas croire...

MARJAVEL.

Je crois que cet éventail appartient à une femme!... mais ce qu'il y a de sûr... c'est que ce n'est pas à la mienne.

HERMANCE, s'efforçant de sourire.

Certainement...

ERNEST, nerveux et riant.

Ah! très drôle! très drôle!

JOBELIN, prenant l'éventail des mains de Marjavel.

Voulez-vous permettre?... (Éclatant.) Juste... je le reconnais... c'est...

TOUS.

Quoi?

JOBELIN, se maîtrisant.

C'est... c'est l'éventail d'Anne d'Autriche.

ERNEST.

Que je viens d'acheter pour l'offrir à ma cousine Berthe.

BERTHE.

A moi? Oh! que je suis contente! (Bas, à Jobelin.) Vous voyez bien qu'il m'aime.

JOBELIN.

C'est incroyable.

BERTHE.

Qu'y a-t-il là d'incroyable?

JOBELIN.

Non, je dis : c'est incroyable comme il ressemble à celui que j'ai donné...

BERTHE.

A qui?

JOBELIN.

A Anne d'Autriche!.. Ah! je ne sais plus ce que je dis!
Berthe et Jobelin remontent au fond.

MARJAVEL.

Mes amis, nous passerons notre journée ensemble, j'ai un projet. (Il sonne et aperçoit la tête de cerf, dont les cornes sont retournées et poussant un cri.) Ah!

III.   2

TOUS.

Quoi?

MARJAVEL, à la cheminée.

On a touché à ma tête!

HERMANCE.

Non!

ERNEST.

Non!

JOBELIN.

Non!

MARJAVEL.

Mais si! les cornes sont retournées du côté du mur!

JOBELIN, à part.

Maladroit!

ERNEST, à part.

Quelle faute!

MARJAVEL, examinant la tête qu'il a prise dans ses mains.

Ça tourne donc, ça.

HERMANCE, bas, à Ernest

Avez-vous pris mon billet?

ERNEST, bas.

Non.

HERMANCE, de même.

Nous sommes perdus!

MARJAVEL, voyant l'ouverture qui y est pratiquée.

Tiens! ça s'ouvre, ça forme une petite boîte.

HERMANCE, bas, à Ernest.

Le billet n'y est plus.

ERNEST, bas.

Quelqu'un l'a pris.

HERMANCE, de même.

C'est Pétunia.

JOBELIN, à part, montrant le billet.

Comme j'ai bien fait de passer par là!

MARJAVEL, refermant la tête de cerf.

C'est très gentil... j'y mettrai des timbres-poste.

PÉTUNIA, entrant de droite.

Madame a sonné?

HERMANCE, à part.

Elle!

ERNEST, bas, à Pétunia.

Voilà vingt francs... brûle-le!

PÉTUNIA, étonnée.

Quoi?

MARJAVEL, près de la cheminée, à Pétunia.

Allez nous chercher un fiacre... un grand, nous sommes cinq.

PÉTUNIA.

Tout de suite, monsieur.

Elle sort par le fond.

MARJAVEL.

Nous allons tous aller dîner chez Doyen... c'est moi qui régale pour ma fête.

BERTHE.

Ah! quel bonheur! je n'ai jamais dîné au restaurant!

ERNEST, bas, à Hermance.

Dites donc, chez Doyen... il y a des bosquets...

HERMANCE, bas.

Taisez-vous!

ERNEST, de même.

Tiens!... pour sa fête!

PÉTUNIA, rentrant un numéro de fiacre à la main. — Tous reviennent en scène.

Le fiacre est en bas... numéro 2114.

Elle le donne à Marjavel.

HERMANCE, ERNEST et JOBELIN, poussant un cri en entendant nommer le numéro du fiacre.

Ah! mon Dieu!

MARJAVEL.

Eh bien, quoi?

HERMANCE.

Rien, je me suis piquée.

JOBELIN.

Je me suis mordu.

ERNEST.

J'ai une botte qui me gêne.

Marjavel remonte au fond pour mettre son paletot et Berthe pour s'arranger. — Pétunia l'aide.

HERMANCE, bas, à Ernest.

2114. C'est le numéro de notre fiacre.

ERNEST, bas.

Je le sais bien.

HERMANCE, bas.

Il nous a reconnus.

ERNEST, de même.

Mais non!

HERMANCE, de même.

J'en suis sûre!

ERNEST, de même.

Ah diable!

HERMANCE, de même.

Cachez-vous! masquez-vous!

Elle prend sa voilette sur le divan, et, en la pliant, s'en fait un masque.

ERNEST, à part.

Qu'est-ce que je pourrais bien me mettre sur la figure?

Il avise un petit rideau blanc, à la fenêtre; il le décroche, le roule et s'en fait un cache-nez qui monte jusqu'aux yeux.

JOBELIN, à part, en redescendant.

Il n'est pas probable que ce cocher me reconnaisse au bout d'un an... cependant la prudence exige... (Apercevant de lunettes sur la cheminée.) Les lunettes de Marjavel...

Il s'applique une paire de lunettes bleues.

ERNEST, après avoir pris le rideau.

J'ai ce qu'il me faut.

MARJAVEL, les regardant.

Ah çà! quelle diable de toilette faites-vous là?

HERMANCE.

C'est à cause de la poussière.

JOBELIN.

Je crains le soleil.

ERNEST.

Et moi les courants d'air. (A part.) Que diable vais-je faire de la tringle?

BERTHE, à Ernest.

Un cache-nez au mois d'août!...

ERNEST, bas.

Tais-toi et donne-moi le bras!

Il fourre la tringle dans son pantalon.

MARJAVEL.

Pétunia! (Pétunia s'avance.) S'il vient deux Alsaciens me demander, vous les ferez asseoir... sur une chaise de paille que vous irez prendre dans la cuisine... et vous les prierez de m'attendre.

PÉTUNIA.

Bien, monsieur.

III.   2.

MARJAVEL, prenant le bras de sa femme pendant que Berthe descend vers Ernest.

En route !

JOBELIN, à part.

Je n'y vois pas du tout avec ça !

Il se heurte contre Hermance.

ERNEST, de même.

La tringle me gêne pour marcher.

Ils sortent tous par le fond, excepté Pétunia.

SCÈNE X

PÉTUNIA, puis KRAMPACH et LISBETH.

PÉTUNIA, seule.

Bon voyage ! me voilà maîtresse de la maison ! Il n'y a plus que moi ici, et la sœur de monsieur, mademoiselle Isaure ; mais elle ne sortira pas de sa chambre... elle s'est fait teindre les cheveux ce matin, c'est son jour... et elle sèche.

Krampach et Lisbeth paraissent au fond. Ils portent des paquets comiques. Lisbeth tient à la main une marmite en fonte. Tous deux ont le costume alsacien.

KRAMPACH.

Guten tag, mein fraulein... Wohnt hier herr Marjavel ? Ein mann Welcher einen groszen Barich und Reichtum hat...

Lisbetth répète le même allemand.

PÉTUNIA, étonnée.

Qu'est-ce que c'est que ça ? qu'est-ce que vous voulez ?

KRAMPACH.

Elle ne comprend pas !... C'est-y pas ici que demeure M. Marjavel, un homme qui a un gros ventre et de la fortune ?

LISBETH.

Un homme qui a un gros ventre et de la fortune !

PÉTUNIA, à part.

Je parie que ce sont les Alsaciens... (Haut.) Vous êtes les Alsaciens ?...

KRAMPACH.

Ya !

LISBETH.

Ya !

PÉTUNIA.

Eh bien, ils ont de bonnes têtes.

KRAMPACH, venant en scène.

Wir sind dies en morgen. (Se reprenant.) Nous sommes partis ce matin à quatre heures.

PÉTUNIA, l'arrêtant.

A la bonne heure, vous parlez français !

KRAMPACH.

Ya... un petit peu... pas beaucoup... de temps en temps tout de même. (Il se tape sur la cuisse.) Gredin ! (A Pétunia.) Mais ma femme, il a été plus à l'école que moi... qui n'y suis pas été du tout. (Il se tape sur la cuisse.) Gredin !

PÉTUNIA, à part.

Qu'est-ce qu'il a donc à se taper sur la jambe ? (A Lisbeth.) Alors, madame parle français ?

LISBETH.

Ya.

PÉTUNIA.

Et vous venez pour entrer au service de M. Marjavel ?

LISBETH.

Ya !

PÉTUNIA, désignant Krampach.

Et ça... c'est votre mari ?

LISBETH.

Ya !

PÉTUNIA, apercevant Krampach qui s'est assis sur le divan, et le faisant
relever et passer devant elle.

Non! pas là-dessus... je vais vous chercher une chaise de
paille, donnez-moi vos paquets...

Elle le débarrasse.

KRAMPACH.

Merci de l'obligeance...

PÉTUNIA, à Lisbeth.

Et les vôtres?

Elle la débarrasse.

KRAMPACH.

Pas le marmite! une femme ne doit jamais quitter son
marmite!

PÉTUNIA.

Ah! ne vous fâchez pas!... Je n'y tiens pas, à votre
marmite!

Elle sort en laissant la marmite aux mains de Lisbeth.

SCÈNE XI

KRAMPACH, LISBETH.

KRAMPACH, s'appliquant des coups sur tout le corps, et gagnant la gauche.
pendant que Lisbeth, qui le regarde, passe à droite.

Tiens ! tiens ! tiens ! gredin !

LISBETH.

Mais qu'é que t'as?

KRAMPACH.

J'ai que ce matin avant de partir de chez nous, je me
suis absenté... au fond du jardin, alors j'ai emprisonné un
n'hanneton dans mon pantalon.

LISBETH.

Un n'hanneton ?

KRAMPACH.

Que je le promène depuis Mulhouse... il me gratte, il me grignote. (Se tapant de tous les côtés.) Tiens ! tiens ! tiens !

LISBETH.

Pourquoi que tu le gardes?

KRAMPACH.

Je le garde pas par gourmandise... mais, quand on voyage en chemin de fer avec des dames.., qu'on ne connaît pas.. on ne peut pas ôter sa culotte, ça ferait crier l'administration.

LISBETH.

Fallait descendre à une station...

KRAMPACH.

Ah bien, oui ! j'ai essayé... mais on n'est pas plus tôt descendu qu'il faut remonter.

Il imite le bruit de la vapeur qui s'échappe.

LISBETH.

En tout, t'es si lambin...

KRAMPACH.

A Illfurth... on m'a bien indiqué un endroit... ousqu'il y avait une femme qui gardait l'établissement...

LISBETH.

Eh bien ?

KRAMPACH.

Eh bien!... j'ai pas voulu. C'était de la dépense. (Se frappant.) Tiens, v'là qu'y change de place, l'animal ! il se promène là dedans comme dans un parc!... Tape-moi dans le dos... ferme, ferme ! (Lisbeth pose sa marmite et lui tape dans le dos.) Y descend!... y descend!... (Tout à coup.) Tant pis, je vas l'ôter !

Il fait mine de défaire ses bretelles.

LISBETH, qui a repris sa marmite, après avoir tapé avec ses deux mains.

Ah! mais non!

KRAMPACH.

Il n'y a personne.

LISBETH.

Eh bien, et moi?

KRAMPACH.

Toi, t'es du bâtiment!... fais le guet... si quelqu'un vient, tu m'avertiras.

LISBETH, remontant au fond et tournant le dos.

Dépêche-toi!

KRAMPACH, gagnant près de la cheminée, tout en faisant mine de défaire son pantalon.

Si on savait ce que c'est que de posséder un n'hanneton dans son intérieur...

LISBETH, redescendant.

Vite! v'là du monde!...

SCÈNE XII

Les Mêmes, PÉTUNIA.

PÉTUNIA, entrant avec une chaise de paille.

Tenez, voilà une chaise... (Elle la pose devant le divan. Secouant sa main.) Pristi! je me suis enfoncé un petit morceau de bois sous l'ongle.

KRAMPACH.

Ah! c'est mauvais ça.

LISBETH.

C'est pas bon.

KRAMPACH.

Mais je connais un remède... on étale dessus du fromage mou... et on le fait lécher par une poule....

PÉTUNIA.

Ah! farceur!

KRAMPACH, prenant la chaise.

Parole d'honneur. (A part.) Si je pouvais m'asseoir dessus. (Il s'assied; à Lisbeth.) Si t'es fatiguée, assieds-toi sur la marmite.

LISBETH.

Non, mes bonnets sont dedans.

KRAMPACH.

Puisqu'il y a un couvercle.

LISBETH.

Non, je ne veux pas.

KRAMPACH.

Comme tu voudras.

PÉTUNIA, qui rangeait sur la cheminée, se retourne.

Eh bien, vous n'êtes pas gêné, vous! et votre femme Elle restera debout!

KRAMPACH, assis.

C'est la position qui convient à une femme qui a fait des turlutaines.

PÉTUNIA.

Qu'est-ce que c'est que ça?

KRAMPACH.

Chut! Elle a commis une faute avant son mariage.

PÉTUNIA.

Avec vous?

KRAMPACH.

Avec moi, ça ne serait pas une faute.

LISBETH, pleurant.

Tu m'avais promis que tu n'en parlerais jamais.

KRAMPACH.

Je. n'en parlerai jamais... je l'ai juré! mais je peux bien le dire à mademoiselle qui ne le sait pas. (Il fait plusieurs bonds sur sa chaise et finit par se gratter avec. — A part.) Ça ne peut pas durer... c'est pas possible.

Il la pose, Lisbeth la prend, la porte à droite et revient en scène.

PÉTUNIA, à part.

Encore! Il est plein de tics, cet Alsacien.

KRAMPACH.

Quand j'ai épousé Lisbeth, c'était une gringalète, maigre, de rien du tout. Son père vint me trouver dans les champs, j'arrachais des betteraves; il me dit : « Krampach, tu es un honnête homme, ma fille a fait une faute, je te la donne en mariage. »

PÉTUNIA.

C'est engageant.

KRAMPACH.

Je lui répondis par un sourire d'incrédulité... comme cela... qui voulait dire : « Père Schaffouskraoussmakusen, je suis sensible à votre ouverture, mais j'aime mieux être le premier à Rome que le second à Lisbeth. »

PÉTUNIA.

Ah! vous êtes fier, vous.

KRAMPACH.

Ya... je suis un peu fier.

PÉTUNIA.

Oui, mais vous l'aimiez?...

KRAMPACH.

Je l'aimais, parce qu'elle avait cinq mille francs qui venaient de sa mère... madame Schaffouskraoussmakusen.

PÉTUNIA.

Alors c'est pour ses écus?

KRAMPACH.

Ya... ils étaient placés chez Kuissermann.

LISBETH.

Un fabricant de sangsues.

KRAMPACH.

Tais-toi... tu peux pas parler... t'as commis une faute!
Ils étaient placés chez Kuissermann, fabricant de sangsues,
à 22 pour 100, qu'il ne payait pas; c'est un joli intérêt.

PÉTUNIA.

Mais s'il ne payait pas...

LISBETH.

On laisse aquimiler.

KRAMPACH, sans comprendre.

Aquimiler? quoi aquimiler? (Comprenant.) Oui, on les ac-
cumulait : mais, au moment de régler, il est parti pour
Paris, avec le magot.

PÉTUNIA.

Alors, vous êtes volé?...

KRAMPACH.

Ya... mais je le retrouverai...

PÉTUNIA.

Oh! Paris est bien grand.

KRAMPACH.

Laissez faire, j'ai mon idée... Tous les dimanches j'irai me
planter sur la place du marché, faudra bien qu'il y vienne.

On entend sonner.

PÉTUNIA.

On sonne... je reviens!...

Elle sort,

SCÈNE XIII

KRAMPACH, LISBETH, puis MARJAVEL,
et HERMANCE.

KRAMPACH.

Ah! le gredin, il se réveille. Elle est partie, tant pis, je vas l'ôter.

Il commence à défaire ses bretelles.

MARJAVEL entre, suivi d'Hermance et de Pétunia.

Où sont-ils? Je veux les voir!

PÉTUNIA, montrant Krampach et Lisbeth.

Les voici!

MARJAVEL.

Bonjour, mes amis!... avez-vous fait un bon voyage?

KRAMPACH.

Merci, ça ne va pas mal... et ma femme non plus.

Il donne une poignée de main à Marjavel.

MARJAVEL.

Ah! non! Il ne faut pas me donner la main, c'est bon en Alsace. (Apercevant Krampach qui rattache ses bretelles.) Et puis... autant que possible, vous ne ferez pas votre toilette dans ce salon. (A sa femme.) Ils m'ont l'air de gens sûrs...

HERMANCE.

Mais ce sont des paysans.

MARJAVEL.

Ils se formeront. (Haut.) Il est tard... Pétunia va vous montrer notre chambre, nous causerons demain.

KRAMPACH, saluant.

Bonsoir, monsieur et madame.

LISBETH.

Bonsoir, monsieur et madame.

MARJAVEL, à part, regardant Lisbeth qui est montée près de la bonne.

Elle est gentille l'Alsacienne.

Lisbeth et Pétunia sortent à gauche.

KRAMPACH, à part, se disposant à les suivre.

Cette fois, je vais pouvoir l'ôter.

MARJAVEL, le rappelant.

Krampach!

KRAMPACH.

Monsieur?

MARJAVEL.

Reste, toi... Puisque tu es mon valet de chambre, tu vas m'aider à me déshabiller... Allume les bougies.

KRAMPACH, à part, allumant deux bougies.

Je ne peux pas être seul depuis Mulhouse!...

MARJAVEL, à sa femme.

Je tiens d'autant plus à l'avoir près de moi que je ne me sens pas à mon aise.

HERMANCE.

Qu'as-tu donc?

MARJAVEL.

J'ai mangé deux tranches de melon.

HERMANCE.

Ah! je te le disais bien.

MARJAVEL.

C'est incroyable... la première passe toujours... très bien... mais la seconde m'est fatale...

HERMANCE.

Alors, pourquoi en prends-tu deux?...

MARJAVEL.

Qu'est-ce que tu veux! le jour de ma fête... Est-ce que tu n'as jamais fait de fautes, toi?...

HERMANCE, vivement.

Je ne dis pas ça... mon ami...

MARJAVEL, se prenant l'estomac et gagnant à droite.

Ah! ça ne va pas... diable de seconde tranche... J'étouffe... (Appelant.) Krampach...

KRAMPACH.

Monsieur?

MARJAVEL, s'asseyant sur la chaise, près de la petite table à droite.

Ouvre la fenêtre.

HERMANCE, à part, effrayée.

Ah! mon Dieu! le signal attendu par Ernest! (Haut.) Non! n'ouvrez pas.

MARJAVEL.

Ouvre!...

HERMANCE, à son mari.

Tu vas t'enrhumer.

MARJAVEL.

Il n'y a pas de danger; ouvre, je suis bien couvert. (Krampach ouvre la fenêtre, puis retourne à la cheminée.) Ah! ça fait du bien...

HERMANCE, à part.

Et l'autre qui va grimper le long du treillage! (Haut.) Mon ami, si tu ne te sens pas à ton aise, tu ferais mieux d'aller te coucher.

MARJAVEL.

Tu crois?

HERMANCE.

Oh! le lit, il n'y a rien de mieux.

MARJAVEL, se lève.

Bonsoir. (Il l'embrasse.) Dis donc, demain, j'irai lire mon journal dans ta chambre.

HERMANCE.

Oui... dépêche-toi.

MARJAVEL.

Krampach, suis-moi!

KRAMPACH.

Tout de suite, monsieur.

Il se donne deux ou trois coups de pincette dans le dos, et entre à la suite de Marjavel avec la bougie et la pincette.

SCÈNE XIV

HERMANCE, puis ERNEST.

HERMANCE, seule.

Vite! fermons cette fenêtre. (Elle se dirige vers la fenêtre. Ernest paraît sur le balcon, il porte un morceau de gouttière à la main. — Reculant.) Lui!

ERNEST, entrant.

Oui... j'ai vu le signal et j'arrive le cœur plein d'amour.

HERMANCE, apercevant la gouttière.

Qu'est-ce que vous tenez là?

ERNEST.

C'est un morceau de gouttière qui s'est décollé pendant que je grimpais; je ne pouvais pas le laisser tomber... à cause du bruit... et je l'apporte... Hermance, j'arrive le cœur plein d'amour.

HERMANCE.

Il faut le cacher... Si mon mari le trouvait...

ERNEST.

Oh! je ne tiens pas à le garder pour notre entretien... Où le mettre?

HERMANCE.

Je ne sais pas... (Désignant le divan qu'elle ouvre.) Ah! dans ce meuble...

ERNEST.

Tiens! ça s'ouvre? (Il met la gouttière dans le divan qu'il referme.) Hermance, j'arrive le cœur plein d'amour.

HERMANCE.

Il faut vous en aller.

ERNEST.

Pourquoi?

HERMANCE.

Mon mari est là... couché...

ERNEST.

Ça ne me gêne pas... (Avec passion.) Hermance, oublions le ciel et la terre! Nous sommes seuls au monde... C'est le balcon de Juliette et je suis Roméo!

HERMANCE.

Plus bas!

ERNEST.

Un baiser... un seul?

Il se dispose à l'embrasser.

VOIX DE MARJAVEL, dans la coulisse.

Hermance!

Hermance recule vivement.

ERNEST, à part.

Est-il ennuyeux, cet animal-là!... il ne me laisse pas un moment tranquille!

VOIX DE MARJAVEL.

Hermance!

HERMANCE.

Il vient! fuyez!

ERNEST.

Oui... ce balcon... ça me connaît. (Il s'approche du balcon et s'arrête tout à coup.) Impossible.

HERMANCE.

Comment!

ERNEST, bas, à Hermance.

Votre tante est à sa fenêtre... elle sèche!

HERMANCE.

Ah! mon Dieu! et la porte qui est fermée en bas; où vous cacher?

VOIX DE MARJAVEL.

Hermance!

HERMANCE, montrant le divan qu'elle ouvre.

Là, dans ce meuble.

ERNEST.

Avec la gouttière? (Entrant dans le divan.) Je ne pourrai jamais tenir là dedans.

HERMANCE.

Dépêchez-vous!

Elle ferme le divan et gagne vivement la chaise de droite, où elle s'assied et fait semblant de prendre un ouvrage sur la table.

SCÈNE XV

HERMANCE, ERNEST, caché; MARJAVEL KRAMPACH.

MARJAVEL, entrant, suivi de Krampach.

Tu ne m'entends donc pas, ma chère amie?...

HERMANCE, se levant et venant à lui.

Non... je n'ai rien entendu..

KRAMPACH.

Monsieur a des coliques dans l'estomac.

Il se donne une tape sur les cuisses et repose la pincette dans la cheminée.

MARJAVEL, à Krampach.

Mais quand tu te taperas les cuisses, ça ne me soulagera pas!... Ah! je ne me sens pas bien.

Il s'assied sur le divan.

HERMANCE, à part.

Bon! il se met sur l'autre!

MARJAVEL.

Qu'on aille tout de suite me chercher Ernest!

HERMANCE.

C'est inutile...

MARJAVEL.

Si... je veux voir Ernest! (A Krampach.) Va... dans le pavillon au bout du jardin... et, s'il dort, ne crains pas de le réveiller.

KRAMPACH.

Tout de suite (A part.) Dans le jardin, je trouverai bien une petite feuille de vigne pour me déshabiller derrière.

Il sort par le fond.

SCÈNE XVI

MARJAVEL, HERMANCE, puis ERNEST.

MARJAVEL, assis.

Je ferai coucher Krampach sur ce divan.

HERMANCE, à part.

Voilà une idée...

MARJAVEL.

Et comme ça, si j'ai besoin de soins...

HERMANCE, à part.

Que faire? il doit étouffer là-dessous... (Haut, prenant les mains de son mari.) Voyons, te sens-tu mieux?

MARJAVEL.

Non, ça me pèse toujours.

HERMANCE.

Ah! mon Dieu! tes mains sont glacées... tu te refroidis!

MARJAVEL, effrayé.

Tu crois?

HERMANCE.

Il faut marcher... marcher vite!

MARJAVEL.

Oui, pour rétablir la circulation.

Il se met à arpenter la scène.

HERMANCE.

Plus loin! plus loin! tu as tout l'appartement pour te promener.

MARJAVEL.

C'est juste, je vais jusqu'au bout et je reviens. (Il sort à droite en marchant à grands pas et en comptant.) Un... deux... trois...

HERMANCE, ouvrant le divan.

Vite!... sortez!...

ERNEST, se montrant; il est très pâle.

J'étouffe... je vous demanderai un verre d'eau sucrée.

MARJAVEL, en dehors.

23, 24.

ERNEST, rentrant vivement la tête; Hermance s'assied sur le divan.

Ah!

III. 3.

MARJAVEL, entrant de droite et traversant la scène.

25, 26, 27.

Il disparaît à gauche, Ernest relève le divan et paraît.

ERNEST, continuant sa phrase.

Avec un peu de fleur d'oranger.

HERMANCE.

Nous n'avons pas le temps, il va revenir

ERNEST, sortant du divan.

La gouttière me coupait la figure.

HERMANCE.

Je l'entends... partez!... vous reviendrez dans cinq minutes.

ERNEST, se sauvant par le fond.

Oui... (A part.) Quel métier!

Il disparaît par le fond.

MARJAVEL, rentrant en comptant ses pas.

51, 52... J'ai fait 52 pas... (A Hermance.) Ernest n'est pas arrivé?

HERMANCE.

Pas encore...

MARJAVEL, tombant sur le divan.

Je suis brisé... c'est la marche, j'ai fait cinquante-deux pas. (On frappe deux petits coups discrets à la porte.) Entrez!

Ernest paraît.

HERMANCE.

Monsieur Ernest!

MARJAVEL, boudeur.

Ce n'est pas malheureux!

ERNEST, jouant l'empressement.

Vous m'avez fait demander? qu'y a-t-il?

HERMANCE.

Mon mari est un peu souffrant... je vais lui faire du thé... un cataplasme... allumez le feu.

Elle sort à droite.

MARJAVEL, à Ernest.

Allumez le feu!

ERNEST, à part, allumant le feu.

Comme c'est agréable!

MARJAVEL, geignant sur le divan.

Heu!... heu!...

ERNEST, s'approchant de lui et lui prenant la main.

Eh bien! pauvre ami... comment vous sentez-vous?

MARJAVEL.

Bien faible, j'ai cru que vous ne viendriez jamais.

ERNEST.

J'étais couché... le temps de passer un pantalon.

MARJAVEL.

Moi, monsieur, si j'avais un ami malade, je ne songerais pas à ma toilette.

ERNEST, lui tâtant le pouls.

Ça ne sera rien... un peu de prostration.

MARJAVEL.

Comment dites-vous?

ERNEST.

C'est de la prostration.

MARJAVEL.

Ce n'est pas dangereux?

ERNEST.

Non.

HERMANCE, rentrant avec une tasse de thé et une petite casserole qu'elle pose à terre, près d'elle. — A Marjavel.

Tiens, mon ami, une tasse de thé,

Elle s'assied à sa droite, Ernest à sa gauche.

MARJAVEL, portant la tasse à ses lèvres.

Merci... c'est trop chaud. (Hermance souffle avec Ernest sur la tasse.) C'est de la prostration que j'ai... (Il boit.) Ce n'est pas dangereux.

HERMANCE, prenant la casserole.

Vous, monsieur Ernest, faites le cataplasme.

Elle lui donne la casserole.

ERNEST, se levant, très surpris.

Moi?

Il va à la cheminée.

HERMANCE. Elle prend la tasse et la pose sur la petite table
de droite.

Oui... tournez! tournez!

ERNEST, à part, tournant la cuiller avec fureur.

Et on appelle ça un rendez-vous d'amour?

MARJAVEL.

Ah! ça va mieux... ça passe... Hermance, mets-toi là,
près de moi.

Hermance prend la chaise et veut s'y asseoir à distance de Marjavel.

ERNEST, à part.

Il oublie donc que je suis là?

Il frappe sur la casserole.

MARJAVEL.

Non!... plus près...

HERMANCE, s'asseyant sur le divan.

Me voici, mon ami...

MARJAVEL, lui prenant la taille.

Ah! tu es un ange et je ne sais comment te remercier...

Il lui embrasse les mains.

ERNEST, à part.

Sacrebleu! (Il frappe très fort sur la casserole.) Il ne bouge pas.
Il renverse d'un coup de pied les pincettes et la pelle dans la cheminée.

MARJAVEL, à Hermance.

Tu l'aimes bien, ton gros loulou.

Il embrasse Hermance sur la joue.

ERNEST, à part.

Il n'y a donc que le melon qui le dérange? (Présentant la
casserole.) Voilà le cataplasme.

Il la pose sur la main de Marjavel, qui, se sentant brûlé, pousse un cri. Hermance
se lève.

ACTE DEUXIÈME

Salon dans le pavillon habité par Ernest. Ameublement de campagne.
Portes à gauche et à droite, pans coupés ; cheminée au fond, glace sans
tain, un secrétaire. Troisième plan à droite, une petite table, deux portes ;
deuxième plan, une table-bureau. A gauche, devant une chaise basse est
un fauteuil, une chaise à gauche de la cheminée.

SCÈNE PREMIÈRE

ERNEST, puis JOBELIN et BERTHE.

Au lever du rideau, Ernest est endormi dans un fauteuil à droite de la cheminée ;
tient un morceau de gouttière dans ses bras. On frappe à la porte de droite, il ne
se réveille pas.

JOBELIN, entrant, suivi de Berthe.

Personne... (A part.) Je ne peux pas entrer dans ce pavillon que j'ai habité autrefois sous le règne de Mélanie...
sans être ému... tout me rappelle. .

BERTHE, après avoir examiné autour d'elle, montrant Ernest.

Mais, mon oncle... voici mon cousin...

JOBELIN.

Il dort...

BERTHE, étouffant sa voix.

Que tient-il si précieusement ?

JOBELIN.

Ça, c'est un fragment de gouttière...

BERTHE.

Qu'il presse sur son cœur?

JOBELIN.

Cela me rappelle qu'un jour je m'endormis dans.ce même fauteuil aussi... avec un aquarium sur les bras.

BERTHE.

Vous?...

JOBELIN.

Mais j'avais un motif...

BERTHE, indiquant Ernest.

Voyez, mon oncle, comme il a l'air bon.

JOBELIN.

Oui... il a le sommeil bon.

BERTHE.

Et doux!

JOBELIN.

Ça, je ne peux pas dire le contraire.

BERTHE.

Je parie qu'il pense à moi...

JOBELIN.

Pourquoi?

BERTHE.

Parce qu'il m'aime.

JOBELIN.

Mais il ne te l'a jamais dit!

BERTHE.

Oh! ça ne fait rien... vous n'avez pas remarqué comme il rougissait, hier, en me donnant l'éventail...

JOBELIN.

C'est vrai!...

BERTHE.

Alors, pourquoi ne lui parlez-vous pas de votre projet de mariage ?

JOBELIN.

D'abord, mon projet... c'est le tien...

BERTHE.

Du tout !... vous m'avez dit un jour : « Je crois qu'Ernest fera un bon mari... »

JOBELIN.

Vrai... je ne pensais pas à toi...

BERTHE.

Ah ! tant pis ! il ne fallait pas me le dire !...

JOBELIN.

Il y a une chose qui m'arrête... je suis ton tuteur... et tu es plus riche que lui...

BERTHE.

Ah ! voilà pourquoi il hésite à se déclarer ! Vous ne comprenez pas cela, vous préférez nous sacrifier à des calculs d'intérêts...

JOBELIN.

Tu y tiens ?

BERTHE.

Oui !

JOBELIN.

Une fois, deux fois, trois fois !

BERTHE.

Oui!

JOBELIN.

Eh bien, laisse-nous... je vais lui parler!

BERTHE, elle remonte à la porte de droite.

Ah! que vous êtes gentil!

JOBELIN.

Promène-toi dans le jardin... je t'appellerai...

BERTHE, sortant à droite.

Comme il va être heureux !

SCÈNE II

JOBELIN, ERNEST.

JOBELIN, posant son chapeau sur un meuble.

Cet entretien doit être grave. (Il prend la chaise à gauche de la cheminée et se place en face d'Ernest.) Mon cher Ernest... interrogez votre cœur et répondez-moi sans ambages... Ah! non! il dort, je vais le réveiller! (Il frappe plusieurs petits coups sur la gouttière. Ernest fait un grognement, mais ne se réveille pas.) Après ça, si je le réveille, il sera de mauvaise humeur... et la négociation pourra manquer... Attendons-le. (Il se lève et vient en scène.) Moi aussi, je me suis endormi, une fois, avec un aquarium sur les bras... mais j'avais un motif. Cet aquarium me venait de Mélanie, j'avais eu l'imprudence de dire en passant devant le bassin des Tuileries : « Dieu! les beaux poissons rouges! » Et, le soir même, je recevais mon aquarium... elle avait comme ça des délicatesses de chatte! Pauvre Mélanie! nous fûmes bien coupables! (Ernest fait un mouvement et passe sa gouttière du bras droit dans celui de gauche sans se réveiller.) Ah! il se réveille!... Non... le voilà reparti... il a changé son arme de bras; depuis qu'il est dans la mobile, il se croit toujours à l'exercice... Moi aussi, j'ai été militaire, lieutenant... dans l'immobile; souvent Mélanie me faisait revêtir ce costume pour l'accompagner dans nos promenades solitaires... les femmes aiment à s'appuyer sur un bras qui porte une épée à sa ceinture. (Regardant Ernest.) Ah çà! mais il ne se réveille pas.

SCÈNE III

LES MÊMES, KRAMPACH.

KRAMPACH, entrant de droite et à la cantonade; il tient une lettre
à la main.

Mais puisqu'il n'y a pas d'adresse?

JOBELIN, allant à lui.

Chut!... Tu vois bien que mon neveu dort!

KRAMPACH, examinant la gouttière.

Tiens!... c'est un nouveau fusil, ça?

JOBELIN.

Est-il bête!... C'est une gouttière... ça sert à recueillir
l'eau qui tombe du ciel.

KRAMPACH, regardant en l'air et étendant la main pour s'assurer qu'il ne
pleut pas.

J'en sens pas!

JOBELIN, descendant en scène.

Voyons, qu'est-ce que tu veux?

KRAMPACH.

Le concierge m'a remis une lettre...

JOBELIN.

Donne...

KRAMPACH.

Un instant!... C'était-y vous... c'était-y lui, ou c'était-y
le bourgeois qui connaît le fiacre 2114?

JOBELIN, vivement.

Le fiacre? c'est moi... Plus bas!

KRAMPACH.

Je ne dis rien.

Il lui donne la lettre.

JOBELIN, décachetant la lettre et lisant, à part.

« Cancre! » (Parlé.) Il m'a reconnu malgré mes lunettes bleues. Oh! les pressentiments de Mélanie! (Lisant.) « Cancre! (Krampach écoute; Jobelin s'en aperçoit, il le repousse. Krampach gagne la cheminée, et examine ce qu'il y a dessus, ainsi qu'Ernest.) Je te découvre enfin! » (Parlé.) Au bout d'un an. (Lisant.) « Quand on se promène en fiacre avec une petite dame, on ne donne pas vingt-cinq centimes au cocher comme les gens vertueux » (Parlé.) Je croyais en avoir donné trente. (Lisant.) « Je pourrais faire du scandale, mais je suis honnête... j'aime mieux t'emprunter cinq cents francs. » (Parlé.) Hein? (Lisant.) « Je les attends sous le septième bec de gaz; si je ne les ai pas dans une heure, je t'en demanderai mille. Signé n° 2114. » (Parlé.) Un scandale!... Il dirait tout à Marjavel. (Se fouillant.) Je ne dois pas hésiter. (A Krampach.) As-tu cinq cents francs sur toi?

KRAMPACH, se fouillant.

Je vais voir... J'ai vingt-cinq centimes et treize sous dans ma malle.

Il remonte à la cheminée.

JOBELIN, très agité.

Garde-les! (A part.) Que faire? Dans une heure, il m'en demandera mille!... Eh! si je les empruntais à Ernest sans le réveiller, c'est le plus simple. (Il va au secrétaire.) Le même secrétaire... je le reconnais... la serrure accroche... il faut donner un coup de poing. (Il donne un coup de poing, le secrétaire s'ouvre.) Voilà!... juste!... il reste un billet de cinq cents. (Il ferme le secrétaire, appelant.) Krampach!

KRAMPACH.

Monsieur...

JOBELIN, très bas.

Tu trouveras un fiacre... le n° 2114, sous le septième bec de gaz...

KRAMPACH, même ton.

Un fiacre sous un bec de gaz?... bon...

JOBELIN.

Tu lui remettras ce billet... Tu lui diras que c'est de la part du jeune homme...

KRAMPACH.

Quel jeune homme?

JOBELIN.

Moi...

KRAMPACH.

Enfin... on pouvait le demander.

Il sort à droite.

JOBELIN, seul.

C'est un chantage!... cet automédon veut me faire chanter... il me tient, le misérable! l'honneur posthume de Mélanie est dans ses mains... et puis Marjavel... dame! il ne serait pas content... il me faudrait croiser avec lui un fer homicide... je ne me défendrais pas... et alors... c'est moi qui goberais la sauce... Ah! j'ai chaud!... j'ai soif! je vais boire un verre d'eau dans la chambre d'Ernest. (Il ouvre la porte de gauche, deuxième plan.) Tiens, l'aquarium y est encore... Ah! Mélanie! si tu savais ce que tu me coûtes!

Il entre dans la chambre à gauche.

SCÈNE IV

ERNEST, HERMANCE.

HERMANCE entre avec précaution par la porte de gauche, pan coupé et la referme, même jeu à la porte de droite; après examen, elle court au fauteuil et secoue vivement Ernest.

Ernest!

ERNEST, réveillé en sursaut, laisse tomber la gouttière.

Hein?... quoi?... Voilà le cataplasme!...

HERMANCE.

Chut!

ERNEST. Il ramasse la gouttière.

Ah! c'est vous...

HERMANCE.

J'ai pu m'échapper un instant... mon mari fait sa barbe... il va mieux aujourd'hui...

ERNEST.

Je crois bien!

HERMANCE.

Il ne souffre plus.

ERNEST.

Parbleu! j'ai fait chauffer assez de serviettes!.. j'ai assez fricassé de cataplasmes!

HERMANCE.

Vous avez passé une bien mauvaise soirée.

ERNEST.

Mais non!... excellente!... Ah! Vous pouvez vous vanter de m'avoir fait passer une nuit bien agréable... sur le divan... car il m'a forcé de coucher sur le divan avec la gouttière!... Que voulez-vous que j'en fasse?...

HERMANCE.

Cachez-la... faites-la disparaître. (Très tendre.) Mon ami!...

ERNEST cache la gouttière sous le fauteuil de gauche.

Madame?...

HERMANCE.

Il souffrait tant!... moi, je veillais dans sa chambre.

ERNEST.

Et de mon divan j'entendais votre conversation.

HERMANCE, un peu inquiète.

Ah! vous entendiez?...

ERNEST.

Tout!... à deux heures moins cinq, qu'avez-vous dit à votre mari?

HERMANCE.

Mais... je ne sais pas, moi...

ERNEST.

Vous lui avez dit : « Mon gros chéri, si tu mourais, je ne te survivrais pas. » Si vous croyez que c'est agréable !

HERMANCE, embarrassée.

Il faut détourner les soupçons....

ERNEST.

Et à quatre heures douze?

HERMANCE.

Quoi?

ERNEST.

J'ai entendu le sifflement d'un baiser... Si vous croyez que c'est agréable!

HERMANCE.

Ce n'est pas ma faute!... il faut bien détourner les...

ERNEST.

Les soupçons... Je trouve que vous les détournez beaucoup trop les soupçons!

HERMANCE, s'appuyant sur son épaule.

N'est-ce pas vous qui êtes aimé?

ERNEST

Oui, c'est moi qui suis aimé... mais c'est lui qui en profite...

HERMANCE, piquée.

Seriez-vous jaloux par hasard du sort de mon mari?

ERNEST.

Ma foi!... ils ne sont pas déjà tant à plaindre les maris!...

HERMANCE.

Oh!

ERNEST.

Oui, je sais qu'il y a le petit inconvénient... mais puisqu'ils l'ignorent! A part cela, de quoi se plaignent-ils?
nous les soignons, nous les dorlotons, nous les mijotons...
ils sont gras, roses, frais, gais, superbes!... tandis que
nous, les amoureux, nous sommes maigres, jaloux, crain-
tifs, tremblants... comme des voleurs.

HERMANCE.

Ernest!

ERNEST.

Pour eux, la table est toujours mise, ils s'y installent, ils
s'y carrent! tandis que nous, nous nous cachons dans les
meubles, nous grimpons sur les gouttières... pour venir
ramasser leurs miettes... quand ils veulent bien nous en
laisser!... Ah! il ne faut pas qu'ils viennent nous attendrir
tant que ça! (Il s'assied sur la petite chaise de gauche.) Et, par-dessus
le marché, votre mari me trouve bête!... bête... mais
dévoué...

HERMANCE, allant vers lui.

Il n'a pas dit ça!

ERNEST.

Pardon, madame, à trois heures vingt-sept... ma montre
va très bien. (Il la cherche dans sa poche et ne la trouve pas.)
Tiens! Ah! elle sera restée dans ma chambre... Bête, mais
dévoué!... et vous n'avez pas dit le contraire... au contraire !

HERMANCE, s'asseyant sur le fauteuil près d'Ernest.

Voyons... calmez-vous!... j'arrive près de vous heureuse...
confiante...

ERNEST, qui a fait entendre un petit grognement, se retourne
doucement et se met à genoux devant Hermance.

Ce n'est pas malheureux ! Depuis deux mois, je crois que
c'est la première fois que je me trouve un peu seul avec
vous. (Lui prenant la taille.) Eh bien ?

HERMANCE.

Quoi ?

ERNEST.

Causons... le moment est venu de causer...

On entend tousser Jobelin dans la chambre à côté.

HERMANCE, se reculant avec terreur.

Ciel !... il y a quelqu'un là !

ERNEST, même jeu et passant à droite.

Allons, bon !

On entend Jobelin se moucher.

HERMANCE.

C'est mon mari ! je le reconnais à son rhume !

ERNEST.

Sapristi !

HERMANCE, éperdue.

Il nous épiait... nous sommes perdus! niez tout!... tout!...

Elle sort par la droite, pan coupé.

SCÈNE V

ERNEST, puis JOBELIN, puis KRAMPACH.

ERNEST, seul, boutonnant son habit.

Allons !... c'est une affaire !... j'aime mieux ça, j'en ai
assez de cette vie de soubresauts. (Imitant la voix d'Hermance.)
« Nous sommes perdus! » nous sommes sauvés! (Il va ouvrir la
porte de gauche, deuxième plan.) Monsieur, je suis à vos ordres!...

JOBELIN, sortant; il tient un aquarium.

Merci, mon ami, tu es bien bon...

ERNEST.

Mon oncle!...

JOBELIN.

Tu es donc réveillé?

ERNEST, à part.

Il n'a rien entendu.

JOBELIN.

Ils ne sont plus nourris, ces pauvres poissons rouges...
je les promène un peu... Ah! de mon temps!... Donne-moi
du biscuit.

Il lui met l'aquarium sur les bras.

ERNEST.

Où voulez-vous que j'en prenne?

JOBELIN, allant à la table à gauche, et ouvrant le tiroir.

J'en avais toujours là... il y en a encore.

ERNEST.

Alors, mon oncle, c'est pour ça que vous êtes venu me
voir?

KRAMPACH, entrant de droite.

En v'là un n'hasard!

ERNEST.

Qu'est-ce que c'est?

JOBELIN, passant vivement entre eux.

Krampach! je suis à toi.

Il pousse Ernest, qui tient l'aquarium et le pousse sur la table de gauche.

KRAMPACH, à part sur le devant. Ernest et Jobelin s'occupent
à gauche des poissons, ils leur donnent du biscuit.

J'ai retrouvé mon filou... Kuissermann!... c'est le cocher... le numéro 2114; j'allais lui remettre le billet de

cinq cents francs, lorsqu'il m'est venu une idée... honorable, je lui ai dit : « Pas de réponse!... » et j'ai gardé les cinq cents francs à compte.

JOBELIN, revenant à Krompach.

Eh bien, qu'a-t-il répondu?...

KRAMPACH.

Il a répondu : « Ah! c'est comme cela... Eh bien, je reviendrai!... »

JOBELIN.

Comment! Il reviendra!

KRAMPACH, tirant un vieux carnet de sa poche.

Faut que je fasse mes comptes!...

ERNEST, occupé des poissons, se retournant.

Qu'avez-vous donc, mon oncle?...

JOBELIN, très agité.

Moi? rien!... (A part.) Il reviendra!... Je cours chez mon banquier... (Haut.) Adieu!...

Il sort par la gauche, pan coupé.

KRAMPACH, à Ernest.

Monsieur, je voudrais vous demander un service, à vous qu'êtes un homme capable.

ERNEST.

Capable de quoi?...

KRAMPACH.

Vous êtes capable.

ERNEST.

Voyons, parle.

KRAMPACH.

Cinq mille francs, moins cinq cents francs... plus les intérêts pendant un an, six mois et vingt-trois jours... plus un jour d'intérêt en moins qui est aujourd'hui... combien que ça fait?...

III.   4

ERNEST.

Qu'est-ce que tu me chantes là?...

KRAMPACH.

Je vas recommencer... cinq mille francs...

ERNEST.

Va te promener... tu m'ennuies...

KRAMPACH.

C'est bien la peine d'être un homme capable. (Il sort en faisant son compte.) Cinq mille francs moins cinq cents francs... plus les intérêts... je ne peux pas faire ce compte-là.

Ernest le pousse vivement. Il disparait à gauche.

SCÈNE VI

ERNEST, BERTHE.

ERNEST, voyant entrer Berthe.

Berthe!...

BERTHE, entrant de droite.

Avez-vous vu mon oncle?

ERNEST.

Il me quitte...

BERTHE.

Ah!

Elle baisse les yeux. Ils descendent.

ERNEST, à part.

Elle baisse les yeux... est-ce que j'ai dit quelque chose d'inconvenant?...

BERTHE, tout à coup.

Ah! c'est égal, monsieur... je croyais que vous seriez plus content que ça!...

ERNEST, étonné.

Moi? je suis ravi... enchanté...

BERTHE.

Et vous ne me sautez pas au cou?

ERNEST, étonné.

Mais si!... mais si! je te saute au cou! comment donc!
(Il l'embrasse. — A part.) Ce n'est pourtant pas sa fête aujour-
d'hui.

BERTHE.

A la bonne heure! mon oncle croyait que vous ne m'aimiez pas...

ERNEST.

Lui? Oh! qu'il est bête!...

BERTHE.

Comment?

ERNEST.

Bête... mais dévoué. (A part.) Comme dit Marjavel...

BERTHE.

Mais, moi, j'y vois clair... Vous rappelez-vous notre promenade au Jardin des Plantes?...

ERNEST, cherchant à se rappeler.

Au Jardin des Plantes?...

BERTHE.

Le jour où j'ai donné à manger à l'autruche...

ERNEST.

Parfaitement!... Marjavel m'a fait porter un pain de
quatre livres tout le temps de la promenade... pour les
ours!

BERTHE.

Eh bien, c'est là que j'ai vu que vous m'aimiez.

ERNEST.

Devant les ours?

BERTHE.

Mais non! devant l'autruche...

ERNEST.

Ah !

BERTHE.

La vilaine bête avait pris mon gant avec le gâteau que je lui présentais... elle allait tout avaler... quand vous n'avez pas craint de passer votre bras à travers les barreaux...

ERNEST, avec fierté.

C'est vrai... j'ai eu ce courage, seul contre une autruche ... j'ai saisi le bout de votre gant qui allait disparaître... j'ai tiré... l'autruche aussi...

BERTHE.

Et vous êtes tombé!...

ERNEST.

En vous rapportant trois doigts... C'est tout ce que j'ai pu sauver de l'engloutissement!...

BERTHE, tristement.

Tout le monde a ri... mais, moi, je me suis juré ce jour-là que je serais votre femme.

ERNEST.

Ma femme! toi? (Se reprenant.) vous?...

BERTHE.

Mon oncle ne vous l'a donc pas dit?

ERNEST.

Non.

BERTHE.

Oh! alors, ce que je vous ai dit ne compte pas! je me sauve!...

ERNEST, la retenant.

Non, reste!... Moi, un mari? un vrai?... à mon tour?.,
mais c'est le bonheur!... c'est la délivrance! (Se jetant à ses
genoux.) Tiens! tu es un ange!

DERTHE.

Relevez-vous!...

ERNEST.

Mais je t'aime!

BERTHE.

Laissez-moi! demandez ma main à mon oncle... et nous
verrons!

Elle s'échappe et sort à droite.

SCÈNE VII

ERNEST, HERMANCE, puis MARJAVEL.

ERNEST, à genoux.

Me marier! ah! si je le pouvais... je serais libre... je
casserais ma chaîne... ah! Seigneur! Seigneur! cassez ma
chaîne!

HERMANCE, entrant, à part.

Mon mari était chez lui. (Apercevant Ernest à genoux.) Eh bien,
qu'est-ce que vous faites là?...

ERNEST, embarrassé, sans se lever.

Moi? je... je vous attends!...

HERMANCE.

A genoux?

ERNEST.

Oui... quand je vous attends, je me mets à genoux. C'est
plus commode, on est tout porté...

III.   4.

HERMANCE, lui laissant baiser sa main.

Êtes-vous enfant!

MARJAVEL, entrant de droite, apercevant Ernest aux genoux
de sa femme.

Monsieur!... que signifie?

HERMANCE.

Mon mari!...

ERNEST, à part.

Pincé! (Haut.) N'avancez pas!... ne marchez pas... (Marjavel recule effrayé) Avez-vous trouvé?...

MARJAVEL, s'avançant.

Quoi?

ERNEST.

Le diamant que madame a perdu!...

HERMANCE, vivement.

Le diamant de ma bague qui est sorti de son chaton... et que monsieur a la bonté de chercher...

MARJAVEL.

Diable! un diamant! il faut chercher! (Il se baisse. — A Ernest.) D'autant plus que la maison n'est pas sûre; on m'a pris cette nuit un morceau de gouttière... Le trouvez-vous?...

ERNEST.

Non...

HERMANCE.

J'y tiens d'autant plus qu'il me vient de toi, mon ami... c'est le plus gros...

MARJAVEL.

Fichtre?... ne piétinez pas!... (Il se relève.) Je vais chercher un petit balai... (A Ernest.) là... dans votre chambre... Ne piétinez pas!

Il entre à gauche, deuxième plan.

SCÈNE VIII

HERMANCE, ERNEST, puis KRAMPACH, puis MARJAVEL.

ERNEST, se levant.

Ah! nous l'avons échappé belle.

KRAMPACH entre avec une lettre pareille à celle qu'il a remise à
Jobelin.

C'est pour le monsieur qui connaît le fiacre 2114.

HERMANCE.

Le fiacre!

ERNEST, vivement.

C'est pour moi!

HERMANCE.

Que peut-il vouloir? Voyez... voyez vite!..

ERNEST, lisant.

« Cancre!... »

KRAMPACH.

Il l'a déjà dit.

ERNEST.

Tu dis?...

KRAMPACH.

Je dis : il l'a déjà dit.

ERNEST va lire, il voit Krampach qui écoute, il le repousse; celui-ci va à
la cheminée et range, puis revient s'appuyer sur le secrétaire en faisant toujours
ses comptes.

« Tu crois qu'on peut se promener avec une petite dame
et ne donner que vingt-cinq centimes au cocher comme les
gens vertueux? » (Parlé.) Je croyais lui en avoir donné cin-

quante. (Lisant.) « Si tu ne m'envoies pas mille francs avant
une demi-heure, je t'en demanderai trois mille. » (Parlé.) Le
misérable! où est ma canne?...

HERMANCE.

Y pensez-vous?... Il faut payer... tout de suite...

ERNEST.

Mais c'est du chantage.

HERMANCE.

Préférez-vous un scandale?...

ERNEST.

Non!... (Allant au secrétaire, il repousse Krampach, qui retourne à la
cheminée.) Je ne sais pas si j'ai la somme. (Il tourne la clef du secrétaire, puis donne un coup de poing, le secrétaire s'ouvre; cherchant dans les
tiroirs, à part.) Eh bien... mais j'avais un billet... on a ouvert
ce secrétaire... c'est quelqu'un qui connaît le coup de poing.

HERMANCE.

Eh bien?...

ERNEST, revenu à Hermance, et prenant l'argent qu'il a dans sa poche.

Je n'ai que trente-trois francs.

HERMANCE.

Ah! mon Dieu! (Ouvrant son porte-monnaie.) Et moi dix!

ERNEST.

Ça fait quarante-trois. (A Krampach.) As-tu neuf cent cinquante-sept francs sur toi?

KRAMPACH, se fouillant avec gravité.

Je vais voir.

HERMANCE, bas.

Mon mari!

ERNEST, de même.

Marjavel! (A Krampach.) C'est bien... plus tard.

MARJAVEL, entrant de gauche.

Impossible de mettre la main sur le balai (A Ernest.) Avez-vous trouvé?...

KRAMPACH, répondant à Marjavel.

J'ai vingt-cinq centimes, et treize sous dans ma malle.

MARJAVEL, le repoussant.

Eh bien, qu'est-ce que ça nous fait?

KRAMPACH.

C'est pour monsieur... il y a quelqu'un qui attend...

ERNEST.

Oh! rien!... une note qu'on me réclame.

KRAMPACH.

Neuf cent cinquante-sept francs...

ERNEST, à Krampach.

C'est bien... Je payerai plus tard...

MARJAVEL.

Pourquoi plus tard? Qu'est-ce qui est là? ·

KRAMPACH.

C'est Kuissermann.

ERNEST, vivement.

Un tailleur... (A Krampach.) Dites que je passerai, je n'ai pas la somme sur moi.

MARJAVEL, tirant son portefeuille.

Eh bien, est-ce que je ne suis pas là...

ERNEST.

Vous?... Ah! non, par exemple!...

MARJAVEL.

Ernest!... (Le serrant dans ses bras.) vous me faites de la peine je me croyais votre ami...

ERNEST, embarrassé.

Certainement, mais...

MARJAVEL.

Allons! ne faites donc pas l'enfant! (Il passe et donne un billet à Krampach.) Tiens, porte ça à ce tailleur.

ERNEST, à part.

C'est lui qui paye... c'est dur à avaler pour un galant homme!

KRAMPACH, à part.

Je vas le serrer avec l'autre billet... (Écrivant sur son carnet.) Cinq cents francs... plus mille francs... plus les intérêts...

MARJAVEL, à Krampach.

Eh bien, qu'est-ce que tu fais là?...

KRAMPACH.

J'y vais, monsieur... je vas le porter... (A part.) Je ne pourrai jamais faire ce compte-là!

Il sort à droite.

SCÈNE IX

HERMANCE, MARJAVEL, ERNEST, puis JOBELIN, puis KRAMPACH.

MARJAVEL.

Eh bien, l'avez-vous retrouvé?...

HERMANCE et ERNEST.

Quoi?...

MARJAVEL.

Le diamant...

HERMANCE.

Non, pas encore...

ERNEST.

Nous étions en train de le chercher, quand....

MARJAVEL.

Il faut nous y remettre... Ne piétinez pas. (Il se baisse. — A Hermance.) Toi, cherche du côté de la cheminée.

Hermance remonte à la cheminée.

ERNEST, se baissant aussi, à part.

C'est ennuyeux de chercher un diamant qu'on n'a pas perdu...

JOBELIN, entrant de gauche.

Je viens de chez mon banquier... (Les apercevant à terre.) Tiens! qu'est-ce que vous faites là?

MARJAVEL.

Ma femme vient de perdre un diamant... celui que portait Mélanie...

Krampach entre de droite.

JOBELIN.

Mélanie!... cherchons!...

Il se jette à terre et cherche.

MARJAVEL, à Krampach qui entre.

Krampach, cherche aussi...

KRAMPACH.

Quoi?

MARJAVEL.

Un diamant de prix, cherche...

KRAMPACH, se mettant à genoux et cherchant.

Une fois, j'ai trouvé un n'hanneton... mais je savais ousqu'il était. (A part, en rampant à l'avant-scène.) Je viens de voir Kuissermann : je lui ai dit : « Pas de réponse!... »

ERNEST, apercevant Krampach et se rapprochant à genoux.

Eh bien... qu'a-t-il répondu?

KRAMPACH.

Il a répondu : « Ah! c'est comme ça? Eh bien... je reviendrai. »

Krampach remonte en cherchant et gagne l'extrême gauche, où il s'étale de tout son long et se met à faire ses comptes.

ERNEST.

Comment, il reviendra?...

JOBELIN, à genoux près d'Ernest.

Puisque je te rencontre, voici les cinq cents francs que je t'ai empruntés.

Il lui remet un billet, monte et passe.

ERNEST, à genoux.

Ah! ah! c'est vous! (A part.) Il connaît le coup de poing (Rampant vers Marjavel.) Tenez.

MARJAVEL.

Vous avez trouvé?

ERNEST.

Non; mais, puisque je vous rencontre, voilà toujours cinq cents francs que je vous dois.

Il lui remet un billet.

MARJAVEL, à genoux.

Ça ne pressait pas...

ERNEST.

Je viens de faire une rentrée.

MARJAVEL.

Cherchons! cherchons!

KRAMPACH, à plat ventre, a tiré son carnet et fait ses comptes.

Deux fois trois font neuf... trois fois six font huit... (A part.) Je trouve qu'il me redoit soixante-quatorze mille francs; ça doit être trop...

MARJAVEL.

Eh bien, Krampach, tu ne cherches pas?

KRAMPACH.

Voilà, bourgeois, voilà!

Il nage sur le parquet et pique une tête sous le fauteuil de gauche.

ERNEST, à part.

Est-ce que nous allons jouer à ça toute la journée?

KRAMPACH, la tête sous le fauteuil.

J'ai trouvé!

TOUS, se relevant.

Voyons!

KRAMPACH.

C'est-y ça?

Il montre le morceau le gouttière caché par Ernest.

ERNEST, à part.

Animal!

HERMANCE, redescendant.

Ah! mon Dieu!

MARJAVEL.

Ma gouttière! (A Ernest.) Comment se trouve-t-elle chez vous?

ERNEST, embarrassé.

C'est bien simple... Il a fait beaucoup de vent cette nuit... un vent d'ouest.

MARJAVEL.

Oui.

ERNEST.

Et le vent d'ouest est connu pour décrocher les gouttières.

MARJAVEL.

C'est vrai.

ERNEST.

Alors, j'ai trouvé celle-ci dans le jardin et je l'ai serrée.

MARJAVEL.

Merci, Ernest... (A part.) Bête... mais dévoué.

Il donne le morceau d'égouttière à Krampach, qui va le poser derrière le dos du fauteuil, où il se cache en continuant à faire ses comptes.

III.   5

JOBELIN, bas, à Hermance.

Il a de l'ordre... Je crois que ça fera un bon mari.

MARJAVEL, se mettant dans le fauteuil de gauche.

Ne nous décourageons pas. (A part.) Moi, j'ai mal aux reins... (Haut.) Cherchons toujours.

HERMANCE, allant à Marjavel.

C'est inutile, mon ami... je me souviens maintenant, je crois l'avoir perdu dans le jardin.

JOBELIN.

Ah diable! dans le sable, c'est plus difficile.

MARJAVEL.

Ah! Ernest a de bons yeux!... Allez, mes enfants, cherchez... cherchez!...

ERNEST, à part.

Je ne suis pas fâché de faire un tour de jardin. (A Jobelin.) Vous prendrez à droite (Montrant Hermance.), et nous à gauche... Cherchons! cherchons!

Hermance, Ernest et Jobelin sortent en faisant mine de chercher; Hermance et Ernest par la gauche, Jobelin par la droite. Krampach se relève et se dispose les suivre.

MARJAVEL.

Ne piétinez pas.

SCÈNE X

KRAMPACH, MARJAVEL.

MARJAVEL, rappelant Krampach.

Krampach!

KRAMPACH. Il a la gouttière à la main.

Bourgeois!

MARJAVEL.

Si on ne retrouve pas ce diamant, ce soir, après ton
dîner, tu t'amuseras à balayer ce salon... et tu mettras de
côté tous les résidus... nous les passerons au tamis... Eh
bien, es-tu content ici?

KRAMPACH.

Mon Dieu, oui, je suis content... mais je suis contrarié
aussi...

MARJAVEL.

Tiens! qu'est-ce qui te contrarie?

KRAMPACH.

Je vas vous dire... J'ose pas le dire!

MARJAVEL.

Alors, va-t'en.

KRAMPACH.

Oui, bourgeois... (Il remonte, pose la gouttière sur le fauteuil qui
est à la cheminée et revient.) Bourgeois?

MARJAVEL.

Quoi?

KRAMPACH.

Je vas oser le dire... Voyez-vous, ce qui me contrarie
ici... c'est les femmes... Pour lors, je voudrais vous prier
de donner de temps en temps un coup d'œil à la mienne...
Je vous rendrais ça!

MARJAVEL.

Comment! tu veux que je donne un coup d'œil à ta
femme? Elle est gentille?...

KRAMPACH.

Pas mal... Certainement Lisbeth, c'est pas une méchante
fille. Mais elle a de la nature... et des antécédents.

MARJAVEL.

Des antécédents?

KRAMPACH.

Elle a commis une faute...

MARJAVEL.

Elle a cassé quelque chose?

KRAMPACH, riant.

Ah! non, bourgeois.

Il lui donne une tape sur l'épaule.

MARJAVEL.

Finis donc, animal! nous ne sommes pas en Alsace.

KRAMPACH.

Vous comprenez bien... une faute!... avec un galant.

MARJAVEL.

Ah bah! (A part, gaillard.) Tiens! tiens! tiens! (Haut.) Et tu attaches de l'importance à cela?

KRAMPACH.

Oh! j'en attache... sans en attacher... C'est un accident qu'est général... Il ne faudrait pas croire qu'il n'y a que nous.

MARJAVEL.

Comment, nous?

KRAMPACH.

Je veux dire qu'il y en a d'autres... dans mon pays.

MARJAVEL, riant.

Et à Paris aussi!

Il lui donne une tape.

KRAMPACH, se tordant.

Et à Paris aussi!

Il tape sur l'épaule de Marjavel.

MARJAVEL.

Ne tape donc pas comme ça; tu es domestique, tu ne peux pas taper; moi qui suis le maître, je peux taper. (Il le tape sur l'épaule, Krampach rit très fort. — A part.) Eh bien, il a l'accident gai.

KRAMPACH.

Après ça, moi, c'était avant le mariage... et on m'avait prévenu.

MARJAVEL.

Et tu l'as épousée quand même?

KRAMPACH.

Par délicatesse... à cause des cinq mille francs. Mais il y a une chose qui m'*ostine*... je voudrais connaître le nom de son suborneur.

Il prononce avec difficulté.

MARJAVEL.

Suborneur... celui qui a subor...

KRAMPACH.

Oui, bordonné...

MARJAVEL.

Oh! à quoi bon?

KRAMPACH.

J'ai peur que ce ne soit pas un homme comme il faut... que ce soit un homme du commun, mais je ne le connais pas.

MARJAVEL.

Tu ne peux pas avoir tous les bonheurs!

KRAMPACH.

Je l'ai demandé à Lisbeth... elle ne veut pas le dire...

MARJAVEL.

Eh bien, qu'est-ce que tu veux que j'y fasse?

KRAMPACH.

Oh! si vous vouliez, un maître,.. c'est comme un père... elle a confiance en vous... faites-la jaser... faites-vous raconter la chose.

MARJAVEL.

Tiens!... c'est une drôle d'idée!...

KRAMPACH.

Dites-lui comme ça... histoire de causer... « T'as donc commis une faute... toi? — Qui qui vous l'a dit? qu'a dit... — C'est mon petit doigt! » que vous direz. Et vous la laisserez aller... sans en avoir l'air... et vous viendrez me le rapporter... sans en avoir l'air.

MARJAVEL, à part.

Eh bien, il m'enrôle dans sa petite police.

KRAMPACH, apercevant venir Lisbeth à droite.

La v'là! n'ayez pas l'air!

SCÈNE XI

MARJAVEL, KRAMPACH, LISBETH.

LISBETH entre, un bougeoir allumé à la main, et un panier à bouteilles sous le bras. — A Marjavel.

C'est-y vous qui va à la cave?

MARJAVEL.

Oui... tout à l'heure. (A part, la regardant.) Ça a l'air d'une gaillarde.

KRAMPACH, bas, à sa femme, en arrangeant son fichu.

Arrange-toi un peu... le monsieur va t'interroger.

LISBETH, à Marjavel.

Vous avez à me parler?

MARJAVEL.

Oui... mon enfant...

KRAMPACH, à Lisbeth.

Et pas de cachotteries!... un maître, c'est comme un père...

MARJAVEL, à Krampach.

Laisse-nous!

KRAMPACH, finement.

Sans en avoir l'air. (Haut.) Je vas faire la chambre du jeune homme. (A Lisbeth, en sortant.) Cause avec le monsieur! cause avec le monsieur! (A Marjavel.) Sans en avoir l'air... (Haut.) Je vas faire la chambre du jeune homme.

Il entre à gauche, deuxième plan.

SCÈNE XII

MARJAVEL, LISBETH, puis KRAMPACH.

LISBETH.

Quoi que vous me voulez, monsieur?

MARJAVEL.

Pose ton bougeoir et ton panier. (Elle place le bougeoir allumé sur le panier, et le tout sur la chaise à droite de la petite table. — A part.) Elle a un petit air alsacien...qui appelle la faute et balaye le repentir.

LISBETH, s'approchant.

Me v'là, monsieur.

MARJAVEL.

Ah! très bien! (A part.) Comment diable lui faire raconter ça? il faudrait trouver un biais. (Haut.) Range les fauteuils, ce salon est en désordre... (Lisbeth range le salon sur la gauche seulement. — Au public, après avoir vu travailler Lisbeth, et en tenant la droite de la scène.) C'est drôle... je ne peux pas être fidèle, moi! ça n'est pas dans mes cordes! j'ai une femme charmante, bonne, douce... et qui m'adore! si je mourais, elle ne me survivrait pas... Eh bien, malgré cela, j'ai toujours une petite intrigue en l'air, je suis un gueux! Avec Mélanie, c'était la même chose... j'en avais même deux... mais j'étais plus jeune...

LISBETH, revenant.

Ça y est, monsieur...

MARJAVEL, à part.

Voyons, c'est mon biais qu'il faut trouver. (Haut.) Ah ! très bien ! maintenant, essuie les flambeaux, frotte ferme ! (Lisbeth remonte à la cheminée, Marjavel s'asseoit sur la chaise à gauche, puis, tout en regardant Lisbeth, s'adresse au public.) Ainsi la semaine dernière, je suis allé à ce polisson de bal Mabille... vraiment j'ai tort d'y aller ; je dis toujours que je n'irai plus et j'y retourne... J'y ai cueilli une jeune Polonaise appelée Ginginette, une femme adorable... il parait qu'elle confine aux plus grandes familles de la Lithuanie... nous avons eu ensemble deux conférences... j'ai cela de bon, c'est que je ne m'attache pas... comme toutes les personnes qui ont le nez retroussé... du reste.

Il se lève.

LISBETH, qui a essuyé les flambeaux, descend à droite.

Me v'là, monsieur.

MARJAVEL, à part.

Ah ! oui ! abordons la question délicatement. (Haut et tout à coup.) T'as donc commis une faute, toi ?

LISBETH.

Qui qui vous l'a dit ?

MARJAVEL.

C'est mon petit doigt...

LISBETH.

Pas vrai... C'est Krampach.

MARJAVEL.

Peu importe ! Voyons, raconte-moi comment ce malheur est arrivé...

LISBETH.

Ah ! non...

MARJAVEL, lui prenant la main.

Tu manques de confiance en moi... ce n'est pas bien. (Lui caressant le bras.) Un maître, c'est comme un père...

LISBETH, riant.

Hi! hi!

MARJAVEL.

Quoi?

LISBETH.

Vous me chatouillez...

MARJAVEL.

Elle a des dents superbes! Regarde-moi donc... elle a des dents superbes...

Il l'embrasse.

KRAMPACH, entrant avec une lampe à la main.

Bourgeois, comment qu'on asticote les lampes?

MARJAVEL.

Tu demanderas à Ernest.

KRAMPACH, bas.

A-t-elle nommé?

MARJAVEL, de même.

Pas encore... mais ça viendra.

KRAMPACH, rentrant.

Bien! continuez, je vais faire la chambre du jeune homme.

Il rentre à gauche, deuxième plan.

MARJAVEL, à Lisbeth.

Voyons, mon enfant... comment as-tu pu te laisser aller à une pareille inconséquence?

LISBETH.

Ce n'est pas ma faute, j'étais t'amoureuse !

MARJAVEL, riant.

Ah! elle l'a bien dit! Regarde-moi... (Il l'embrasse.) Il était donc bien beau, cet étranger?

LISBETH.

Oh! oui!

MARJAVEL.

Jeune?

LISBETH.

Ya!

MARJAVEL.

De mon âge?

LISBETH.

Oh! c'te bêtise! puisqu'il était jeune!

MARJAVEL.

Et qu'est-ce qu'il te disait?

LISBETH.

Dame! vous savez bien!

MARJAVEL.

Dis tout de même...

LISBETH; elle s'exécute.

Il me regardait de côté... avec des yeux blancs.

MARJAVEL, la regardant en coulisse.

Comme ça?

LISBETH.

Ah! ben mieux!

MARJAVEL.

Après?

LISBETH.

Après... il m'a donné deux oranges.

MARJAVEL, à part.

Quel pays que cette Alsace! un regard et deux oranges!
J'en ferai une provision. (Haut.) Et ensuite?... Ne me cache
rien...

LISBETH, baissant les yeux.

Vous savez ben...

MARJAVEL.

Dis tout de même...

LISBETH, baissant les yeux.

Le lendemain...

MARJAVEL.

Ah! tu passes au lendemain? Tu triches.

LISBETH.

Il m'a promis de m'épouser... et il est parti pour aller chercher ses papiers...

MARJAVEL, à part.

Aïe!...

LISBETH.

Je l'ai attendu trois ans .. et, comme il ne revenait pas... j'ai épousé Krampach...

MARJAVEL.

Et tu n'as plus entendu parler de l'autre?

LISBETH.

Si... il m'a envoyé une montre en argent...

MARJAVEL.

Voyons-la?...

LISBETH.

Ah! je ne l'ai plus... Krampach a dit comme ça que je ne pouvais pas porter le symbole de mon déshonneur.

MARJAVEL.

Très bien!

LISBETH.

Alors, c'est lui qui la porte...

MARJAVEL.

Ah! moins bien!...

LISBETH.

Mais il n'est pas content... parce que la montre retarde.

MARJAVEL.

Je t'en donnerai une autre, veux-tu?

LISBETH.

Je veux ben.

MARJAVEL, l'embrassant.

En or...

LISBETH.

Je veux ben...

MARJAVEL, la lutinant.

Et je la ferai régler... avec des oranges.

Il la serre dans ses bras. Elle se débat près de la chaise où est le bougeoir allumé et le panier. Krampach paraît.

SCÈNE XIII

Les Mêmes, KRAMPACH.

KRAMPACH, entrant et surprenant Marjavel. Il pousse un cri.

Oh!

MARJAVEL, étreignant Lisbeth.

Elle brûle! au feu! Ta femme brûle!

KRAMPACH.

Comment?

MARJAVEL.

Le bougeoir est tombé sur elle... de l'eau, vite! de l'eau!

KRAMPACH.

Au feu! de l'eau! frottez ferme!

Il rentre à gauche en courant. Marjavel quitte Lisbeth et gagne un peu à gauche.

SCÈNE XIV

MARJAVEL, LISBETH, puis ERNEST,
puis KRAMPACH.

LISBETH, riant.

Ah ! vous êtes un malin, vous !

MARJAVEL, revenant à elle.

Vite ! dis-moi le nom du séducteur... ça calmera Krampach.

LISBETH.

Plus souvent !

MARJAVEL.

Est-ce que je le connais ?

LISBETH.

Parbleu !... c'est un de vos amis... c'est vous qui me l'avez amené en Alsace...

MARJAVEL.

En Alsace ? qui diable ?...

ERNEST, entrant de gauche.

Monsieur Marjavel !

LISBETH.

Ah !

Elle lui saute au cou.

ERNEST.

Oh !

MARJAVEL, comprenant.

Ernest !

KRAMPACH, entrant vivement avec un pot d'eau.

V'là de l'eau.

MARJAVEL.

Elle brûle plus que jamais ! verse !

Krampach verse son pot d'eau sur la tête d'Ernest qui se dégage. Lisbeth remonte.

ERNEST, inondé.

Sapristi! qu'est-ce que c'est que ça?

KRAMPACH, très étonné.

Tiens! c'est un autre!

Il remonte près de sa femme, et pose son pot à droite près de la table.

ERNEST, à part, s'essuyant.

Lisbeth à Paris!... il ne manquait plus que ça.

Lisbeth et Krampach remontent à droite.

MARJAVEL, gouailleur, bas à Ernest, à l'avant-scène gauche.

Vous avez conquis l'Alsace... à quand la Lorraine?

ERNEST, bas.

Taisez-vous!

KRAMPACH, revenant, bas, à Marjavel.

Vous a-t-elle nommé son criminel?

MARJAVEL, de même.

Elle allait tout m'avouer... quand le feu a pris; mais je ne me décourage pas... je reprendrai l'interrogatoire en revenant de la cave.

KRAMPACH, de même.

C'est une bonne idée! (Haut.) Lisbeth, prends ton panier et ton bougeoir et va à la cave avec le monsieur.

LISBETH.

Mais c'est que...

Elle prend le panier et le bougeoir et gagne la porte de droite.

KRAMPACH.

Va... et surtout pas de cachotteries.

MARJAVEL, à part.

Il faudra que j'achète des oranges... (A Lisbeth.) Viens, mon enfant!... (Haut.) Krampach, j'ai une paire de bottes neuves qui est percée et qui me gêne, je te la donne!

Il sort avec Lisbeth.

SCÈNE XV

KRAMPACH, ERNEST.

KRAMPACH, à part.

Ah! qu'il est bon, monsieur! Il m'a promis une livrée...
et il me donne des bottes neuves percées... et, quand je
pense que la femme à mon bourgeois a des manigances!...
Il ne voit pas clair, faut que je lui ouvre les yeux... Pst...
pst... petit, petit!

ERNEST, étonné, et qui est à la cheminée.

Hein! c'est à moi?

KRAMPACH.

Venez par ici.

ERNEST, à part, s'approchant.

Il est familier.

KRAMPACH.

Je vas vous faire une confidence... un secret... qu'il ne
faudra pas dire... parce que, si vous le disiez...

ERNEST.

Ça ne serait pas un secret.

KRAMPACH.

Voilà! pour lors, je crois que madame Hermance... c'est-y
comme ça que vous l'appelez?

ERNEST.

Madame Marjavel.

KRAMPACH.

Je crois qu'elle fait des farces à son *hôme*.

ERNEST.

Hein? par exemple!...

KRAMPACH.

On a vu monter un *hôme* le long du treillage, sous ses fenêtres.

ERNEST.

Allons donc! ce n'est pas possible. (A part.) Animal !

KRAMPACH.

Je ne suis pas un enfant... je sais ce que je dis... Alors, ce pauvre bourgeois!... (s'attendrissant.) un homme de cœur... qui m'a promis une livrée et'une paire de bottes neuves... percées, je me suis dit : « Il ne voit pas clair, faut l'éclairer. »

ERNEST.

Quoi! l'éclairer?

KRAMPACH.

Faut lui conter la manigance.

ERNEST, à part.

Bien ! voilà autre chose ! (Haut.) Mais tu n'y penses pas!... d'abord, c'est faux... et puis ça lui ferait de la peine.

KRAMPACH.

Si c'est faux, ça ne peut pas lui faire de peine.

ERNEST.

Sans doute, mais...

KRAMPACH.

Et si ce n'est pas faux... faut l'éclairer... Allons lui conter ça à la cave.

Il prend Ernest par le bras et le fait tourner.

ERNEST, à part.

Il y tient. (Haut.) Mais ça ne se fait pas... Voyons, si un pareil malheur t'arrivait et qu'on vienne te le dire...

KRAMPACH.

On me l'a dit.

ERNEST.

Ah!... Eh bien?...

KRAMPACH.

Eh bien, j'ai été vexé, oh! mais vexé comme un bossu devant un carabinier.

ERNEST.

Tu vois...

KRAMPACH.

Ça ne fait rien, allons lui conter ça à la cave.

Même jeu.

ERNEST.

Non!

KRAMPACH.

Si!

ERNEST.

Il va revenir... ce n'est pas la peine de lui dire ça devant Lisbeth... Attendons-le.

KRAMPACH.

Attendons-le...

Il s'asseoit sur la chaise à droite, premier plan.

ERNEST, à part.

Si je pouvais le fourrer dans une trappe!... Oh! j'ai mon affaire. (A Krampach.) Eh bien, qu'est-ce que tu fais là?

KRAMPACH.

J'attends le bourgeois.

ERNEST

Mon salon n'est pas fait.

KRAMPACH.

Je l'ai balayé ce matin.

ERNEST.

Et la cave aux liqueurs?

KRAMPACH.

Quoi?

ERNEST.

Une boîte qui est sur la table avec quatre carafons : rhum, eau-de-vie, anisette, kirsch.

KRAMPACH, se levant par mouvements en entendant le nom des liqueurs.

Mazette !

ERNEST.

Tu vas la nettoyer, tu finiras les quatre carafons.

KRAMPACH, joyeux.

Faudra les boire?

ERNEST.

Parbleu ! (A part.) Il y a de quoi flanquer par terre la cathédrale de Strasbourg. (Haut.) Après, tu y passeras de l'eau et tu secoueras.

KRAMPACH.

Pour les rincer, quoi ; en Alsace, nous disons rincer.

Il reprend son pot à eau qu'il avait posé près de la table de droite.

ERNEST.

Oui... va !... va !...

KRAMPACH.

Faut l'éclairer.

Ernest le pousse dans sa chambre et l'enferme à double tour. Hermance paraît à gauche.

SCÈNE XVI

HERMANCE, ERNEST.

HERMANCE, entrant de gauche.

Pourquoi enfermez-vous ce garçon ?

ERNEST, descendant vivement en scène.

Il a vu un homme grimper sur votre balcon, il veut prévenir M. Marjavel.

HERMANCE.

Ah ! mon Dieu ! il faut lui parler... acheter son silence.

ERNEST.

Ah bien, oui !... c'est une idée fixe... Empêchez votre mari d'entrer dans ce pavillon, et je me charge du reste.

HERMANCE.

Que voulez-vous faire ?

ERNEST.

Je l'ai lancé sur la cave à liqueurs... et, dans cinq minutes, nous le coucherons.

HERMANCE.

Mais demain ?

ERNEST.

Demain, nous verrons... l'important est d'éloigner votre mari.

HERMANCE.

Vous avez raison, je vais... (Elle remonte et se trouve face à face avec Marjavel.) Lui !

SCÈNE XVII

LES MÊMES, MARJAVEL, LISBETH, puis KRAMPACH.

Marjavel entre suivi de Lisbeth ; il porte le panier à bouteilles et le bougeoir.

MARJAVEL, à Lisbeth en entrant.

Viens, petite... (Apercevant Hermance.) Ma femme !... (Haut.) Nous venons de la cave avec Lisbeth.

Il cache le panier et le bougeoir derrière son dos.

HERMANCE, très émue.

Oui... je vois... mon ami...

Lisbeth prend le panier et le bougeoir.

ERNEST, de même ; il a pris la chaise de droite comme contenance.

C'est une très bonne idée... Lisbeth... la cave...

MARJAVEL.

J'ai monté une bouteille de pomard... il commence à
tourner... le moment est venu de le boire.

HERMANCE, troublée.

Oui... c'est le bon moment.

ERNEST, inquiet et retirant la housse de la chaise, qu'il froisse sans s'en
apercevoir.

En effet... parce que le pomard, tant qu'il n'est pas
tourné...

MARJAVEL, à part.

Qu'est-ce qu'ils ont ?... (A Lisbeth.) Ce panier est trop lourd
pour toi... appelle ton mari.

LISBETH, appelant.

Krampach !

Elle pose son panier et son bougeoir éteint, et va à la porte de droite
deuxième plan.

HERMANCE, vivement.

Je crois que tu l'as envoyé en course.

MARJAVEL.

Moi ?... du tout... il était là tout à l'heure !

LISBETH, criant à tue-tête.

Ah ! Krampach ! Krampach !

MARJAVEL, appelant aussi.

Krampach ! Krampach !

ERNEST, à part.

Impossible de les faire taire.

Voix de Krampach dans la coulisse, il chante en allemand.

MARJAVEL.

Il chante !

LISBETH, ouvrant la porte.

Arrive donc, lambin !

Krampach paraît ; il est très chancelant et achève sa chanson allemande.

TOUS.

Il est gris.

ERNEST, à part.

Il est gris ! quelle chance !

KRAMPACH, entrant.

Me v'là, mon bourgeois, j'ai quelque chose à vous dire.

MARJAVEL.

Moi aussi. (Krampach veut parler, Marjavel l'interrompant.) Permettez-moi de commencer... Monsieur Krampach, je n'ai pas besoin de vous rappeler que la sobriété est sœur de la tempérance... mais, si vous continuez à marcher dans cette voie de désordre et d'incontinence que vous vous êtes tracée, je me verrai forcé de me priver de vos services. A vous, maintenant... parlez !

KRAMPACH.

Eh bien, bourgeois... il y a un *hôme* qui monte, la nuit, par le treillage, chez votre femme.

MARJAVEL.

Un homme ?

ERNEST, vivement en passant.

Ne l'écoutez pas... il est ivre.

HERMANCE, à Marjavel.

Laissons-le.

KRAMPACH.

J'ai une preuve.

MARJAVEL, allant à lui.

Une preuve ! quelle preuve ?

KRAMPACH, tirant de sa poche une montre avec sa chaîne et ses breloques.

Ces breloques attachées au treillage.

ERNEST, à part.

Ma montre !

HERMANCE, à part.

Perdue !

Elle tombe assise sur le fauteuil de gauche.

MARJAVEL, examinant la montre et les breloques.

Mais je les reconnais... Comment se trouvaient-elles attachées au treillage sous les fenêtres de ma femme? Répondez, où alliez-vous ?

ERNEST.

J'allais...

MARJAVEL.

Où alliez-vous ?

ERNEST.

J'allais au second chez Lisbeth.

Il remonte. Marjavel passe près d'Hermance,

LISBETH.

Je ne m'en suis pas aperçue.

MARJAVEL.

Chez Lisbeth !...

Il part d'un grand éclat de rire.

ERNEST, riant aussi et s'adressant à Krampach.

Oui, chez Lisbeth.

KRAMPACH, se dégrisant.

Chez mon femme !...

ERNEST.

Comment, sa femme ?...

KRAMPACH, se précipitant sur lui.

Ah ! gredin !

MARJAVEL, le retenant et faisant un rempart de son corps à Ernest.

Ne touche pas... c'est mon ami !

ACTE TROISIÈME

Un jardin ; bancs à gauche, chaises rustiques à droite ; grande corbeille de fleurs, posée à plat au milieu du théâtre ; une autre corbeille à gauche, dont une partie en saillie sur la scène, deuxième plan ; pots à fleurs vides à droite, deuxième plan. En décoration, fond de jardin sur lequel on voit la maison à droite.

SCÈNE PREMIÈRE

ERNEST, puis HERMANCE.

ERNEST, en costume de jardinier, un arrosoir à chaque main ; il arrose la corbeille du milieu ; se retournant.

Elle m'a dit : « A huit heures, sous l'orme! » J'y suis. (Avec un soupir.) J'y suis, mais déguisé en homme de jardin. J'ai pris le costume du jardinier, parce que après les événements d'hier, nous ne saurions être trop prudents. Pauvre Hermance ! j'ai cherché toute la nuit un biais... tendre, pour lui dire : « Mais, sapristi ! est-ce que vous n'en avez pas assez de cette existence ?... Hermance, rentrons dans le devoir... Épousons ma cousine Berthe. » Ah ! elle ne comprendra jamais cela, jamais !... Bon ! ce sont mes jambes que j'arrose à présent.

Il va arroser la corbeille de gauche.

HERMANCE, arrivant de droite, troisième plan.

Pierre, avez-vous des melons pour ce soir ? (Voyant Ernest.) Ernest !

ERNEST, déconcerté.

Vous me reconnaissez ?

HERMANCE.

Je vous devine. Donnez-moi un arrosoir et causons de loin pour ne pas être surpris.

Ils continuent la scène en arrosant, Ernest à gauche, Hermance au milieu.

HERMANCE, venant en scène.

Je vous ai dit de venir ici, parce que je ne veux plus vous recevoir, j'ai trop peur !

ERNEST, même jeu.

Moi aussi !

HERMANCE.

Ernest, il faut en finir.

ERNEST, avec tristesse.

C'est donc une rupture ?

HERMANCE, même jeu.

Ne prononcez pas ce mot.

ERNEST.

Ah ! Hermance !

HERMANCE

Ah ! Ernest !

ERNEST.

Je serai toujours votre ami.

HERMANCE.

C'est encore trop : Ernest, il faut vous marier, mon ami.

ERNEST, s'oubliant.

J'y pensais.

HERMANCE, étonnée et posant à terre son arrosoir.

Hein ? vous y pensiez ?

ERNEST, posant son arrosoir.

Je pensais que vous alliez me faire cette horrible proposition. (Avec des larmes dans la voix.) Après ce que je vous ai écrit il y a huit jours !

HERMANCE.

J'ai toujours votre lettre sur mon cœur !

ERNEST.

Et vous voulez que je prenne une femme ?

HERMANCE.

Il le faut, mon ami.

ERNEST, hypocritement.

Laquelle ?

HERMANCE.

Ma tante.

ERNEST.

La vieille !

HERMANCE.

Elle sera si heureuse !

ERNEST.

Je crois bien !

HERMANCE.

J'ai déjà tout arrangé dans ma tête. Vous épouserez ma tante : elle n'est pas jolie, mais elle ne l'a jamais été ; que vous importe ?

ERNEST.

Oh ! rien... seulement, c'est une vieille demoiselle.

HERMANCE.

Eh bien ?

ERNEST.

Pendant que nous y sommes, je crois que nous ferions mieux d'en prendre une jeune.

HERMANCE, vivement.

Laide... alors.

ERNEST, avec indifférence.

Laide ou jolie.

HERMANCE.

Jolie, jamais !

III.   6

ERNEST.

Cherchons dans les laides. Oh! Dieu! cela m'est égal!...
Il y a ma cousine.

HERMANCE.

Berthe?

ERNEST.

Cela ferait plaisir à mon oncle.

HERMANCE.

Elle est très jolie.

ERNEST.

Peuh! je n'aime pas ces beautés-là, moi... et puis vous
savez, je l'ai vue toute petite. Elle n'avait qu'une dent; elle
était affreuse! ça m'est toujours resté.

HERMANCE.

Je préfère que vous épousiez ma tante.

ERNEST.

Plutôt mourir de la main de Marjavel.

On entend le claquement d'un fouet.

HERMANCE, reprenant l'arrosoir.

Qu'est-ce que c'est que ça?

ERNEST, même jeu et passant vivement.

C'est le cocher, il a quitté le septième bec de gaz pour se
mettre devant la porte.

HERMANCE.

Cependant, vous lui avez donné ce qu'il vous demandait?

ERNEST.

Mais il me nargue. Nous sommes à la merci de cet
homme.

HERMANCE.

Je ne peux plus vivre ainsi.

Elle pose l'arrosoir à gauche, près du banc.

MARJAVEL, du dehors, à gauche.

Krampach, va me chercher le jardinier, mort ou vif.

ERNEST.

C'est Marjavel... Il cause avec Krampach !

Il pose l'arrosoir à droite, deuxième plan.

HERMANCE, effrayée, venant en scène.

Mariez-vous avec votre cousine aujourd'hui, à l'instant.

ERNEST.

Je vais écrire à mon oncle.

HERMANCE, remontant à la corbeille du milieu, Ernest la suit.

Et j'annoncerai la nouvelle à mon mari.

ERNEST, lui tendant la main.

Adieu !

HERMANCE, lui prenant la main.

Adieu !

ERNEST, avec des larmes.

Ainsi, tout est fini ?

HERMANCE, pleurant aussi.

Tout.

ERNEST, à part, se séparant d'Hermance.

Enfin ! je respire.

HERMANCE, à part, gagnant à gauche.

Maintenant, je suis calme.

MARJAVEL, entrant.

Ah ! mais le voilà. — Dis-donc, toi !... cet animal-là sait qu'on a perdu un diamant et il ratisse les allées !

HERMANCE.

Il arrosait, mon ami.

MARJAVEL.

Je l'ai vu ratisser de la chambre d'Ernest. — Arrive ici, butor ! (Ernest s'approche de dos.) Je t'avais recommandé d'emporter cette caisse, ces pots et ces bancs. (Ernest prend une caisse vide et la met sur sa tête, de façon à se cacher jusque sur les épaules, Marjavel lui met sur les bras deux pots à fleurs vides, et le surcharge d'une chaise qu'il pose sur la caisse.) Tu ne réponds rien, brute?

Il le pousse et le fait sortir par la gauche. Ernest murmure.

HERMANCE.

Mais vous le chargez trop.

MARJAVEL.

Lui? allons donc? il est fort comme un bœuf. (Ernest s'en va en trébuchant.) Et il fait bon, boum, encore!...

SCÈNE II

HERMANCE, MARJAVEL.

HERMANCE.

Eh bien, vous ne me souhaitez même pas le bonjour?

MARJAVEL.

Pardonne-moi, je suis préoccupé depuis hier...

HERMANCE.

Et de quoi, mon ami?

MARJAVEL.

De la perte de ton diamant.

HERMANCE.

C'est un petit malheur.

MARJAVEL.

Je tiens à savoir s'il n'a pas été volé; car, depuis que mes domestiques sont sûrs, ma maison ne l'est plus. Le vent m'a déjà pris une gouttière... Je me suis levé de bonne heure, j'ai couru au pavillon, j'ai tout fait balayer par Krampach, qui passe les balayures au tamis.

HERMANCE.

C'est bien inutile.

MARJAVEL.

J'y tiens. Croirais-tu qu'Ernest est déjà sorti?

HERMANCE.

M. Ernest doit avoir beaucoup d'occupations en ce moment... Je crois qu'il est question pour lui d'un mariage.

MARJAVEL, étonné.

Ernest se marie?

HERMANCE, gaiement.

Vous en serez certainement le premier informé.

MARJAVEL.

Je ne suis pas égoïste. Je ne me plaindrai pas de perdre un ami.... que j'ai comblé... car enfin nous l'avons comblé.

HERMANCE.

Il a trente-deux ans, il pense à son avenir.

MARJAVEL.

On ne pense qu'à soi aujourd'hui. Je m'étais habitué à Ernest; il ne me rendait aucun service, mais il était dévoué... Il se marie, il a raison. Seulement, je trouve qu'il faisait un célibataire excellent et qu'il fera un mari détestable.

HERMANCE.

Vous le jugez mal... peut-être!

MARJAVEL.

Je le connais... il a beaucoup de défauts; mais je suis son ami, je ne dois parler que de ses qualités. Il en a; je ne les connais pas... Les connais-tu, toi?

HERMANCE.

Mais !...

MARJAVEL.

Et qui épouse-t-il?

HERMANCE, avec indifférence.

Sa cousine, dit-on, mademoiselle Berthe.

MARJAVEL.

Pauvre enfant! C'est Jobelin qui a imaginé cela. Ernest n'a aucune fortune, Berthe est riche. Pauvre enfant!

HERMANCE, à part.

Est-ce drôle? C'est lui que ça contrarie. (Haut.) On m'attend pour le déjeuner... A bientôt.

Elle sort par la gauche.

SCÈNE III

MARJAVEL, puis KRAMPACH, puis LISBETH.

MARJAVEL.

Mais qu'est-ce qui le force à se marier?... est-ce que nous ne sommes pas heureux comme ça?

KRAMPACH, entrant, solennel et digne; il est en livrée.

Bourgeois... je viens vous demander une audience.

MARJAVEL, surpris.

Une audience?

KRAMPACH.

J'ai quelque chose à vous dire.

MARJAVEL.

Dépêche-toi.

KRAMPACH.

Voulez-vous être mon témoin?

MARJAVEL.

Ton témoin ? puisque tu es marié...

KRAMPACH.

C'est pas pour ça... je vais me battre en duel.

MARJAVEL.

Avec qui ?

KRAMPACH.

Avec le jeune homme qui a suborné Lisbeth.

MARJAVEL.

Tu en veux à Ernest ?

KRAMPACH.

J'en veux à Ernest !...

MARJAVEL.

Et pourquoi ?

KRAMPACH.

Comment ! pourquoi ?

MARJAVEL, l'interrompant.

Chut ! Ta femme a fait une faute, mais tu l'as réparée.

KRAMPACH.

Oui, je l'ai réparée.

MARJAVEL.

Donc, elle n'existe plus; donc tu ne peux pas en vouloir à Ernest.

KRAMPACH.

Vous croyez ? alors, je veux qu'il me respecte.

MARJAVEL.

Est-ce qu'il ne te respecte pas ?

KRAMPACH.

Non... j'ai trouvé une lettre adressée à ma femme.

Il tire de sa poche un papier brûlé d'un bout et sur les bords.

MARJAVEL.

Une lettre ?

KRAMPACH, le papier à la main.

Dans les balayures... Je ne lis le français que quand il est écrit en allemand... Mais c'est égal, j'ai lu trois mots qui me chiffonnent... Voilà.

Il lui donne la lettre.

MARJAVEL, parcourant le papier.

C'est un brouillon.

KRAMPACH, se rappelant.

« Votre mari est un... » le reste est brûlé.

MARJAVEL, à part.

Oui, c'est l'écriture d'Ernest.

KRAMPACH.

Est un quoi ?

MARJAVEL.

Un imbécile... parbleu !...

KRAMPACH, heureux.

Ça ne veut dire que ça ?

MARJAVEL.

Ça ou autre chose ; mais ce n'est pas adressé à ta femme. (Lisant.) « Quelle crainte peut-il vous inspirer, cet homme excellent ? »

KRAMPACH, joyeux.

C'est bien pour moi !

MARJAVEL, continuant.

« Il est naïf... fat et crédule. »

KRAMPACH, ravi.

C'est bien moi !

MARJAVEL, à lui-même.

Naïf... fat et crédule !... Je connais des gens comme ça, moi.

KRAMPACH, sans comprendre.

Oui...

MARJAVEL, continuant.

« Ne pensons qu'à notre amour... lui seul existe. » Il a une intrigue avec une femme mariée ?

KRAMPACH.

Lisbeth !

MARJAVEL.

Allons donc !... A Lisbeth, il écrirait : « Oranges à discrétion... » Non : « Oranges et discrétion ! » C'est à une femme du monde.

KRAMPACH.

Alors, je peux être l'ami d'Ernest ?

MARJAVEL.

C'est ton devoir.

KRAMPACH, avec résolution.

C'est mon devoir ?... Alors, c'est bien !

MARJAVEL, parcourant la lettre et passant.

Oh ! mais quel feu ! c'est de la passion ! c'est du vitriol ! c'est du pétrole ! (comme s'il lui venait une inspiration.) Ernest ne peut pas se marier. Nous le garderons avec nous !...

LISBETH, venant de droite; elle a dans la main une orange qu'elle semble manger.

Le déjeuner est servi...

KRAMPACH, vivement

Qu'est-ce que tu manges là, toi ?

LISBETH.

Ça, c'est une orange.

KRAMPACH.

Qui te l'a donnée ?

MARJAVEL, bas, à Lisbeth.

Ne réponds pas.

LISBETH.

C'est le monsieur.

MARJAVEL, à part.

Bécasse ! (Haut.) Oui... j'avais par hasard une petite orange
dans ma poche.

KRAMPACH.

Si c'est le monsieur... je n'ai rien à dire.

MARJAVEL, à part en s'en allant.

Dieu ! qu'il y a des maris bêtes ! Quand on est bête comme
çà, on ne se marie pas.

Il sort par la droite. Lisbeth va pour le suivre, Krampach la retient.

SCÈNE IV

KRAMPACH, LISBETH.

KRAMPACH, l'amenant en scène.

Maintenant il s'agit de s'expliquer ; hier, j'étais un peu
dans les carafons... mais aujourd'hui...

LISBETH.

Mais quand je te dis !...

KRAMPACH.

Tais-toi ! T'as commis une faute ! pourquoi que tu *m'ostines*
que tu t'es pas aperçue du jeune homme ? (Lisbeth veut parler.)
Tais-toi ! parle !...

LISBETH.

Je te dis que je n'ai vu personne dans ma chambre que
des souris.

KRAMPACH.

Les souris... ils ne portent pas des montres et des breloques !...

LISBETH.

Qué que t'en sais?

KRAMPACH.

J'en sais que ce n'est pas l'usage.

LISBETH.

Eh bien, après?

Krampach et Lisbeth se disputent en allemand, Lisbeth termine la dernière phrase.

KRAMPACH, après le parlé allemand.

A la bonne heure!... Pourquoi que tu ne m'as pas dit tout de suite que tu avais été trompée par un homme si comme il faut?

LISBETH.

Ça ne te regardait pas.

KRAMPACH, avec fierté.

Comment, ça ne me regardait pas!... je n'ai donc pas mon amour-propre, alors...

LISBETH.

Nein!

KRAMPACH.

Ya!

LISBETH.

Nein!

KRAMPACH.

Ya. (avec dignité.) C'est bien, madame!... puisque c'est comme ça... je vais adresser une pétition aux tribunaux pour leur demander ma séparation de corps.

LISBETH, attendrie.

Oh! Krampach!

KRAMPACH.

Et l'autorisation de prendre des maîtresses jolies... avec des chapeaux roses... jolis!

LISBETH, avec prière, puis avec passion.

Non! Krampach! Vois-tu, depuis que t'as une livrée, je t'adore!

KRAMPACH, avec un peu de fatuité.

Voilà bien les femmes! toutes les mêmes! dès qu'on a un peu de toilette!...

LISBETH.

Dieu! que tu es beau comme ça!

Elle lui saute au cou et l'embrasse.

KRAMPACH, se défendant en riant de plaisir.

Tu me chiffonnes! tu me chiffonnes!

LISBETH.

Tiens! voilà mon orange... (Elle l'embrasse) T'es t'un ange!

Elle sort par la gauche.

SCÈNE V

KRAMPACH, seul; puis ERNEST.

KRAMPACH.

J'ai tous les bonheurs à la fois... J'ai l'orange... ma femme m'adore et Kuissermann me paye... j'ai tous les bonheurs à la fois.

Il gagne la gauche.

ERNEST, entrant de droite sans voir Krampach.

Je viens de la mairie, les publications sont faites.

KRAMPACH.

Ah! le petit jeune homme!

Il semble arranger le parterre de fleurs de gauche et gagne insensiblement celui du milieu.

ERNEST.

Mon oncle va venir en habit noir annoncer la grande nouvelle... je serai marié à mon tour... et je n'aurai pas d'amis... pas d'Ernest. (Apercevant Krampach. A part.) Tiens, voici l'autre... l'autre mari... Marjavel deux! il va me demander des explications... Evitons-le.

Il va pour sortir, Krampach l'arrête.

KRAMPACH, le ramenant en scène, avec émotion et dignité.

Nous l'avons aimée tous les deux !

ERNEST.

Dame !... le hasard... le printemps... C'était au mois de mai...

KRAMPACH.

C'est vous qui avez commis la faute ; mais je l'ai réparée... Donc, elle n'existe plus... donc, je ne peux pas vous en vouloir.

ERNEST.

A la bonne heure ! voilà qui est raisonné.

KRAMPACH, insistant.

Je peux pas en vouloir ; sans ça, je vous rendrais la montre.

Il tire sa montre en argent.

ERNEST.

La montre !... Ah ! oui... je la reconnais... (A part.) C'est lui qui la porte. (Haut.) Garde-la...

KRAMPACH.

C'est qu'elle retarde. Elle marche comme une cane.

ERNEST.

Oh ! quand on n'est pas pressé !...

KRAMPACH.

On dit que ça se garantit trois ans.

ERNEST.

Tu veux que je la fasse régler ?

KRAMPACH.

Oui, et en même temps, je vous prierai d'y faire poser une sonnette.

ERNEST.

Comment, une sonnette ?

KRAMPACH.

Chez nous, M. le brigadier de gendarmerie a une montre avec une sonnette.

ERNEST.

Tiens, tiens, tiens, tiens !

KRAMPACH.

Oui !... quand il est trois heures, elle fait : ding ! ding ! ding !... quand il est quatre heures, elle fait : ding ! ding ! ding ! ding !... quand il est cinq heures...

ERNEST.

Oui... ainsi de suite jusqu'à minuit... (A part.) Il me demande une montre à répétition... Eh bien, il n'est pas exigeant. (Haut.) Tu l'auras.

KRAMPACH., lui tendant la main.

Soyons amis.

ERNEST, à part, un peu froissé.

Un domestique !... ah bah !... il n'y a personne (Retirant sa main.) Du monde !... (A Krampach.) Va chercher Marjavel.

KRAMPACH, en sortant.

Oui, soyons amis.

ERNEST.

Oui, va, va. (A Hermance, qui entre de droite.) Madame, voici mon oncle en cravate blanche. (Allant au-devant de Jobelin.) Mon oncle !... ma cousine !...

SCÈNE VI

Les Mêmes, JOBELIN, BERTHE.

JOBELIN, entrant par la gauche avec Berthe, à Hermance.

Madame !... (Cherchant Marjavel.) Mon excellent ami !... Ah pardon, il n'y est pas. (Se mettant en position.) Madame, je veux

que vous soyez informée la première de l'événement heureux qui se prépare. M. Ernest Jobelin, mon neveu, épouse
mademoiselle Berthe Jobelin, ma nièce.

HERMANCE, à Berthe.

Je vous félicite, mademoiselle...

ERNEST, à part.

Ça va comme sur des roulettes...

HERMANCE, à Berthe.

Vous ne doutez pas des vœux que je forme pour votre
bonheur.

BERTHE, naïvement.

Oh! madame, je suis bien heureuse!

HERMANCE, l'attirant un peu vers elle.

Votre cousin vous aimait depuis longtemps.

BERTHE.

Il ne me l'avait jamais dit, madame, croiriez-vous cela?

HERMANCE, avec joie.

Ah!

JOBELIN.

Il est si timide!

HERMANCE, à part.

Il ne l'aime pas.

SCÈNE VII

ERNEST, BERTHE, MARJAVEL, JOBELIN, HERMANCE.

MARJAVEL, accourant, joyeux.

On me demande?... Eh! c'est Jobelin, en habit noir!...
en gants jaunes!... Oh! oh!... Faut-il rentrer dans le
salon?

JOBELIN.

Nous sommes à merveille sous ce toit de verdure.

MARJAVEL, allant à Berthe et l'embrassant avec effusion.

Pauvre enfant ! (Recommençant.) pauvre enfant !

BERTHE, étonnée.

Pourquoi m'embrasse-t-il ?

JOBELIN, se mettant en position.

Mon excellent ami, je veux que vous soyez informé le premier...

MARJAVEL, bas, à Ernest.

Soyez tranquille, je vais vous tirer de là.

ERNEST.

Hein ?

MARJAVEL, lui serrant la main avec énergie.

Comptez sur moi !

JOBELIN, qui a suivi Marjavel pour achever sa phrase.

Le premier... de l'événement heureux.

MARJAVEL, bas.

Éloigne ta nièce.

JOBELIN, continuant.

ui se prépare...

MARJAVEL, bas.

Éloignez l'enfant !

JOBELIN, continuant.

J'ai l'honneur...

MARJAVEL, bas.

Il le faut ! force majeure !

JOBELIN.

Ah ! (A Berthe.) Berthe, mon excellent ami Marjavel t'autorise à aller cueillir un bouquet dans ses plates-bandes.

BERTHE, allant à Marjavel.

On me renvoie...

JOBELIN.

Il paraît que c'est plus convenable.

MARJAVEL.

Nous vous rappellerons. (L'embrassant toujours avec effusion.)
Pauvre enfant!

BERTHE, s'en allant à regret.

Mais qu'a donc M. Marjavel?

Elle sort par la gauche.

SCÈNE VIII

ERNEST, MARJAVEL, HERMANCE, JOBELIN.

JOBELIN.

Maintenant, je peux continuer? (Se remettant en position.) Mon
excellent ami, je veux que vous soyez informé le premier..

MARJAVEL.

Assez! Tu viens m'annoncer le mariage d'Ernest?

JOBELIN, étonné.

Oui...

MARJAVEL.

Ce mariage est impossible!

ERNEST.

Hein?

HERMANCE.

Quoi?

JOBELIN.

Comment?

MARJAVEL.

Ernest ne peut pas se marier

JOBELIN.

Pourquoi?

MARJAVEL.

Il n'aime pas sa cousine.

ERNEST, protestant.

Permettez...

MARJAVEL, bas, à Ernest.

Laissez-moi faire! (Haut.) Il a une liaison...

JOBELIN.

Hein?

ERNEST, protestant.

Mais...

MARJAVEL, à Ernest.

Quoi? Il vaut mieux le dire tout de suite! (A Jobelin.) Il a une de ces liaisons... à tout casser... qui enchaînent toute une existence.

JOBELIN.

Mon neveu?

ERNEST.

Vous vous trompez!

MARJAVEL, continuant.

Il aime une femme mariée!...

ERNEST et HERMANCE.

Ah!

Ils se regardent en baissant les yeux.

JOBELIN, se récriant.

Oh! oh!

MARJAVEL.

C'est un amour coupable sans doute, il vaut mieux prendre une petite sans conséquence comme... (Il se désigne et reprend vivement.) Mais cet amour a pour excuse sa violence même.

JOBELIN.

Mais es-tu bien sûr?...

MARJAVEL, tirant le papier brûlé de sa poche.

Vous allez en juger. (voulant lire.) Qu'est-ce que j'ai donc fait de mon lorgnon ? — Hermance !

HERMANCE.

Mon ami ?...

MARJAVEL, lui remettant le papier.

Vous allez voir comme elle lit le sentiment. (A Hermance.) Lis tout haut !...

HERMANCE, passant.

Moi ?...

MARJAVEL.

Oui... et ne te presse pas...

HERMANCE, lisant.

« Votre mari est un... »

MARJAVEL.

Passe... c'est brûlé...

HERMANCE, lisant.

« Quelle crainte peut-il vous inspirer, cet homme excel lent?.. » (A part.) Ah ! mon Dieu !...

ERNEST, à part.

Mon brouillon !

MARJAVEL, joyeux.

Continue...

HERMANCE, à part.

Quel supplice ! (Haut, lisant.) « Il est heureux, naïf... fat et crédule... »

ERNEST, s'excusant.

Oh ! vous savez... j'ai écrit ça...

MARJAVEL.

Il n'y a pas de mal... C'est égal, je voudrais bien le con-naître. (A Hermance.) Continue.

HERMANCE.

Mon ami, est-ce bien nécessaire?

MARJAVEL.

Comment donc! La fin est déchirante... Écoute, Jobelin.

HERMANCE, lisant froidement.

« Ne pensons qu'à notre amour... lui seul existe... le reste n'est rien. »

MARJAVEL, à Hermance.

Plus de feu! plus de feu! Tu lis ça comme un chapitre de *la Cuisinière bourgeoise.* (Avec lyrisme.) « Ne pensons qu'à notre amour... lui seul existe... le reste n'est rien. » — (A Ernest.) Le reste, c'est le mari... l'imbécile!... Continue.

HERMANCE, continuant et se laissant insensiblement gagner par l'émotion.

« Aucun obstacle ne peut nous séparer, aucune force ne peut nous désunir... »

MARJAVEL, radieux.

Hein! voilà de la passion!

HERMANCE, continuant.

« Tu es ma pensée, tu es mon âme, tu es ma vie. » (S'arrêtant et à part, avec attendrissement.) Comme il m'aimait!

ERNEST, à part.

Est-il bête de lui faire lire ça!

MARJAVEL..

Eh bien, la suite?

HERMANCE, avec une émotion graduée.

« Je t'aime pour ta beauté, pour ta grâce, pour ce charme inconnu qui m'enivre... »

JOBELIN, à part, très ému et tirant son mouchoir.

Tout ce que j'écrivais à Mélanie...

HERMANCE, lisant en sanglotant.

« Me marier!... Ce doute horrible t'est venu! tu as cru que je ne saurais pas résister... Ah! que je t'en veux des larmes que tu as versées!... »

Ernest tire son mouchoir, Marjavel le sien, puis Hermance, dont la voix s'arrête coupée par les sanglots; l'émotion a gagné Ernest, Jobelin et Marjavel, qui finissent par pleurer tous les trois. Ils se mouchent bruyamment.

MARJAVEL.

Que c'est bête! je pleure comme un enfant!

JOBELIN.

Moi aussi!

ERNEST.

Moi aussi! (Marjavel console Ernest et remonte, Hermance va près de lui et pleure dans son sein. — Bas, à Hermance.) Prenez garde, madame, prenez garde!

HERMANCE, bas et vivement à Ernest.

Rompez le mariage! ce sacrifice est au-dessus de nos forces!

Elle sort vivement à gauche pour cacher son émotion.

ERNEST, avec désespoir.

Bon! ça va recommencer!

MARJAVEL, à Jobelin.

Eh bien, es-tu convaincu?...

JOBELIN.

Tout à fait!... ce mariage est impossible!

MARJAVEL, à Ernest.

Je vous disais bien que je vous tirerais de là.

ERNEST.

Merci... c'est que les publications sont faites...

MARJAVEL.

Et vous voulez que j'aille à la mairie? J'y vais!

ERNEST.

Non !

MARJAVEL.

Si !

ERNEST.

Non !

MARJAVEL.

Si !... seizième arrondissement... Attendez-moi... je reviens. (Bas.) Sans moi, ce crétin de Jobelin vous sacrifiait !

Il sort par la gauche.

SCÈNE IX

ERNEST, JOBELIN, puis LISBETH.

ERNEST.

Comment, vous le laissez partir ? vous ne le retenez pas ?

JOBELIN, avec reproche.

Une femme mariée ! Oh ! monsieur ! je vous défends de me parler.

ERNEST.

Dame, mon oncle ! un jeune homme est bien embarrassé... on ne peut pas prendre une demoiselle.

JOBELIN.

Non... mais une veuve agréable... bien conservée...

ERNEST.

Des veuves !... Il n'y en a pas pour tout le monde, des veuves ! La société manque de veuves ! voilà sa plaie !

JOBELIN.

Et vous le connaissez, sans doute, ce mari ?

ERNEST.

Si je le connais!... Oh! oui... je le connais!...

JOBELIN.

Vous êtes son ami?

ERNEST.

A l'année et sans gages!... Mais j'ai rompu... tout est rompu... Vous pouvez, sans crainte, me donner ma cousine.

JOBELIN.

Jamais, monsieur! jamais!

On entend une dispute dans la coulisse et le bruit d'un soufflet.

VOIX DE KRAMPACH, dans la coulisse.

Aïe!

LISBETH, entrant et parlant à la cantonade.

Attrape!... C'est bien fait!

JOBELIN.

Qu'est-ce?

LISBETH.

Je viens de gifler Krampach. (Remettant des billets à Ernest.) Tenez! v'là l'argent!

ERNEST.

Quel argent?

LISBETH.

Celui que Krampach devait remettre au cocher et qu'il a gardé!

ERNEST et JOBELIN, ensemble avec terreur.

Il a gardé l'argent?

LISBETH.

Parce que Kuissermann est son débiteur... mais, moi, je n'entends pas ça! je suis une femme honnête...

ERNEST.

Oui, une honnête femme!

JOBELIN.

Mais alors ce cocher?...

LISBETH.

Il est à la porte... furieux.

ERNEST et JOBELIN, ensemble.

Parbleu !

LISBETH.

Il m'a demandé le nom du mari.

ERNEST et JOBELIN, ensemble.

Marjavel ! et pourquoi faire ?

LISBETH.

Pour lui écrire.

ERNEST et JOBELIN, ensemble.

Sapristi ! il faut courir !

Ils remontent avec Lisbeth.

LISBETH.

Oh ! c'est pas la peine... sa lettre est partie...

JOBELIN et ERNEST.

Partie !...

Lisbeth sort par la droite.

SCÈNE X

ERNEST, JOBELIN, puis HERMANCE.

JOBELIN.

Ah ! mon neveu !

ERNEST.

Ah ! mon oncle!

JOBELIN.

Tu as compris ?

ERNEST.

Vous avez deviné ?

JOBELIN.

Ce fiacre a conduit...

ERNEST.

Madame Marjavel.

JOBELIN.

Oui.

ERNEST·⎫
⎬ Ensemble.
JOBELIN.⎭

Oh! Hermance!

Oh! Mélanie!

Ils se regardent tous les deux.

ERNEST et JOBELIN.

Hein !

JOBELIN, étonné.

Hermance!

ERNEST, même jeu.

Mélanie!

JOBELIN, avec reproche.

Comment, mon neveu?

ERNEST, même jeu.

Comment, mon oncle?

ENSEMBLE.

Nous fûmes bien coupables.

Ils s'embrassent.

HERMANCE, entrant de gauche.

Ah! mon Dieu! quelle effusion de tendresse!

JOBELIN, vivement à Hermance.

Ah! madame, un grand malheur! Krampach a gardé l'argent... le cocher est furieux... il vient d'écrire à votre mari !

HERMANCE.

Monsieur, je ne comprends pas... je ne sais ce que vous voulez dire.

JOBELIN, à part.

Ah! c'est juste! Je croyais parler à Mélanie. (Bas, à Ernest.)
Dis-lui, toi.

Il le fait passer.

ERNEST, à Hermance, vivement.

Krampach a gardé l'argent... le cocher vient d'écrire à
votre mari.

HERMANCE.

Nous sommes perdus! (Très exaltée.) Je ne peux plus revoir
Marjavel... sa vue me tuerait... Partons! fuyons!

Elle remonte.

ERNEST.

Où ça?

HERMANCE.

N'importe où... en Suisse, en Amérique.

JOBELIN.

Peut-être que la Belgique...

HERMANCE.

C'est trop près.

ERNEST.

Permettez... un pareil voyage...

HERMANCE.

Vous hésitez!... après m'avoir entraînée dans l'abîme.

ERNEST, à part.

Allons, bien! me voilà pris! Je suis dans l'engrenage.
(Avec agitation et remontant.) Partons pour l'Amérique... Est-ce
le Sud ou le Nord?

SCÈNE XI

Les Mêmes, MARJAVEL, puis KRAMPACH, puis BERTHE et LISBETH.

MARJAVEL, entrant de gauche.

Me voilà! je suis en nage.

HERMANCE.

Lui!

ERNEST et JOBELIN, à part.

Trop tard!

MARJAVEL, joyeux.

J'arrive de la mairie... il y a là un bonhomme bien désagréable...

HERMANCE, bas, à Ernest.

Il n'a pas reçu la lettre.

ERNEST, bas, à Jobelin.

Il n'a pas reçu la lettre!

JOBELIN, bas, à la cantonade.

Il n'a pas reçu la lettre!

MARJAVEL.

Je lui dis : « Monsieur, je viens pour le mariage de M. Ernest Jobelin... » Il me répond : « Êtes-vous le père ou la mère du jeune homme? »

ERNEST, s'efforçant de rire.

Ah! très drôle! La mère du jeune homme!

HERMANCE.

C'est charmant!

JOBELIN.

C'est à mettre dans une pièce!

KRAMPACH, entrant une lettre à la main.

Monsieur, une lettre pour vous.

HERMANCE, ERNEST et JOBELIN, à part et terrifiés.

La lettre!

KRAMPACH.

On attend la réponse.

HERMANCE, bas.

Nous sommes perdus!

JOBELIN, à part.

Je vais me trouver mal!

MARJAVEL, après avoir décacheté la lettre.

Quelle drôle d'écriture! Je ne trouve pas mon lorgnon.

ERNEST, vivement.

Voulez-vous que je lise?

MARJAVEL.

Non... Krampach!...

Il lui donne la lettre.

HERMANCE.

Mais, mon ami...

MARJAVEL.

Je n'ai pas de secrets, moi! et puis, il faut bien qu'il s'habitue... quand j'oublie mon lorgnon... va!

KRAMPACH, lisant.

« Cancre!... si tu ne m'envoies pas tout de suite trois mille francs... »

MARJAVEL.

Il me tutoie!

KRAMPACH, lisant.

« Je dirai à ta femme que tu t'es promené dans mon fiacre avec une cocotte. »

Marjavel repousse Krampach et passe.

HERMANCE.

Hein?

JOBELIN.

Ah bah!

MARJAVEL, à part.

Sapristi! ma promenade avec Ginginette!... et ma femme qui a entendu... Je suis pincé...

ERNEST, bas.

Il paraît que nous avons tous pris le même fiacre!

HERMANCE, à Marjavel.

Me tromper! A votre âge! Adieu... monsieur...

Elle remonte.

MARJAVEL.

Non, Hermance!... (Elle revient à sa place.) Je vais t'expliquer... (Bas, à Krampach.) Mange l'enveloppe! (Krampach se retourne, mange la lettre et garde l'enveloppe. Haut.) Cette lettre n'est pas pour moi... Voyons... est-ce que je suis un homme à me promener dans un fiacre avec une... cocotte?

HERMANCE.

Pour qui donc, alors?

MARJAVEL.

Ah! voilà! pour qui?... (A part.) Je vais tout flanquer sur le dos d'Ernest. (Haut, à Ernest.) Malheureux jeune homme!

Il lui prend le bras et l'attire à lui.

ERNEST.

Quoi?

MARJAVEL.

Voilà donc où peuvent entraîner l'inconduite et le désordre...

ERNEST.

Mais ce n'est pas moi... je proteste!

MARJAVEL.

Inutile! j'ai une preuve! (A Krampach.) Donne-moi l'enveloppe.

KRAMPACH.

Je l'ai mangée.

MARJAVEL.

Imbécile! animal! Il y avait dessus : « A Monsieur Ernest Jobelin. »

HERMANCE.

Comment?

ERNEST.

Vous êtes sûr?

MARJAVEL, arrachant la lettre des mains de Krampach et la donnant à Ernest.

Maintenant, monsieur, reprenez cette lettre qui n'aurait jamais dû entrer dans cette maison.

ERNEST, l'examinant.

Tiens! c'est l'enveloppe.

MARJAVEL.

Comment! il a mangé la lettre?

Il secoue vivement Krampach, qui ne comprend rien.

ERNEST, lisant la suscription.

« A Monsieur Marjavel. »

TOUS.

Hein?

MARJAVEL.

C'était pour moi?... alors, je vois ce que c'est... je conduisais la tante Isaure au Jardin d'acclimatation... on l'a prise pour une... Oh!

HERMANCE.

Ah! monsieur... je me vengerai.

Elle va à lui.

JOBELIN, à part.

Encore!

Lisbeth entre avec Berthe; elles portent des bouquets.

BERTHE.

La conférence est-elle finie?

JOBELIN.

Oui, tout est arrangé!

ERNEST.

Quand vous êtes entrées, nous causions de la corbeille.

MARJAVEL, avec regret.

Ernest se marie. (A Hermance.) Nous perdons un ami.

KRAMPACH.

Ah! monsieur, vous ne serez pas long à en retrouver un autre.

MARJAVEL.

Que le ciel t'entende!

FIN DU PLUS HEUREUX DES TROIS

LES RÉVOLTÉES

COMÉDIE EN UN ACTE ET EN VERS

Représentée pour la première fois, à Paris,
sur le théâtre du GYMNASE, le 30 novembre 1865.

PERSONNAGES

MONSIEUR DE BRION . . . . MM. LANDROL.

MONSIEUR DARGIS, avocat. . . . .   NERTANN.

MADAME DE BRION (CLAIRE). . . . . Mᵐᵉˢ { DELAPORTE. MARQUET. MAGNIER.

MADAME DARGIS (SUZANNE). . . . . { FROMENTIN. MASSIN.

A Paris.

———————

LES RÉVOLTÉES

Un élégant cabinet d'avocat. Bureau à gauche, petit secrétaire à droite Cheminée au fond. Guéridon au milieu.

SCÈNE PREMIÈRE

BRION, DARGIS*.

Dargis est assis à son bureau de travail.

BRION, entrant brusquement et avec joie.

J'apprends votre retour.

DARGIS.

J'arrive de Bretagne.

BRION.

Vous quittez vos clients pour courir la campagne,
Et vous restez perdu, trente jours, à Quimper!

DARGIS.

J'avais accompagné ma femme.

BRION.

En plein hiver!

Vous êtes revenu sans bruit?

* Dargis, Brion.

DARGIS.

Cette semaine.

BRION, s'asseyant.

Ah! Dargis! c'est un Dieu clément qui vous ramène.
Plaidez-vous aujourd'hui?

DARGIS.

Non.

BRION.

Non? je suis sauvé.

DARGIS.

Et de quoi?

BRION.

D'un désastre idiot, d'un pavé
Domestique.

DARGIS.

Un procès?

BRION.

Je plaide avec ma femme.

DARGIS, étonné.

Qu'est-il donc arrivé?

BRION.

Mais rien. On me diffame.

DARGIS.

Alors, c'est un procès qui m'inquiète peu;
Vous le gagnerez seul, chez vous, au coin du feu.

BRION.

La cause est appelée à la sixième chambre.

DARGIS.

Allons, c'est impossible!

BRION.

Aujourd'hui, vingt-décembre,
J'entrevoyais, enfin, un terme à mes soucis;
Mon avocat se meurt, et demande un sursis.

DARGIS.

On accorde toujours la remise à quinzaine.

BRION.

Attendre encor? non, non. Je succombe à la peine.
Le malade veut bien qu'on se passe de lui ;
C'est vous qui plaiderez.

DARGIS.

Moi?

BRION.

Vous-même.

DARGIS.

Aujourd'hui?

BRION.

Et vous n'aurez jamais une cause meilleure.

DARGIS.

Vous voulez que je plaide, aujourd'hui, dans une heure?

BRION.

Dans quatre, cher ami. Je m'y prends assez tôt.
Ma cause ne viendra qu'à deux heures.

DARGIS.

Il faut
Que je la sache, au moins.

BRION.

Bah! c'est toujours la même;
Vos variations sont prêtes sur ce thème.
Vous savez si je suis voleur de grands chemins?
Mais j'aime le plaisir et le prends des deux mains.

DARGIS.

Des deux mains! — Cher ami, vous en parlez à l'aise.
Vous êtes marié, Brion, ne vous déplaise.

III.   8

BRION.

Qui de nous n'a rempli cette formalité?

DARGIS.

Mais votre femme a tout, la grâce, la beauté
Et l'esprit.

BRION.

Trop d'esprit! Oh! je lui rends justice.

DARGIS.

Est-ce assez?

BRION, se levant.

Puritain! — Soit, condamnons le vice.
Il est léger, railleur, badin et court vêtu,
Mais trouvons-le joli, par grâce.

DARGIS, se levant.

Et la vertu?

BRION.

La vertu? je la crois parfaite, sur parole,
Je garde pour la fin cette dernière idole,
Et me hâte de vivre avant le couvre-feu.

DARGIS.

Que vous reproche-t-on?

BRION.

Il vous faut cet aveu?
Eh bien, mon cher ami, je l'ignore. — Un dimanche,
Madame de Brion m'écrit de sa main blanche :
Je vais à Chambéry. — C'était inoffensif;
Mais le lundi matin, on m'assignait tout vif.

DARGIS.

Voilà tout?

BRION.

Voilà tout.

DARGIS.

Alors, on capitule;
Plaider avec sa femme est toujours ridicule.

BRION.

Si Claire était ici, nous aurions pu traiter,
Mais elle a pris un tiers pour la représenter ;
Voulez-vous que je tombe aux pieds de son notaire ?

DARGIS.

Non. Je vous défendrai.

BRION.

Bien, philosophe austère.

DARGIS.

Mais vous resterez sage, au moins, triple étourdi.

Il va à son bureau, mais ne s'assied pas.

BRION.

Sage ? comptez sur moi, je le serai lundi.
Que direz-vous, Dargis ?

Il s'assied.

DARGIS, s'animant.

Je dirai les tendresses,
Le charme du foyer et ses chastes ivresses.

BRION.

Oh ! n'exagérez rien.

DARGIS, continuant.

Le bonheur de l'époux...

BRION, l'interrompant.

Non, si les juges sont mariés comme nous,
Cela leur paraîtrait peut-être invraisemblable.

DARGIS, avec reproche.

Brion !

BRION.

Prouvez qu'en droit je suis irréprochable.
Ai-je adoré quelqu'un sous le toit conjugal ?...
Non. Tout est là.

DARGIS.

Si c'est ailleurs ?

BRION.

Est-ce illégal ?...

Non. Que faut-il de plus? — Un seul détail me pèse ;
Il se lève.
Dans ma maison, cité d'Antin, numéro treize,
Je conserve, à mes frais, une dame.

DARGIS, s'asseyant.

Comment ?

BRION.

Adorable !

DARGIS.

Chez vous ? dans votre appartement ?

BRION.

Mais mon toit conjugal est sur le quai Voltaire.

DARGIS.

Vous avez un sang-froid candide qui m'atterre.
Deux ménages de front, au grand jour, ce n'est rien ?

BRION.

Êtes-vous l'avocat de ma femme, ou le mien ?

DARGIS.

Le vôtre.

BRION.

Eh bien, alors, prouvez mon innocence.

DARGIS.

Renvoyez cette dame.

BRION, indigné.

Hein ! renvoyer Laurence ?

DARGIS.

Vous romprez poliment ; faites les premiers pas.

BRION, gravement.

Non, il est des devoirs qu'on ne discute pas.
Madame de Saint-Preuil est baronne, elle est blonde,
Elle est belle, elle est jeune et veuve, seule au monde.

Sa passion pour moi, qui n'a rien écouté,
Creuse un abîme entre elle et la société.
Je lui dois bien, au moins, ma tendresse assoupie.
Une faute se paie, un triomphe s'expie.

DARGIS, se levant et changeant de ton.

C'est différent, Brion.

BRION.

Vous m'avez approuvé.

DARGIS, gravement et avec conviction.

Je sais à quelle chaîne on se trouve rivé,
Passant devant lui *.
Malgré soi, trop souvent, et comme une imprudence
Peut lourdement peser sur toute une existence.
Mais votre affaire est grave.

BRION.

Oh! rien n'a transpiré.
Laurence a pour son nom un culte exagéré,
Qui met une sourdine à ma bonne fortune :
Je ne suis pas admis les soirs de clair de lune ;
On ne peut me surprendre.

DARGIS.

En êtes-vous certain

BRION.

Je ne mets plus les pieds dans la cité d'Antin,
Depuis que ma vertu privée est en litige.
La baronne me croit à Florence. On m'oblige
A mentir.

DARGIS.

Gardez donc madame de Saint-Preuil
S'il le faut, mais ailleurs, n'importe où.

BRION.

Son orgueil

* Brion, Dargis.

III.   8.

N'aurait jamais souffert qu'on lui payât son terme.
Elle habite au premier : c'est là qu'elle s'enferme.
Elle a pris le second pour le monde, un matin,
Et du rez-de-chaussée elle a fait un jardin.
J'ai réservé pour moi tout le troisième étage.

DARGIS.

C'est la maison entière.

BRION.

>   Eh ! oui, rien n'est plus sage ;
N'ayant pas de voisins, je n'ai pas d'espions.
Autrefois, j'aurais pris moins de précautions ;
Un garçon se défend, il marchande, il lésine.

Avec un soupir.

Mais je suis marié. — Ma femme me ruine.

DARGIS.

On vous condamnerait sur ce simple entretien.

BRION.

Êtes-vous l'avocat de ma femme ou le mien ?

SCÈNE II

BRION, DARGIS, SUZANNE.

SUZANNE, ouvrant la porte du fond à droite gaiement.

Ce n'est pas un plaideur, je peux entrer.

DARGIS, vivement[*].

>   Oui, certe.

Il remonte.

SUZANNE.

J'ai reconnu monsieur par la porte entr'ouverte ;
Claire va bien ?

[*] Brion, Suzanne, Dargis.

BRION.

Très bien ; elle est à Chambéry

SUZANNE.

Claire ?

BRION.

Depuis vingt jours déjà.

SUZANNE.

Sans son mari ?

BRION.

On voyage si vite ! Elle est près de sa tante.

SUZANNE.

Pour longtemps ?

BRION.

Je le crains. — Mais elle est bien portante.

SUZANNE.

Oh ! moi, je n'aurais pas sa résignation.

BRION.

Le télégraphe aidant !

SCÈNE III

LES MÊMES, CLAIRE.

On annonce.

Madame de Brion.

SUZANNE, stupéfaite, à Brion.

Quoi ! monsieur ?

BRION, au comble de l'étonnement.

Vous voyez ma surprise et ma joie.

CLAIRE, entrant simplement par la droite et voyant son mari sans surprise*.

Ah ! monsieur de Brion.

SUZANNE.

Vous étiez en Savoie ?

CLAIRE.

Mon Dieu ! non.

BRION.

Non ? alors, que m'avez-vous écrit ?

CLAIRE.

C'est qu'un autre projet m'a traversé l'esprit.

BRION.

Qu'êtes-vous devenue ?

CLAIRE.

Eh bien ! je suis restée.

BRION.

Seule ?

SUZANNE.

Seule ?

CLAIRE.

Hélas ! oui, c'est ce qui m'a tentée.
Suzanne était absente ; elle revient, j'accours.

A Suzanne.

Voulez-vous me donner asile ?

SUZANNE, étonnée.

A vous ?

CLAIRE, simplement.

Huit jours.

SUZANNE, souriant.

Mais monsieur de Brion m'en voudrait, ce me semble.

CLAIRE.

Vous ne savez donc pas que nous plaidons ensemble ?

* Dargis, Suzanne, Claire, Brion.

SUZANNE.

Vous plaidez !

CLAIRE, simplement.

Dans une heure.

SUZANNE.

En séparation ?

CLAIRE.

Je crois bien.

SUZANNE, la regardant avec étonnement.

Vous auriez une autre émotion.

CLAIRE.

Pourquoi ? Rien n'est plus simple; un huissier fort honnête
A bien voulu remettre à monsieur ma requête.

BRION, s'avançant.

Mais puisque le hasard me permet de vous voir,
J'apprendrai les méfaits qui me rendent si noir.

Ils s'asseyent, excepté Dargis.

CLAIRE.

Vous n'avez donc pas lu mon exploit ?

BRION.

Je déclare
Que je n'ai rien compris à ce procès bizarre.

CLAIRE.

Il s'agit d'un contrat qu'on exécute mal,
Je porte mes griefs devant le tribunal.

DARGIS, souriant*.

Il les faut sérieux, et j'espère, madame,
Que Brion n'a pas fait... ce que la loi réclame.

CLAIRE.

Le code, cependant, a l'extrême bonté
De dire quelques mots de la fidélité.

* Suzanne, Dargis, Claire, Brion.

DARGIS, de même.

Oui.

CLAIRE.

C'est pour rire ? — Eh bien, je m'en doutais.

DARGIS, avec vivacité.

Oh ! certe,
Brion a quelques torts.

BRION.

Non pas.

CLAIRE, railleuse, montrant Dargis.

Monsieur déserte.

DARGIS, continuant.

Mais vous demandez trop en le voulant parfait,
Vous en conviendrez bien, madame ?

CLAIRE, très gaiement.

Tout à fait.
Pourquoi ne pas le dire avant le mariage ?
On nous laisse monter gaîment dans un nuage,
D'où l'on voit un monsieur tendre, immatériel ;
Son habit noir, lui-même, a des tons d'arc-en-ciel !

DARGIS, souriant et s'appuyant sur le dossier de la chaise de Claire.

Qu'il ne peut pas garder, madame, quoi qu'on fasse.
Ce sont des rêves creux que le mari remplace.

CLAIRE.

Comme les cheveux gris qui remplacent les blonds.

DARGIS, prenant un ton d'avocat.

Est-ce donc un amour fade que nous voulons ?
Brion laissait aller sa vie à la dérive ;
Il n'a peut-être pas la tendresse expansive.
Mais vous êtes, au fond, son seul attachement.

CLAIRE.

Au fond, comme le lest au fond du bâtiment.
Je suis là pour le poids, je maintiens l'équilibre :
Monsieur n'est plus garçon, mais il est toujours libre.

DARGIS.

Madame, il faut sortir de ce malentendu.

CLAIRE; on se lève*.

Nous ne serons jamais, nous, le fruit défendu,
Le scandale bruyant qui mange et qui gaspille ;
Nous serons le repos et l'ennui, la famille.

SUZANNE, gaiement.

C'est un portrait trop laid pour n'être pas trompeur.
Tous les maris sont-ils coupables ?

CLAIRE.

　　　　　　J'en ai peur.

SUZANNE.

Vous n'exceptez personne ?

CLAIRE.

　　　　　　Hélas ! non.

DARGIS, souriant.

　　　　　　　　Je réclame
Pour un, au moins ; Adam n'a pas trompé sa femme.

CLAIRE.

Il l'a calomniée.

SUZANNE.

　　　　Oh ! non, ce n'est pas bien.
Vous jugez les maris des autres...

CLAIRE, passant devant Brion **.

　　　　　　Par le mien.

* Dargis, Suzanne, Claire, Brion.
** Dargis, Suzanne, Brion, Claire.

SUZANNE, à Brion.

Mais vous êtes alors un homme abominable.

BRION.

Oui, madame, il paraît que je suis très coupable.

A sa femme.

Vous avez une preuve au moins à présenter ?

CLAIRE.

J'ai pris un avocat ; c'est pour en inventer.

BRION.

Quels que soient vos malheurs, votre esprit y résiste,
Madame.

CLAIRE.

Quoi ? monsieur, vous me voulez plus triste ?
Mais je ne vous perds pas assez pour être en deuil.

Gravement.

Monsieur, connaissez-vous madame de Saint-Preuil ?

BRION, abasourdi.

Non.

CLAIRE.

Non ?

BRION.

Si... j'ai connu le baron.

CLAIRE.

Ah ! baronne ?

BRION.

Baronne de Saint-Preuil ? Oui ; cela vous étonne ?

CLAIRE.

Je la croyais duchesse.

BRION.

On se trouvait au Bois...
Aujourd'hui, la baronne est veuve...

CLAIRE.

Quelquefois.

Passant devant lui*.

Mais ne trouvez-vous pas cette veuve attrayante?
L'ensemble est ravissant, la tête est trop voyante.
Des cheveux bien choisis, un teint bien composé,
Une taille refaite, un œil très accusé,
D'une beauté coûteuse, enfin, mais réussie ;
C'est parfait de travail et cela s'apprécie,
N'est-ce pas ?

BRION, embarrassé.

Je ne sais, je la vois rarement.

CLAIRE.

Vous, son propriétaire ?

BRION, interdit et cherchant.

Elle a le logement...
Qu'habitait... autrefois... son père... un gentilhomme.
Sa famille remonte...

CLAIRE.

A la première pomme.

BRION.

Vous supposez ?

CLAIRE.

Je suis sa voisine.

BRION, stupéfait.

Vous ? vous ?

CLAIRE.

J'habitais le troisième.

Dargis et Suzanne remontent. Suzanne va s'asseoir près de la cheminée.

BRION.

Hein ?

CLAIRE.

J'étais là chez nous.

BRION.

Madame, quelle idée étrange vous a prise
De venir habiter...

* Dargis, Suzanne, Claire, Brion.

III.   .   9

CLAIRE.

Cette maison mal mise ?
Mais... pour vous y trouver plus souvent que chez moi.
Puis, je tenais à faire une avance à la loi,
Qui veut que mon mari me trompe à domicile.
Article deux cent trente. — Il est d'un homme habile,
Cet article railleur et doux. — Vraiment, j'ai cru
Que vous me saviez là ; vous n'avez point paru.

BRION, embarrassé*.

Vous m'accusez à tort.

CLAIRE.

Aujourd'hui, je m'explique
Pourquoi nous pratiquons un luxe économique,
Et pourquoi vous trouvez que Vichy m'est fatal ;
C'est que probablement vos loyers rentrent mal.

BRION, interdit.

Je vous jure...

DARGIS, bas, à Brion.

Brion, votre cause est mauvaise ;
Arrangez-la.

BRION, de même.

Parlez, vous serez plus à l'aise.

Il remonte

DARGIS, à Claire.

Réfléchissez, madame, il en est encor temps,
Vous n'affronterez pas ces débats irritants.

BRION, de l'autre côté **.

Puisque notre union vous déplaît et vous lasse,
Séparons-nous alors sans bruit.

CLAIRE.

Je vous rends grâce.

* Claire, Brion, Dargis.
** Brion, Claire, Dargis.

Je veux un jugement, pour qu'il soit constaté
Que je vous fais cadeau de votre liberté.

DARGIS.

Madame, est-ce bien là ce qui vous préoccupe ?

CLAIRE.

J'admets qu'on soit victime, il le faut bien, mais dupe?
Oh! non, ce serait trop; dupe de son mari!
Et c'est ma vanité que je mets à l'abri.

Elle remonte.

DARGIS *.

Vous donnez au public la fête d'un scandale.

CLAIRE.

Le scandale est tout fait; puisque monsieur l'étale
Aux yeux des complaisants qui lui servent d'amis,
Il ne m'en voudra pas s'il se croit compromis.

Elle s'assied près de la cheminée.

DARGIS, remontant **.

J'admets une faiblesse, une faute, un caprice;
Punissez-nous, madame, et ce sera justice.
Mais rompre avec celui que l'on vient d'épouser !
Ce sont là des liens qu'on ne peut pas briser.

CLAIRE.

On ne les brise plus, je sais, on les allonge;
Et puis, cela se porte après sans qu'on y songe.
A Suzanne.
Suzanne, convenez que monsieur plaide bien
Pour les droits des maris et l'amour... mitoyen.

SUZANNE, à Dargis.

Vous approuvez monsieur de Brion.

DARGIS.

Non, Suzanne.

* Brion, Dargis, Suzanne, Claire.
** Brion, Claire, Suzanne, Dargis.

SUZANNE.

Vous pensez, comme nous, qu'il faut qu'on le condamne?

DARGIS.

Tout à fait; seulement, je suis son avocat.

CLAIRE, se levant ainsi que Suzanne.

Et vous n'en dites rien! ce n'est pas délicat.
Vous savez, à présent, les moyens que j'oppose.

On apporte une lettre à Dargis, qui la prend, la regarde, et reste embarrassé.

Mais nous vous dérangeons.

Elle s'apprête à sortir.

SUZANNE.

Vous plaidez cette cause?

DARGIS, au comble de l'embarras.

Sur un simple aperçu général et succinct,
Presque sans la connaître, en aveugle.

CLAIRE.

D'instinct.
C'est tout simple, la cause est bien un peu la vôtre.

DARGIS, interdit.

La mienne?

SUZANNE.

Vous croyez?

CLAIRE, en sortant.

Ma chère, un jour ou l'autre,
On fouille, par hasard, un tiroir mal fermé,
Et l'on voit ce que vaut monsieur le bien-aimé.

Elles sortent par le fond à gauche.

SCÈNE IV

BRION, DARGIS:

BRION, qui s'était assis au bureau, se levant.

Elle aura découvert le portrait de Laurence.
Je ne peux plus compter que sur votre éloquence.
Vous savez maintenant l'affaire mieux que moi.

DARGIS, marchant avec agitation.

Brion, je ne peux pas vous défendre.

BRION, stupéfait.

Pourquoi?

DARGIS.

Je ne plaiderai point.

BRION.

Allons, pas de faiblesse.
Nous pouvons raisonner froidement; rien ne presse.
J'ai bien le droit d'avoir un boudoir clandestin,
Et mon toit conjugal n'est pas cité d'Antin.

DARGIS *.

Vous ne voyez donc pas qu'on cherche une victime,
Et que, si je cédais, on m'en ferait un crime?

BRION.

Vous êtes avocat, vous avez des devoirs.

DARGIS.

On engage Suzanne à fouiller mes tiroirs.

BRION.

Vos tiroirs sont remplis d'augustes paperasses.

* Dargis, Brion.

DARGIS.

Eh bien! non, je ne vois partout que des menaces.

BRION.

Vous, Dargis? vous, mari sincère et pratiquant!

DARGIS.

Brion, j'ai comme vous un remords.

BRION.

                Depuis quand?

DARGIS.

Ce n'est pas mon secret.

BRION.

           Parlez sans défiance,
Et consultez, au moins, ma vieille expérience.
Il faut que les maris se soutiennent entre eux.

DARGIS.

Oh! vous n'y pouvez rien.

BRION.

         Qu'en savez-vous, peureux?

DARGIS.

Mais c'est à votre honneur, Brion, que je m'adresse.
Je ne vous dirai pas son nom : elle est comtesse.
Je l'avais vue aux eaux; j'étais galant, alors,
Et libre. Elle m'aima; ce furent des transports
Et des enivrements!... Le comte était à Rome.
Il rappela bientôt sa femme.

BRION.

        Excellent homme!

DARGIS.

Et malgré mes serments, vous étiez mon témoin,
Je me suis marié.

BRION.

      La comtesse est si loin!

DARGIS.

Mais elle est revenue.

BRION.

Ah!

DARGIS.

Fidèle! fidèle!

Elle me croit garçon.

BRION.

Et vous vous plaignez d'elle!

DARGIS.

Comment rompre à présent?

BRION.

Vous n'avez pas rompu?...

DARGIS.

Je l'ai tenté vingt fois, Brion, je n'ai pas pu.
Nous avions pris, au fond d'une rue isolée,
Un pavillon; c'est là qu'elle venait voilée,
Nous l'avions pour neuf ans.

BRION.

Neuf ans!

DARGIS.

Je l'ai toujours.
Que peuvent vos conseils? que feront vos discours?
J'ai porté le premier le trouble dans cette âme.

BRION.

Enfin, mon cher ami, vous trompez votre femme?

DARGIS.

Jamais! c'est maintenant que je comprends l'amour,
L'amour sans vil partage et sans lâche détour.
Mais je crains un éclat et je vis dans l'angoisse.
Ce billet, que j'ai peur d'ouvrir et que je froisse,

Il vient d'elle. On se plaint dans un style aigre-doux :

Avec une colère concentrée.

On m'attend, car j'y vais, j'y vais!

BRION.

Qu'y faites-vous?

DARGIS.

Je cache ma froideur sous un pieux scrupule ;
Je parle du mari...

BRION.

Vous êtes ridicule.

DARGIS.

Des devoirs, de l'honneur, du respect de son nom,
De toutes les vertus.

BRION.

Cela réussit ?

DARGIS.

Non.

Sa passion grandit jusqu'à l'enthousiasme.
Mais au moindre sourire, au plus léger sarcasme,
Je prends l'aspect d'un marbre et reviens au mari.

BRION.

Joseph, qui se sauvait, était moins aguerri.
Oh! moi, j'aurais cédé pour perdre mon prestige.
Il faudra bien conclure.

DARGIS.

Ah! j'en ai le vertige!

BRION.

N'exagérez donc rien, pauvre cœur au rebours,
Qui restez si dévot à vos vieilles amours.

DARGIS.

Mais ce fatal procès est une autre imprudence.
Madame de Brion médite sa vengeance;

J'ai bien vu son regard railleur, j'en ai frémi.
Je ne lutterai pas contre un tel ennemi.

BRION.

Vos hésitations trahiraient un coupable :
Plaidez pour moi, sans peur, en homme irréprochable.
Affrontez hardiment les soupçons ébranlés.
Seulement, cher ami, n'oubliez pas vos clés.

DARGIS, allant au secrétaire *.

Mais tout peut me trahir?

BRION.

Eh! pourquoi? la comtesse
Perdrait autant que vous à quelque maladresse.
Vous avez une femme, elle a bien un mari.

DARGIS.

Heureusement.

BRION.

Voilà votre plan tout mûri ;
Vous lui direz, demain, avec un cri de l'âme :
« Il sait tout, sois prudente, il te tûrait, l'infâme! »
Prenant son chapeau.

Dargis regardé le billet qu'il tient.

Et maintenant partons. Lisez, lisez d'abord.

DARGIS, après avoir lu.

Ciel!

BRION.

Quoi?... que vous écrit la comtesse?

DARGIS.

« Il est mort,
» Je t'appartiens. »

BRION.

Elle est veuve! c'est votre faute.

* Brion, Dargis.

III.   9.

DARGIS, s'asseyant.

Il est mort!

BRION.

Ce mari vous gênait trop, on l'ôte.

DARGIS, avec ironie et désespoir.

C'était sur lui, Brion, que nous devions compter!

BRION.

Il ne vous restera plus rien à respecter.

DARGIS.

Vous ne connaissez point cette passion fauve.
Tout m'accable.

BRION, changeant de ton, avec joie.

Mais non. Et cette mort vous sauve,
Au contraire.

DARGIS.

Comment?

BRION.

Vous vous rejetterez
Sur le deuil du défunt; c'est dix mois d'assurés.

DARGIS, avec doute.

Dix mois?

BRION.

Mettez huit jours ; c'est, du moins, une trêve.
Deux heures vont sonner, Dargis, je vous enlève.

DARGIS, se levant.

Je me rends.

BRION.

Venez donc.

DARGIS, cherchant.

Mais je n'ai pas la clé.

BRION.

Ah! bon.

DARGIS.

Je plaide mal quand j'ai l'esprit troublé.

BRION.

Oui, oui, je vous comprends, cherchons, cherchons ensemble.

DARGIS, montrant un trouble croissant.

C'est la clé de ce meuble.

BRION, le regardant.

Ah! bien. — Votre main tremble,
Vous aurez à l'exorde une attaque de nerfs.
Laissez-moi seul ici, je mets tout à l'envers,
J'effeuille vos Cujas, je vide vos Barthole ;
Courez au tribunal et prenez la parole,
Vous aurez votre clé.

DARGIS.

Puis-je y compter?

BRION.

Parbleu!

Il y va de ma cause.

DARGIS, prenant son chapeau.

Ah! j'ai la tête en feu.

BRION, le conduisant à la porte de droite.

Vous connaissez l'affaire, au moins?

DARGIS.

Soyez tranquille.

BRION.

Treize, cité d'Antin, n'est pas mon domicile.

DARGIS, sans l'écouter.

Que dirai-je à présent? il est mort!

BRION, désespéré.

Je perdrai.

Il bouleverse l'appartement, et s'arrête interdit quand Suzanne paraît.

SCÈNE V

BRION, SUZANNE*.

SUZANNE.

J'ai vu monsieur Dargis sortir tout affairé.
C'est qu'alors il s'obstine à plaider votre cause ?

BRION.

Dargis fait son métier; il me défend.

SUZANNE.

Il l'ose !
Il fallait ce procès pour qu'il se démasquât.
Oh! c'est un ami sûr pour vous.

BRION.

Un avocat
Se donne à tout le monde et ne reste à personne.

SUZANNE.

Non, il a vos penchants.

BRION.

Dargis?

SUZANNE.

Je lui pardonne.
Il suivra le sentier où le plaisir verdit.
Quoi de plus naturel? Claire me l'a bien dit :
« Ma chère, faites-vous aux mœurs de notre époque,
On nous trompe, on s'en vante à grand bruit. Qui s'en choque?
Les gens très scrupuleux disent : Péchés mignons !
Et l'on rit aux éclats quand nous nous indignons. »

* Suzanne, Brion.

BRION.

Comment?

SUZANNE.

Je m'indignais aussi : j'étais novice.

BRION.

Mais, madame...

SUZANNE.

Avouez qu'il est votre complice.

BRION.

Lui! c'est un saint omis dans le calendrier.

SUZANNE.

Pour vivre ainsi, mieux vaut ne pas se marier.

Elle va s'asseoir au bureau.

BRION.

Madame, j'atteindrais, sans peine, le lyrisme,
Pour peindre la vertu, que dis-je, l'héroïsme
De ce parfait mari que vous traitez si mal;
Mais je n'ai pas le temps, je vais au tribunal.

SUZANNE.

Vous y trouverez Claire.

BRION.

Hein? — Oh! rien ne l'arrête.

Elle est là?

SUZANNE.

Sous un voile épais que je lui prête.
Elle veut voir comment on défend l'accusé.

BRION.

S'il l'aperçoit, Dargis sera paralysé.

SUZANNE.

Vous le pensez, monsieur; nous ne l'espérions guère.
Que cherchez-vous?

BRION, vivement.

Rien, rien, oh! c'est de bonne guerre;
Et j'admets que chacun combatte à sa façon.

SUZANNE.

Votre femme nous donne une grande leçon,
Un grand exemple à suivre. Elle ose entrer en lutte.
Vous prenez le pouvoir, souffrez qu'on le discute.
Vous vous réservez tout, les plaisirs, la gaîté,
La force, la raison, le bruit, la liberté.
Mais toutes les vertus restent à notre usage.
Nous pouvons exploiter la douceur, sans partage,
Avec le dévouement, la candeur, la bonté,
Et tous les attributs de la naïveté.
On nous épouse un jour, comme on monte sa garde,
Par pur amour de l'ordre, et pourvu qu'on nous garde
Les signes apparents d'un facile respect,
Tout est bien, il suffit d'être un mari correct.
Se levant.
Claire a raison, monsieur, il est temps qu'on s'explique.
Il faut l'égalité civile et domestique,
Et nous aurons aussi notre quatre-vingt-neuf.

BRION.

Permettez...

SUZANNE.

Vous, monsieur, vous allez être veuf.

BRION.

Qui? moi!

SUZANNE.

Vous serez libre, aujourd'hui, dans une heure.

BRION.

Oh! laissez-moi penser que ma cause est meilleure.

SUZANNE.

Dormez en paix, cela ne vous regarde plus.

BRION.

Mais si.

SUZANNE.

Pourquoi chercher des regrets superflus?

Vous perdez votre femme avant de la comprendre.
Vous n'avez pas laissé sa tendresse s'épandre ;
Et vous n'avez pas vu, vous qui raillez nos pleurs,
Ce que son ironie étouffait de douleurs.
Quand on le méconnaît, notre amour se déguise ;
Quand on l'outrage, il meurt. Vivez à votre guise,
Maintenant, sans souci du bonheur envolé.

BRION *.

Elle m'aimait !

SUZANNE.

    Pardon, vous cherchiez ?...

BRION, étourdiment, montrant le secrétaire.

Une clé.

Elle m'aimait ! voilà pourquoi ma femme plaide.

SUZANNE.

Vous cherchez une clé, souffrez que je vous aide.

Elle remonte.

BRION **.

Voyez comme d'un mot tout s'est vite éclairci ;
On m'aime ! si Dargis le savait !

SUZANNE, qui a trouvé la clé en soulevant une enveloppe de lettre dans une coupe sur la cheminée.

La voici.

Vous cherchez mal, monsieur, quelque chose vous trouble.

BRION.

Madame, excusez-moi, mon angoisse redouble.

SUZANNE.

Voulez-vous un conseil ?

BRION, tendant la main pour avoir la clé, avec douleur.

J'arriverai trop tard.

  * Brion, Suzanne.
    Suzanne, Brion.

SUZANNE, sans le remarquer, jouant avec la clé.

Croyez-moi, subissez votre échec à l'écart,
Restez.

BRION, tendant toujours la main.

Dargis est seul.

SUZANNE, de même.

Faut-il donc qu'on l'assiste?

BRION.

Il plaide ce procès étrange, à l'improviste.

SUZANNE.

Étrange! vous trouvez?

BRION.

Inutile, plutôt.

S'apprêtant à recevoir la clé.

Nos femmes ont toujours plus d'esprit qu'il n'en faut
Pour nous mettre à leurs pieds, en s'en donnant la peine.

SUZANNE, se posant devant lui.

Quoi! monsieur, c'est à nous de forger votre chaîne?

BRION.

Non, non, mais je voudrais cette clé.

SUZANNE.

Celle-ci?

Faisant quelques pas.

C'est juste, il faut ouvrir ce meuble.

BRION, vivement *.

Oh! non, merci.

SUZANNE, étonnée.

J'ai cru qu'il s'y trouvait quelque argument suprême.
Pourquoi cherchez-vous donc la clé?

BRION.

Pour elle-même.

* Brion, Suzanne.

SUZANNE.

Ah! c'est beaucoup de soin.

BRION.

De l'ordre; je l'attends.

SUZANNE, le regardant avec étonnement.

Pour l'emporter alors?

BRION.

S'il en est encor temps.

SUZANNE.

Vous y tenez beaucoup?

BRION, embarrassé.

Beaucoup? non; c'est bizarre,
Rien n'inquiète autant qu'un objet qui s'égare.
Je tiens à rassurer...

SUZANNE, le regardant fixement.

Votre avocat?

BRION.

C'est là
Tout mon secret.

SUZANNE. Elle prend vivement une autre clé dans sa poche et la lui
donne.

Alors, monsieur, emportez-la.

BRION, en sortant précipitamment.

Surtout n'oubliez point que Dargis est un ange.

SUZANNE, seule, ouvrant le secrétaire.

Je le saurai.

Elle fouille le tiroir, trouve un paquet cacheté et lit :

« Fragile. » — Oh! la main me démange.

Elle brise le cachet, pousse un cri et rejette le paquet dans le tiroir.

Ah!

Elle referme vivement en voyant arriver Claire.

SCÈNE VI

CLAIRE, SUZANNE.

Claire entre, la figure complètement cachée par un voile, et s'arrête au fond sans dire un mot.

SUZANNE.

Claire! venez vite! — ah! oui, vous disiez vrai,
Il me trompe! il me trompe! il me trompe! J'irai
Au tribunal aussi. Vous voyez, je suis forte.
Le doute m'effrayait; le mal, je le supporte.
Je plaiderai; je veux qu'il reste confondu,
J'aurai mon jugement comme vous.

CLAIRE, relevant son voile.

J'ai perdu.

SUZANNE, interdite.

Quoi?

CLAIRE.

Je paîrai les frais, et mon mari me reste.

SUZANNE.

On ne peut pas absoudre un crime manifeste.

CLAIRE.

Mais les juges, ma chère, étaient tous mariés.

SUZANNE.

Si j'accusais monsieur Dargis?

CLAIRE.

Vous perdriez.
C'est un homme qui plaide, un autre homme qui juge,
Un homme qui condamne, et, depuis le déluge,

Nous subissons cela sans nous décourager.
Il ne faut pas longtemps, allez, pour nous juger;
Ces messieurs ont bientôt résolu le problème.

SUZANNE.

Qu'a dit votre avocat?

CLAIRE.

J'en ai dormi moi-même.

SUZANNE, timidement.

Et l'autre?

CLAIRE.

L'hypocrite! à l'entendre, on l'eût pris
Pour le plus convaincu, le meilleur des maris.
Ah! comme j'ai souffert les yeux sur leur horloge!

SUZANNE, effrayée.

Ah! mon Dieu! qu'a-t-il fait?

CLAIRE.

Il a fait mon éloge.
Une oraison funèbre en grands mots rebattus!
Une longue épitaphe! — ai-je tant de vertus?
Mais monsieur de Brion reste blanc comme neige.
Il se tire si bien de son petit manège!
Il s'arrête au poteau que le code a planté,
Avec un tact! on l'a presque complimenté.

SUZANNE.

Nous tromper, nous trahir, n'est donc plus une offense?

CLAIRE.

Cela dépend beaucoup de la jurisprudence.

SUZANNE.

Mais j'ai des preuves, moi.

CLAIRE.

Qui n'en a pas? chansons,
Ma chère, on nous trahit de diverses façons;

Celles dont je me plains sont justement les bonnes.
Le tribunal produit de ces phrases bouffonnes.

SUZANNE.

Je découvre un portrait de femme.

CLAIRE.

Ce n'est rien.

SUZANNE.

Vous ne comprenez pas?

CLAIRE.

Oh! si, je comprends bien.

SUZANNE.

Mais c'est une maîtresse.

CLAIRE.

Eh! oui, pas davantage.

SUZANNE.

Vous voulez que je souffre un si cruel outrage?

CLAIRE.

N'en parlez même pas.

SUZANNE.

N'en point parler!... Alors,
Vous vous soumettriez?

Elle va s'asseoir au guéridon.

CLAIRE.

Puisqu'ils sont les plus forts.
Quelle honte! Il faudra dévorer mon déboire,
Et monsieur de Brion, tout fier de sa victoire,
Va venir m'apporter un pardon généreux.
Je suis deux fois sa femme, à présent. C'est affreux!

SUZANNE.

Affreux! s'ils nous aimaient, ce serait si facile!

CLAIRE.

Et rien ne nuit autant qu'une émeute inutile.

SUZANNE.

Il me mentait si bien et d'un air si fervent!

CLAIRE.

Mais c'est déjà beaucoup.

SUZANNE.

Il m'a dit, si souvent,
Qu'il n'avait eu d'amour que pour moi.

CLAIRE.

Bon jeune homme!

SUZANNE, éclatant en sanglots.

Si je savais comment cette femme se nomme!

CLAIRE.

Eh bien! vous sanglotez!

SUZANNE.

J'entends encore sa voix,
Quand il m'a parlé bas pour la première fois.
Il murmurait des mots si doux à mon oreille!

CLAIRE.

Moi, j'ai le lendemain sans avoir eu la veille.

SUZANNE, se levant.

Si nous nous révoltions?

CLAIRE.

Oh! moi, je partirai.

SUZANNE.

Oui, oui, partons.

Dargis paraît à la porte de droite et s'arrête embarrassé en apercevant Claire
et sa femme.

SCÈNE VII

CLAIRE, SUZANNE, DARGIS.

SUZANNE, sur le devant, à Claire et à part.

C'est lui! Voit-on que j'ai pleuré?

CLAIRE.

Non.

SUZANNE, bas.

Ne me quittez pas.

CLAIRE, de même.

Comptez sur ma bravoure,
C'est aussi ma vengeance, à moi, que je savoure.

DARGIS, faisant quelques pas *.

J'avais laissé Brion ici.

CLAIRE.

Votre client?

DARGIS.

Je ne l'ai pas revu.

CLAIRE.

C'est qu'il est confiant
Dans son bon droit.

Allant à lui gracieusement.

Il faut que je vous remercie
De toutes les vertus dont vous m'avez noircie.

DARGIS, stupéfait.

Vous m'avez entendu, madame?

CLAIRE.

Avec stupeur.
Mais vous me croyez donc parfaite à faire peur?

* Dargis, Claire, Suzanne.

DARGIS, de même.

Vous étiez au Palais, tout à l'heure?

CLAIRE.

Sans doute.

On n'y perd pas son temps lorsque l'on vous écoute.

DARGIS*.

Et vous, Suzanne? — Eh bien!... Suzanne, qu'avez-vous?

SUZANNE.

Monsieur, tout est fini pour jamais entre nous.

DARGIS.

Fini ?

SUZANNE.

Je pars ce soir.

DARGIS.

Vous? vous?

SUZANNE.

Pour la Bretagne.

Sortant.

Je rentre chez ma mère.

DARGIS, voulant la suivre.

Oh! je vous accompagne.

SUZANNE, à la porte.

Je désire être seule.

Elle sort par le fond à droite.

* Claire, Dargis, Suzanne.

SCÈNE VIII

CLAIRE, DARGIS.

DARGIS, avec douleur et stupéfaction, arrêtant Claire qui va la suivre.
Elle part! elle part!

CLAIRE, raillant.
Votre code civil doit dire quelque part
Qu'un mari peut toujours incarcérer sa femme ?

DARGIS.
C'est un complot cruel dont j'entrevois la trame.
Qu'ai-je fait? qu'ai-je dit? De quoi m'accuse-t-on?

CLAIRE.
Cherchez bien.

DARGIS, suppliant.
Par pitié, prenez un autre ton.
Mais Suzanne pleurait, mais Suzanne m'évite!
Suppliant.
Vous me direz pourquoi?

CLAIRE, raillant.
Moi? vous oubliez vite
Que vous m'avez rendu mon mari.
Elle se dirige vers la porte.

DARGIS, voulant la retenir.
Tous mes torts,
Je veux les réparer, madame.

CLAIRE, en sortant.
Eh bien, alors,
Reprenez-le.
Elle sort.

DARGIS, interdit.
Comment?

SCÈNE IX

BRION, DARGIS*.

BRION, entrant timidement.

Avez-vous vu ma femme?

DARGIS.

Elle me quitte.

BRION.

Eh bien! chantons l'épithalame!
Je sais tout; j'ai gagné, j'ai triomphé, merci.

DARGIS.

Brion, vous avez bien ma clé?

BRION, la lui remettant.

Cher, la voici.

Dargis la prend et court au petit meuble, sans écouter Brion**

J'entrais au tribunal, l'esprit à la torture,
Quand j'ai su mon succès; j'ai pris une voiture,
Et j'ai couru chez moi, chez ma femme, chez nous,
Enlever le portrait, objet de son courroux.
Je veux que ma maison respire l'allégresse!
Je suis aimé, Dargis, on plaidait par tendresse.

DARGIS.

Cette clé n'ouvre point.

BRION.

Bah!

DARGIS.

Ce n'est pas ma clé.

* Dargis, Brion.
** Brion, Dargis.

BRION.

Si, vraiment.

DARGIS, essayant encore d'ouvrir.

Non, non, non.

BRION.

Ah! triple écervelé!
C'est madame Dargis qui m'a fait cet échange.

DARGIS.

Ma femme!

BRION.

Elle a pris l'autre.

DARGIS.

Ah!

Tombant sur un fauteuil.

Suzanne se venge,
Elle sait tout.

BRION.

Eh bien, vous gagnerez aussi.

DARGIS.

Avec votre procès, la guerre entrait ici.
Ma femme veut partir, elle part.

BRION.

On proteste.

DARGIS.

Non, elle a mon secret, que m'importe le reste?
Mon rôle me pesait comme une lâcheté;
Il vaut mieux en finir.

BRION.

Oh! je l'aurais tenté.
Mais j'ai trouvé chez moi des lettres de Laurence.
Douze billets charmants me peignent sa souffrance
Et l'amour formidable où je suis enferré.
On en rirait. Eh bien, ce soir, j'en ai pleuré.

Je n'avais plus chez moi qu'un pauvre portrait d'elle.
Et je vais le cacher. — Avouez qu'elle est belle.

DARGIS.

Ce cadre?... c'est le mien.

BRION.

Voyez.

DARGIS, montrant le meuble.

Je l'avais là

Pour le rendre.

BRION.

Allons donc, c'est Laurence.

DARGIS.

Paula.

BRION.

Madame de Saint-Preuil.

DARGIS.

Madame de Valdonne.

BRION.

Voyez.

DARGIS, se levant et regardent de plus près.

C'est la comtesse.

BRION.

Eh non, c'est la baronne.

DARGIS.

Mais ce portrait maudit qui me brûle les doigts,
Je l'ai depuis deux jours.

BRION, le reprenant.

Je l'ai depuis six mois.

DARGIS.

Vous pouvez lire, au dos, dix lignes d'épigramme.

BRION, le retournant et le lui montrant.

Non.

DARGIS, stupéfait.

Nous en avons deux.

BRION.

C'était la même femme.

DARGIS.

La même!... Elle a deux noms.

BRION.

Deux honneurs naufragés!

DARGIS.

Et deux appartements!

Il s'assied.

BRION.

Et tant de préjugés!

Il s'assied.

Laissez-moi me remettre un peu de cette chute.
Mais alors je serais l'époux qu'on exécute?
C'est donc moi, pauvre ami, que vous respectiez tant?

DARGIS.

Cette femme est un monstre.

BRION, se levant et sautant de joie.

Ah! que j'en suis content!

DARGIS.

Vous aviez un sot rôle.

BRION.

Un peu moins que le vôtre.

Riant aux éclats.

nous n'en dormions plus, Dargis, ni l'un ni l'autre
Je viens de m'attendrir en lisant son recueil,
Et vous alliez porter, pendant dix mois, mon deuil.

DARGIS, qui reste toujours abattu.

Qu'ai-je à faire, à présent, de cette découverte?
Il est trop tard.

DRION, rayonnant.

Trop tard ! C'est une porte ouverte,
Une faute passée à l'état de leçon.
Je me sens, tout à coup, léger comme un pinson.
Les femmes au cœur chaste, il faut qu'on y revienne,
Mon ami, tout est là ; moi, j'adore la mienne.

DARGIS, se levant.

Vous ?

DRION.

Regardez-moi donc. Je me sens tout en feu.
La pureté, le bien, le printemps, le ciel bleu,
Les larmes, les candeurs, les phrases étouffées,
Les rêves de vingt ans me viennent par bouffées.

DARGIS.

Nous pardonnera-t-on jamais ?

DRION.

Pardonner ? quoi ?
Je suis parfait.

DARGIS.

Brion, vous étiez comme moi,
Le stupide jouet d'une odieuse ruse ;
Pensez-vous qu'une femme admette cette excuse ?

DRION, se promenant d'un air de triomphe.

Nous prenons, tous les deux, un air qui me confond ;
Et ce sont à présent nos femmes qui s'en vont !
Nous ne sommes donc plus les maîtres de personne ?
Nous abdiquons, alors ?

Il sonne.

DARGIS.

Que faites-vous ?

DRION.

Je sonne.

10.

J'ai fait le mal, Dargis, je vais le réparer.

A un domestique.

Vous prierez de ma part ces dames de rentrer.

Le domestique sort.

On nous quitte, on s'en va, pour une peccadille !
Est-ce que c'est permis ? que devient la famille ?
Et l'ordre social et notre autorité ?

DARGIS.

Que voulez-vous, Brion ?

BRION.

Dicter ma volonté.

Quand on est vertueux, tout est facile, on ose.
Et vous allez me voir : je serai grandiose !

Claire entre gravement, suivi de Suzanne, qui a pris son chapeau pour partir.

SCÈNE X

BRION, DARGIS, CLAIRE, SUZANNE*.

BRION, avec aplomb.

Mesdames, nous voulons vous parler un moment.

CLAIRE, raillant.

Ah ! vous exécutez déjà le jugement ?

BRION, un peu déconcerté.

Ne rappelons jamais un débat qui m'afflige.

CLAIRE, de même.

Mais vous avez gagné.

BRION, de plus en plus en plus décontenancé **.

Mon Dieu ! je vous néglige ;

* Brion, Suzanne, Claire, Dargis.
** Brion, Claire, Suzanne, Dargis.

J'ai perdu plus que vous à ce sot abandon,
Je reconnais mes torts, j'implore mon pardon.

CLAIRE.

Vous! vous êtes absous.

BRION.

Je vous ai détournée

De moi.

CLAIRE.

... Je vous adore.

BRION.

Ah !

CLAIRE.

J'y suis condamnée.

BRION.

Claire, ne raillez pas, quand je viens, à genoux,
Resserrer les liens qui m'unissent à vous.

CLAIRE.

C'est le code civil lui-même qui nous lie,
N'est-ce pas suffisant ? Le moyen qu'on s'oublie,
Quand on est attaché l'un à l'autre ! et pourquoi
S'inquiéter de nœuds garantis par la loi ?

BRION, se remettamt un peu.

Ne dissimulez plus, je vous avais comprise.

CLAIRE.

Ah !

BRION.

J'ai vu votre amour.

CLAIRE.

Mais le succès vous grise ;

Je ne vous aime pas.

BRION.

Pourtant...

CLAIRE.

Oh ! pas du tout.

BRION.

Affrontiez-vous ce bruit par plaisir ou par goût ?

DARGIS.

Pourquoi plaidiez-vous donc ?

CLAIRE.

Par esprit de chicane.
On plaide pour son champ, son fossé, sa cabane,
Pour son droit ; on attaque un voisin qui nous nuit ;
On n'aime pas toujours les gens que l'on poursuit.

BRION, étonné.

Vous n'êtes pas jalouse ?

CLAIRE.

Oh ! Dieu ! Je suis Normande.
Mais jalouse ? de qui ? de quoi ? Je le demande.
Rayez donc ce gros mot de vos illusions ;
Que faut-il jalouser ? vos acquisitions ?

DARGIS, à Claire.

Vous êtes bien cruelle !

SUZANNE.

Oh ! non, non, elle est ferme.

BRION, à Claire.

Je vendrai ma maison.

CLAIRE.

Et ce qu'elle renferme.
Gardez tout, cher monsieur, et puisque c'est légal,
Trompez-moi sans rougir, je n'y vois aucun mal.

BRION.

Mais si mon repentir dépassait votre attente ?
Madame, jugez-moi.

CLAIRE, faisant une révérence.

Je suis incompétente,
C'est un mot d'avocat, je rentre dans mes frais.

Elle s'apprête à partir.

SUZANNE, l'imitant.

Nous partons toutes deux.

DARGIS, allant à sa femme.

Si je vous implorais ?

CLAIRE.

Ce n'est plus qu'un divorce amical.

BRION.

Je refuse.

CLAIRE.

Vous voulez me garder ?

BRION.

C'est mon droit, et j'en use.

CLAIRE.

Prenez garde, je vais tomber dans vos loisirs,
Et je serai rivée à vos menus plaisirs.
Inscrivez, s'il vous plaît, mon nom dans leur programme ;
Vous êtes prévenu, vous avez une femme.

SUZANNE, à Dargis.

Monsieur, userez-vous de violence aussi ?

DARGIS.

Je m'attache à vos pas.

CLAIRE, à Brion.

Pesez bien tout ceci :
Je vous force à porter, de janvier à décembre,
L'armure des maris, une robe de chambre.

BRION.

Vous ne pouviez m'offrir rien de plus engageant.

CLAIRE.

Et puis je mangerai moi-même votre argent.

BRION.

C'est tout ce que j'aurais demandé, ce me semble.

CLAIRE.

Eh bien ! subissons donc le bonheur d'être ensemble,
Par justice.

BRION*.

Pour moi, madame, c'est le ciel.

CLAIRE.

Allons! accomplissons notre lune de miel.
Mon chapeau.

BRION.

Le voici.

CLAIRE.

Mes gants et ma voilette.

DARGIS, à Suzanne.

Ne voulez-vous rien?

SUZANNE.

Moi!

Elle va au petit meuble.

CLAIRE.

Mon bouton de manchette.

BRION, le ramassant.

Je suis resté le maître.

DARGIS, retenant Brion et lui montrant sa femme.

Ah! oui, voici l'écueil.

SUZANNE, revenant et montrant le portrait.

Connaissez-vous cela?

CLAIRE**.

Madame de Saint-Preuil!

BRION, à Dargis.

Avec le même cadre et le même sourire.

SUZANNE.

Madame de Saint-Preuil, ça? que voulez-vous dire?

CLAIRE.

J'avais vu ce portrait dans un autre tiroir,
Chez monsieur de Brion.

* Claire, Brion, Dargis, Suzanne.
** Brion, Dargis, Claire, Suzanne.

SUZANNE.

Il était là.
Montrant le meuble.

BRION*.
Ce soir,

En dépôt; il était sous triple couverture.

SUZANNE.

C'est à vous?

BRION.

Cacheté.

SUZANNE.

Très peu, je vous assure.

BRION.

Je consultais Dargis, qui, lui, l'aurait brûlé.

SUZANNE.

Vraiment!

BRION.

Moi, je le rends.

SUZANNE.

Qu'attendiez-vous?

BRION.
La clé.

DARGIS, répétant.

La clé.

CLAIRE, prenant le portrait.

Remettez donc à monsieur sa relique.

SUZANNE, bas, à Claire.

Ce n'était qu'un dépôt. Mais alors tout s'explique,
Ce sont des étourdis qu'il faut savoir aimer.

CLAIRE.

Je n'avais pas tout vu.
A Brion qui fait un mouvement pour le prendre.
Pourquoi vous alarmer?

Elle lit.

« Cette image, sous verre, insensible et pudique,

*Dargis, Brion, Claire, Suzanne.

Doit suffire aux élans d'un amour platonique.
Que suis-je donc pour vous, ingrat, depuis... »

BRION, avec aplomb.
Depuis
Mon mariage.

CLAIRE.
Ah!

SUZANNE.
Quoi!

BRION.
Comment je me conduis,
Vous le voyez, madame, est-ce moi qui l'invente?

SUZANNE.
Que ne le disiez-vous?

BRION*.
Jamais je ne me vante.
Suis-je assez innocent?

DARGIS, se précipitant aux genoux de Suzanne et poussant Brion aux pieds de sa femme.
Vous connaissez nos torts.

CLAIRE, à Suzanne, en montrant Brion et Dargis à genoux.
Je vous le disais bien, qu'ils étaient les plus forts.

* Brion, Claire, Suzanne, Dargis.

FIN DES RÉVOLTÉES

LE CLUB

COMÉDIE EN TROIS ACTES

Représentée pour la première fois, à Paris, sur le théâtre
du VAUDEVILLE, le 22 novembre 1877.

COLLABORATEUR : M. FÉLIX COHEN

PERSONNAGES

ROGER DE SAVENAY.	MM. BERTON.
ABEL DE BORN.	DIEUDONNÉ.
FERNAND DE MAUVES.	TRAIN.
LE BARON DE MORANNES	MUNIÉ.
DE PIBRAC	JOUMARD.
DE LA GRÉZETTE	BOISSELOT.
LE MARQUIS DE LUBERSAC	MICHEL.
CHARLY.	CARRÉ.
LE DOCTEUR CLAVIÈRES.	COLOMBEY.
MAXIME CHAMBOIS	FAURE.
JOSEPH	JOLLY.
BAPTISTE.	MOISSON.
GERVASSON.	PAUL RENEY.
AUBEROCHE	ALEXANDRE MICHEL.
WILFRID	GASTON.
UN VALET DE PIED	VAILLANT.
UN MAITRE D'HOTEL	COTTET.
JEANNE DE MAUVES.	Mmes BARTET.
AGATHE DE PIBRAC.	RÉJANE.
MADAME DE MORANNES.	DAVRAY.
GENEVIÈVE.	KALB.
BERTHE	LECOMTE.
ADRIENNE.	SIDNEY.
MISS ADDAH	MICALI.
LYDIE	MOISSON.
ALICE	MAGNIÉ.

S'adresser, pour la mise en scène détaillée, au régisseur général
du VAUDEVILLE.

LE CLUB

ACTE PREMIER

CHEZ M. DE MAUVES

Une antichambre. — Porte au fond. — Portes latérales : à droite, la chambre de Jeanne; à gauche, celle de Fernand. — Consoles au fond. — Cheminée à droite. — Table à droite, sur laquelle est une coupe en bronze, contenant des lettres. — Grande table au milieu, avec un timbre, des livres et des journaux. — Chaises, canapé, recouverts de housses blanches; pendule, candélabres, lustre, recouverts de gaze gommée. — Sur les meubles, jardinières garnies de fleurs, bustes, coffrets, boîte à cigares, allumettes, cartes à jouer.

SCÈNE PREMIÈRE

JOSEPH, puis CHARLY.

JOSEPH, assis à la table de droite et jouant aux cartes.

Faut-il tirer à cinq? (On sonne.) Il ne faut pas tirer à cinq. (On sonne de nouveau.) Si, si, il faut tirer à cinq. (Il va ouvrir et rentre avec Charly.) Je regrette, monsieur Charly, de vous avoir fait attendre.

CHARLY.

J'accepte vos excuses, monsieur Joseph, je vous apporte votre compte. M. de Mauves est absent?

JOSEPH.

A un autre je répondrais que M. le comte n'est pas encore levé, c'est la consigne; à vous, je dirai que M. le comte n'est pas rentré depuis cinq jours.

CHARLY.

Et madame de Mauves?

JOSEPH.

Madame la comtesse est à Étretat avec sa grand'mère. Je suis seul, et vous voyez, j'étudiais le baccara. Vous savez que mon rêve serait d'entrer au club.

CHARLY.

Je le sais.

JOSEPH.

Et de devenir un jour garçon des jeux comme vous.

CHARLY, écrivant.

Vous êtes ambitieux! Songez donc que le garçon des jeux dans un grand cercle comme le nôtre doit avoir les reins solides. Il faut un roulement de fonds.

JOSEPH

Je vous confie les miens.

CHARLY.

C'est-à-dire que je les reçois pour vous être agréable : une goutte d'eau dans l'Océan.

JOSEPH.

Oui, mais je ne voudrais pas les perdre.

CHARLY.

Pour qui me prenez-vous?

JOSEPH.

Pour un banquier, car vous êtes un vrai banquier!

CHARLY, *écrivant sur un carnet.*

Le banquier des décavés. On ne veut pas avouer à sa famille qu'on perd; on n'ose pas emprunter ouvertement; on vient à moi et j'ai mes petits bénéfices, naturellement.

JOSEPH.

Vous faites fortune?

CHARLY.

Oh! fortune! Qu'appelez-vous fortune? J'ai pu acheter quelques petites fermes auxquelles, par reconnaissance, je donne le nom de mes principaux clients. J'ai la ferme de Mauves en Picardie. — Votre dividende s'élève à cinq cent soixante-dix-sept francs quatre-vingt-quinze centimes.

JOSEPH.

Gardez les fonds. Je vais vous confier encore trois mille francs.

CHARLY.

Mais vous n'allez pas mal, vous?

JOSEPH.

Je vais assez bien. Monsieur n'est pas minutieux : il aime les chiffres ronds.

CHARLY.

Et vous arrondissez... Je l'aime beaucoup, moi, votre maître, mais il ne suit pas mes conseils; je lui dis toujours : Monsieur le comte, vous vous modérez dans le gain et vous vous emballez dans la perte ! C'est le contraire qu'il faudrait.

JOSEPH.

Monsieur est en déveine?

CHARLY.

Une déveine épouvantable.

JOSEPH.

Je n'ai pas à craindre pour mes gages?

CHARLY.

Pas encore. Il y a de la surface. Seulement M. de Mauves a encore perdu hier quinze cents louis contre M. de Savenay. Il va me les demander, comme à l'ordinaire.

JOSEPH.

Et vous les refuseriez?

CHARLY.

Je me tâte.

JOSEPH.

Vous oseriez?

CHARLY.

C'est plus facile qu'on ne s'imagine avec ces hommes du monde. On leur dit qu'on n'a rien, ils ne le croient pas. Mais on leur offre de se saigner pour eux, et ils refusent toujours.

JOSEPH.

C'est un truc!

CHARLY.

M. le comte est toujours avec Nadèje?

JOSEPH.

Pas du tout. Nous avons rompu avec mademoiselle Nadèje.

CHARLY.

Depuis quand?

JOSEPH.

Depuis trois semaines.

CHARLY.

Et maintenant?

JOSEPH.

Maintenant nous sommes amoureux.

CHARLY.

De qui?

JOSEPH.

D'une femme du monde.

CHARLY.

Du vrai monde?

JOSEPH.

Nous avons loué un petit hôtel aux Champs-Élysées, où l'on se rencontre en cachette. Cette dame met des voiles, pour que la livrée ne la reconnaisse pas. La confiance s'en va, monsieur Charly.

CHARLY, remettant un reçu.

Nous voilà en règle, mon bon Joseph. Je vous remercie de vos renseignements. Je suis fixé. M. de Mauves est amoureux d'une femme du monde; il peut y avoir procès, scandale, séparation.

JOSEPH.

Eh bien?

CHARLY.

Eh bien! j'ai un principe, moi. Je ne suis pas un prêteur ordinaire; il faut que j'établisse mon crédit sur des bases spéciales. Un de mes clients se marie, on met la maison sur un grand pied, très bien. Ces dépenses-là se chiffrent, il me suffit d'avoir vu la femme et d'avoir examiné les chevaux pour établir à quelques mille francs près le budget du ménage. Je me dis : mon client peut aller. Après quelques mois de ménage, il revient à ses anciennes maîtresses, des maîtresses courantes plus ou moins dispendieuses, je connais les tarifs; c'est à prix marqué, pas d'imprévu. Je fais mon calcul et je me dis : mon client peut aller. Mais une vraie passion, pour une vraie femme du monde, je ne fais jamais crédit dans ces conditions-là.

JOSEPH.

Il m'effraie... M. le comte a en province un beau-père très riche.

CHARLY.

Le marquis de Lubersac. J'ai écrit dans le pays : cent mille livres de rente au soleil; mais une santé excellente.

JOSEPH.

Ah diable!

CHARLY.

Mon ancien client. Un si joli débauché autrefois, maintenant calme et vertueux. Il vivra cent ans.

JOSEPH.

Vous ne pouvez pas me faire entrer au club tout de suite?

CHARLY.

Je le voudrais. (On sonne.) C'est votre maître. (Joseph sort.) Il est très influent au club, le comte, et je ne voudrais pas lui déplaire. (Regardant.) Ce n'est pas lui, ce sont des amis du club.

SCÈNE II

LES MÊMES, PIBRAC, ABEL, MAXIME.

MAXIME, en dehors.

Je vous dis que M. de Mauves nous attend. (Entrant le premier.) Tiens, Charly!

CHARLY.

Je venais voir mon compatriote, ce bon Joseph.

ABEL, entrant.

Charly! Il va nous fixer. Quel est le grand-père de Vertugadin, du côté maternel?

CHARLY.

Mirliflor, monsieur le vicomte.

ABEL, à Maxime.

Tu me dois vingt-cinq louis.

Il va s'étendre sur le canapé.

MAXIME.

Je te les paierai.

PIBRAC, s'asseyant.

Jockey, va!

CHARLY.

Ces messieurs ne désirent pas d'autres renseignements?

ABEL.

Non, illustre Charly, non.

Charly sort.

MAXIME, à Joseph.

Annoncez messieurs de Pibrac, Abel de Born et Maxime Chambois.

JOSEPH.

C'est que M. le comte a négligé de me prévenir et je ne l'ai pas réveillé.

MAXIME.

A trois heures!

JOSEPH.

M. le comte est rentré du club très tard ce matin.

ABEL, avec un effroyable bâillement.

Pas plus tard que moi, et je suis debout.

MAXIME, sèchement au valet de chambre.

Il s'agit d'une affaire urgente, allez.

JOSEPH, s'inclinant.

Bien, monsieur.

Il sort d'un air désolé.

MAXIME, de mauvaise humeur.

Est-ce que Fernand a envie de nous faire attendre?

PIBRAC.

Voyons, ne vous emportez pas.

MAXIME.

Je ne m'emporte pas. Seulement nous avons à régler les conditions d'un duel : le comte est témoin comme nous ; nous avons l'amabilité de nous réunir chez lui...

III.   11.

PIBRAC.

Il fallait bien se réunir quelque part.

MAXIME, avec colère.

Je vous dis qu'il devrait être là.

PIBRAC.

Quel rageur!

MAXIME.

Et d'abord est-il averti?

PIBRAC.

C'était entendu, et je le lui ai rappelé par une dépêche.

MAXIME.

C'est qu'on dirait vraiment qu'il n'habite plus son hôtel.

PIBRAC.

Fernand?

MAXIME.

Dame! Voyez cette collection de lettres non décachetées.

ABEL, à moitié endormi sur le canapé.

Ce sont des lettres de sa femme.

PIBRAC.

Bah!

ABEL.

Elle est à Étretat. (Bâillant.) Elle lui écrit tous les jours.

PIBRAC, indigné.

Et il n'ouvre pas ses lettres?

ABEL, changeant de position pour mieux s'étendre.

Il sait ce qu'elles contiennent, et Joseph, qui est très intelligent, ne les lui remet même plus, il les range.

PIBRAC.

Par exemple!

ABEL.

Et puis, il ne pense plus qu'à la jolie baronne.

PIBRAC.

Quelle baronne?

ABEL, se levant sur son séant.

Ah çà! Pibrac, que faites-vous au club? Vous ne jouez pas, vous ne fumez pas, vous ne lisez pas, et vous ne savez pas les nouvelles.

PIBRAC, avec douceur.

Mon ami, je ne vais au club que lorsque madame de Pibrac me boude, je m'y ennuie horriblement, et je n'entends jamais ce qu'on y raconte.

ABEL.

Eh bien! mon bon Pibrac, on raconte que notre ami Fernand s'est pris d'une passion folle pour la jolie baronne de Morannes.

PIBRAC.

Ah bah!

MAXIME.

Cela vous étonne?

PIBRAC.

Je tombe des nues.

ABEL.

La baronne a des yeux noirs qui expliquent tout.

PIBRAC.

Madame de Mauves a des yeux bleus.

ABEL.

Il y a une chanson là-dessus :

> Les yeux bleus à la fenêtre,
> Portes closes les yeux noirs .

MAXIME.

Enfin, je ne trouve pas régulier, moi, que même pour une querelle de bal masqué, Fernand serve de témoin à l'adversaire de son mari.

ABEL.

Oh! le mari! Il l'est si peu! La baronne s'est mariée à dix-huit ans; elle a plaidé en séparation deux ans après, le 1er avril 1874, et depuis ce temps-là on ne s'est jamais revu. Le baron est un philosophe. D'ailleurs Fernand n'avoue pas sa passion, au contraire!

MAXIME, avec colère.

J'émettais une opinion.

ABEL.

J'en émettais une autre.

SCÈNE III

PIBRAC, ABEL, MAXIME, FERNAND.

FERNAND, entrant.

Vous êtes d'une exactitude extravagante.

PIBRAC, se levant.

Voici Fernand.

MAXIME.

Enfin! l'exactitude est une politesse.

FERNAND.

Bon, voilà Maxime qui va me chercher querelle.

ABEL.

Quelle jolie nature!

FERNAND.

Tiens, vous êtes là, vous?

ABEL.

Ah! pardon, cher ami, je me croyais au club.

FERNAND.

Ne vous gênez pas, je suis garçon. (Souriant.) Le voilà rendormi.

MAXIME.

Cet animal-là dort ainsi toute la journée.

FERNAND.

Eh! eh! ce n'est pas si bête. Il dort le jour. Et la nuit, quand la partie est engagée, quand les joueurs sont sur le flanc, il apparaît frais, dispos, lucide, et il met toutes les banques en déroute.

Il offre des cigares qu'il a pris sur une console.

MAXIME.

Il ne s'agit pas d'Abel.

FERNAND.

Mais réparons le temps perdu. Avons-nous quelque chance d'arranger l'affaire?

MAXIME.

Aucune.

FERNAND, à Pibrac.

Acceptez donc un cigare.

PIBRAC.

Merci. Madame de Pibrac ne veut pas que je fume.

MAXIME.

M. de Savenay admettra-t-il l'épée?

FERNAND.

Parfaitement, bien que M. de Morannes y soit de première force. — Combien de fois a passé le prince Ariel, cette nuit?

MAXIME.

Dix-sept fois.

FERNAND.

C'est comme une gageure. Je ne jouerai jamais avec lui tant qu'il aura Carminette. Maigre et rousse! Je suis sûr que c'est un fétiche.

ABEL, sur le canapé, se redressant.

Je m'en doutais.

FERNAND.

N'est-ce pas ?

ABEL.

Je la lui enlèverai. Où demeure-t-elle ?

FERNAND.

52, rue Tronchet.

ABEL.

Merci.

Il se retourne pour dormir.

MAXIME, se levant.

Nous ne sommes pas ici pour causer de Carminette. (Allant à Abel et le secouant.) Abel! Abel! tu as une mission à remplir.

ABEL.

Une mission ?

MAXIME.

Tu es témoin du baron de Morannes.

ABEL.

Parfaitement ! parfaitement !

FERNAND.

Vous savez de quoi il s'agit ?

ABEL.

Histoire de femmes.

FERNAND.

Vous y voilà.

ABEL.

Cela s'est passé au club.

FERNAND.

Non, cela s'est passé au bal costumé du prince Ariel.

ABEL.

A propos d'une femme masquée.

FERNAND.

Vous y êtes tout à fait.

PIBRAC, vivement.

Mais nous disons que c'est un duel politique.

MAXIME, derrière le canapé.

Comment, politique ! On s'est querellé violemment devant deux cents personnes à propos d'un domino rose, et vous voulez y voir de la politique !

PIBRAC.

On peut en voir partout ; d'ailleurs vous comprenez bien que je n'aurais pas accepté d'être témoin dans un duel pour une cocotte.

FERNAND.

Une cocotte ! on ne sait pas... puisqu'elle était masquée.

PIBRAC.

Raison de plus. Je suis marié, moi.

FERNAND.

Moi aussi, parbleu !

PIBRAC.

Vous, ce n'est pas la même chose.

FERNAND.

Pourquoi donc ?

PIBRAC.

Vous connaissez madame de Pibrac ?

FERNAND.

Et je la trouve charmante.

PIBRAC.

Elle me boude depuis deux jours.

FERNAND.

Que vous reproche-t-elle ?

PIBRAC.

Rien. Mais j'ai un ami qui a enlevé une figurante des Variétés.

FERNAND.

Eh bien ?

PIBRAC.

Eh bien ! quand mes amis commettent une faute, madame de Pibrac me fait une scène.

FERNAND.

Ne vous plaignez pas devant moi ; je vous disais toujours : « Pibrac, n'épousez pas une femme nerveuse. »

PIBRAC.

Je n'aime pas les autres.

FERNAND.

La belle raison ! Voyez madame de Mauves : douce, calme, inaltérable, admirant paisiblement, avec sa respectable grand'mère, les couchers de soleil d'Étretat. Aussi quel excellent ménage que le nôtre !

PIBRAC.

Excellent pour vous.

FERNAND.

Que voulez-vous de plus ?

JOSEPH, entrant. Pibrac se lève.

Madame de Pibrac est venue prendre des nouvelles de madame la comtesse ; elle fait demander à monsieur le comte s'il peut la recevoir ?

PIBRAC, étonné.

Ma femme !

FERNAND, à Joseph.

Faites entrer.

MAXIME.

Eh bien ! et notre affaire ?

FERNAND.

Nous y reviendrons tout à l'heure.

PIBRAC.

Pas un mot devant elle.

FERNAND.

Soyez tranquille.

PIBRAC.

Que peut-elle bien avoir à vous dire ?

FERNAND.

Êtes-vous jaloux ?

PIBRAC.

Je suis étonné.

MAXIME, bas, à Abel, avec humeur.

Des femmes, maintenant ! c'est insupportable.

ABEL.

Je ne trouve pas.

SCÈNE IV

LES MÊMES, AGATHE.

AGATHE, entrant.

Je dérange un conciliabule ?

FERNAND.

Vous ne dérangez rien, madame.

PIBRAC.

Nous nous sommes réunis...

FERNAND, faisant asseoir Agathe.

En sous-commission.

PIBRAC.

Pour le club.

AGATHE.

Voilà qui tombe à merveille : je voulais m'adresser à un commissaire, j'en trouve quatre. Il s'agit de la vente de charité que vous avez organisée dans les salons du club.

FERNAND.

Pour demain.

AGATHE.

Vous avez daigné mettre mon nom sur la liste un peu longue des dames patronnesses.

FERNAND, s'asseyant.

Comment vous oublier, madame ?

AGATHE.

Vous n'avez oublié personne.

FERNAND.

C'est un de nos amis, M. de la Grézette, qui a été chargé des invitations.

AGATHE.

M. de la Grézette ? Il n'est pas sévère, M. de la Grézette.

PIBRAC.

Mais si, chère amie, mais si.

AGATHE.

Ne m'interrompez pas, monsieur de Pibrac ! vous voyez que j'ai mieux aimé faire une visite à M. de Mauves que de m'adresser à vous. Je sais trop qu'il est un genre de femmes que, vous, vous nous préférerez toujours.

PIBRAC.

Lesquelles, chère amie ?

AGATHE.

Celles qui sont assez adroites pour mettre leur légèreté à

la mode, de façon que leurs faiblesses, — un joli mot que vous avez trouvé là ! — ne sont plus que des agréments.

PIBRAC.

De qui voulez-vous parler ?

AGATHE.

De la baronne de Morannes tout simplement.

PIBRAC.

Ah !

ABEL, à part.

Bon !

FERNAND.

Il ne faut rien exagérer. Madame de Morannes se trouve sans doute dans une situation difficile...

AGATHE.

Pas difficile du tout : elle fait ce qu'il lui plaît et on trouve cela charmant. Elle ferait sauter tous ses bonnets par-dessus les moulins, elle y sauterait elle-même que l'on dirait encore : Que voulez-vous ? elle avait une situation si difficile ! Il est des femmes pour lesquelles Paris a des trésors d'indulgence, sans savoir pourquoi.

FERNAND.

Il ne faut jamais blâmer l'indulgence, madame.

AGATHE.

Aussi je passe condamnation. Madame de Morannes sera dame patronnesse, très bien. Seulement elle est très habile, cette séduisante personne. Elle ne se contente pas, comme nous toutes, de vendre le plus cher possible quelques objets sans valeur. Elle a imaginé une loterie, une tombola, une machine à tapage, je ne sais quoi ! et elle quête des lots ; elle quête pour les pauvres, au nom de votre club ; de sorte qu'elle se fait ainsi ouvrir les quelques portes qui lui étaient fermées. Elle est allée chez les Givray, elle ira chez vous, elle viendra chez moi.

FERNAND.

En quêteuse; cela n'engage à rien.

AGATHE.

C'est pour plaire à M. de Pibrac que vous dites cela.

PIBRAC, se levant.

Comment, me plaire?

AGATHE, se levant.

Je demande, en mon nom et au nom de mes amies, qu'on interdise les tombolas. Elles ne sont pas dans le programme.

PIBRAC.

Ce serait bien difficile.

AGATHE.

Est-ce aussi l'avis de ces messieurs?

FERNAND.

Sans doute.

AGATHE.

Oh! vous soutenez M. de Pibrac. Alors la baronne nous écrasera toutes demain de son triomphe. Est-ce que son mari n'est pas membre de votre cercle?

FERNAND.

Un des membres les plus assidus.

AGATHE.

Il sera bien heureux de son succès! — Pardonnez-moi d'être venue vous déranger pour une querelle de boutiques, et faites mes compliments à M. de la Grézette. Où pourrais-je le trouver?

ABEL.

En ce moment, madame, il doit être au club.

AGATHE.

C'est juste. On est toujours au club, n'est-ce pas? on y

vit, on y mange, on y dort. Est-il vrai que vous avez imaginé des logements pour les membres dont les femmes sont
à la campagne ?

ABEL.

Oui, madame.

AGATHE.

Des logements platoniques.

ABEL.

Je vous assure, madame, que vous seriez étonnée de voir
comme tout se passe dans un cercle, simplement, bourgeoi-
sement, innocemment.

AGATHE.

Alors, pourquoi ne nous permettez-vous pas d'y entrer?

ABEL.

Vous y entrerez demain.

AGATHE.

Vous prêtez vos salons pour une bonne œuvre, ce n'est pas
la même chose. Je voudrais voir votre club, pendant qu'il
est club.

ABEL.

Le règlement s'y oppose.

AGATHE.

Et si j'y entrais malgré le règlement?

ABEL.

Les femmes n'entrent pas.

AGATHE.

Elles n'entrent nulle part, — les femmes honnêtes, mais
les cocottes!...

ABEL.

Les cocottes encore moins.

AGATHE.

J'en ai vu dans vos escaliers.

ABEL.

C'est qu'elles montaient aux étages supérieurs.

AGATHE.

Aux logements à double fond.

ABEL.

Je vois, madame, qu'il faut battre en retraite.

AGATHE.

Je vous le conseille. (A Fernand.) Quand vous écrirez à Jeanne, félicitez-la d'avoir échappé par son absence à l'honneur d'être dame patronnesse avec madame de Morannes.

PIBRAC, s'avançant.

Je vais vous accompagner jusqu'à votre porte.

AGATHE, prenant le bras de Fernand.

Merci. Je n'ai besoin de personne. Je ne suis pas dans une situation difficile, moi. Reprenez votre conciliabule. A demain, messieurs; je vends des pantins.

ABEL.

Combien, madame?

AGATHE.

Vingt francs pièce.

ABEL.

C'est pour rien.

AGATHE.

N'est-ce pas? Je vous en mettrai une douzaine de côté.

ABEL.

Vous me comblez.

Elle sort accompagnée de Fernand.

SCÈNE V

PIBRAC, ABEL, MAXIME, puis FERNAND.

PIBRAC.

Voilà ma femme.

ABEL.

N'essayez pas de nous apitoyer sur votre sort, on ne vou plaindrait pas. Elle est charmante, madame de Pibrac.

PIBRAC.

Vous êtes bien bon.

ABEL, à part.

Mais elle n'a pas dû amuser Fernand.

FERNAND, rentrant, à Pibrac.

Ah çà! vous lui ferez entendre raison au sujet de la baronne.

PIBRAC.

Je n'essaierai pas.

MAXIME.

Finirons-nous par causer un peu de ce qui fait l'objet de notre réunion?

PIBRAC.

Arrangeons l'affaire.

FERNAND.

Avez-vous un moyen?

PIBRAC.

Cherchons-le.

FERNAND, s'asseyant.

Volontiers. Rappelons les faits. Savenay avait à son bras un domino rose.

MAXIME.

Que M. de Morannes ne connaît pas.

FERNAND.

Savenay non plus.

MAXIME.

Ils coquetaient ensemble depuis une heure, sans se connaître, puisque vous l'affirmez, lorsque le baron a passé.

FERNAND.

Il aurait pu se dispenser d'intervenir.

MAXIME.

C'est le domino qui s'est emparé de son bras, avec l'intention évidente d'amener une querelle.

FERNAND.

Savenay a naturellement prié Morannes de se retirer.

MAXIME.

Le baron ne pouvait sans ridicule obéir à cette injonction.

FERNAND.

Il a répondu avec impertinence.

MAXIME.

Savenay lui a répliqué sur le même ton.

FERNAND.

Il ne lui était pas facile d'être poli.

MAXIME.

Pourquoi cela, monsieur?

FERNAND, se levant.

Parce que le baron prenait un ton provocateur.

MAXIME, s'emportant.

C'était son droit.

FERNAND.

Je ne trouve pas.

PIBRAC, voulant le retenir.

Mais vous gâtez les choses.

MAXIME.

Laissez-nous, Pibrac.

FERNAND.

Laissez-nous.

JOSEPH, annonçant.

Le baron de Morannes.

TOUS, étonnés.

Le baron !

SCÈNE VI

LES MÊMES, LE BARON.

LE BARON.

Voilà une visite, mon cher comte, qui vous paraîtra insolite en un pareil moment, mais elle est nécessaire. (Se tournant vers Maxime et Abel.) Je désire qu'il ne soit donné aucune suite à notre querelle avec M. de Savenay.

TOUS.

Ah !

LE BARON.

Je connais l'héroïne de notre aventure, et je tiens absolument à ne pas me battre pour elle.

MAXIME.

Parce que ?

LE BARON.

Parce que c'est ma femme.

III.   12

PIBRAC, MAXIME, ABEL, souriant malgré eux.

Bah !

FERNAND, stupéfait.

Comment ?

LE BARON.

Mon Dieu ! oui, ma femme. Voilà trois ans que je n'avais entendu parler d'elle.

ABEL, à part.

Faut-il qu'il soit sourd !

LE BARON.

Je ne veux rien changer à cette douce habitude. Nous nous sommes séparés bruyamment ; j'ai eu mon heure de ridicule comme tout le monde ; je n'en suis pas mort, mais je crains les rechutes. Vous direz donc à M. de Savenay que je retire les expressions qui ont pu lui déplaire, reconnaissant loyalement que notre querelle était sans objet.

FERNAND, s'oubliant à demi.

Sans objet ! monsieur de Morannes...

LE BARON, se méprenant.

S'il est décidé à se battre, vous savez que je ne suis pas homme à lui refuser ce plaisir. Nous nous battrons pour ce qu'il voudra, pour la colonne de Juillet ou pour l'Obélisque, mais pas pour ma femme. Ce duel l'enchanterait, et je ne suis pas payé pour lui être agréable.

FERNAND.

Quel intérêt aurait madame de Morannes à vous faire battre avec Savenay ?

LE BARON.

Vous ne devinez pas ? Elle ressent quelque dépit de ce que je ne m'occupe pas assez de sa gracieuse personne, et elle allait m'obliger à me battre pour elle sans le savoir. C'était assez bien imaginé. Vous me demanderez pourquoi elle a choisi M. de Savenay. C'est probablement parce qu'il est très à la mode, et que cela avait bon air.

FERNAND, affectant de sourire.

Avouez, mon cher baron, que vous n'auriez pas ce calme si vous supposiez que madame de Morannes a vraiment une préférence pour Roger ?

ABEL, à part.

Mais il va se trahir !

LE BARON.

Je ne suppose rien et ne veux rien supposer, cela m'étant tout à fait indifférent. Chacun se venge à sa manière.

FERNAND.

Si cependant on vous avait raconté que Savenay...

LE BARON.

Trouvait ma femme charmante ? Il paraît bien que tout' le monde la trouve charmante ; mais, moi, je la trouve abominable : il y a des grâces d'état. (Saluant.) Il ne me reste plus qu'à m'excuser de vous avoir dérangés tous les quatre pour une aussi sotte histoire. Ne m'accompagnez pas ; vous avez sans doute à causer, et à consulter M. de Savenay ; j'approuve tout d'avance. (En sortant.) Mais si vous rencontrez madame de Morannes, conseillez-lui donc de ne plus se masquer ; voyez à quoi elle m'expose.

Il sort.

SCÈNE VII

FERNAND, PIBRAC, ABEL, MAXIME.

Fernand, très agité, ne tient plus en place; Maxime tapote sur un guéridon.
avec colère ; Pibrac est radieux, et Abel rit aux éclats.

ABEL.

Sapristi ! me voici réveillé jusqu'à ce soir, moi. — C'est
embêtant ! Il est superbe, ce mari-là.

Pibrac sonne.

FERNAND, sèchement, s'asseyant sur le canapé.

Vous n'êtes pas exigeant.

ABEL.

Et comme il connaît son Paris, le gaillard ! Comme il se
jette à l'eau lui-même avec grâce, pour mettre les rieurs de
son côté !

MAXIME, avec humeur.

Pas du nôtre en tout cas. Il fait à ses témoins un rôle
absurde.

FERNAND.

Absurde.

PIBRAC, au valet de chambre qui est entré.

Apportez-moi un encrier, une plume et du papier ministre. (Le valet sort.) Je vais vous rédiger en quatre lignes un
procès-verbal qui sauvera tout.

MAXIME.

Comment prendrez-vous le mot impertinent?

PIBRAC.

Je le prendrai... en bonne part.

ABEL.

Rien n'est plus simple. J'aime assez ce dénouement, moi. On m'aurait forcé à me lever à l'aube, de la table du baccara, pour aller sur le terrain. Je déteste ça. (Recommençant à rire.) Et puis, c'est une si bonne histoire à raconter!

FERNAND.

Ne riez donc pas ainsi, Abel, vous êtes irritant.

ABEL, regardant Fernand en dessous.

Ah diable!

Le valet de chambre apporte le papier, l'encrier et les plumes.

PIBRAC, s'asseyant.

Soyons sérieux, s'il vous plaît.

MAXIME.

Il faudrait au moins prévenir Savenay.

FERNAND, se levant.

Je m'en charge.

ABEL, souriant.

Oh! oh!

FERNAND.

Je vais chez lui. J'ai d'ailleurs à lui parler. Laissez le procès-verbal sur cette table, je le signerai en rentrant.

ABEL, s'emparant gravement de Fernand et lui prenant le bras.

Un mot, cher ami.

FERNAND, étonné.

Je vous écoute.

ABEL.

Ne cherchez pas querelle à Savenay.

FERNAND.

Pourquoi cette recommandation?

ABEL.

Parce que je vous trouve beaucoup moins calme que le mari.

III.   12.

FERNAND.

Que voulez-vous dire?

ABEL.

C'est dans la nature des choses, d'ailleurs.

FERNAND.

Je ne vous comprends pas.

ABEL.

Tant mieux, et je ne vous demande pas vos secrets. Seulement votre voiture s'arrête bien souvent devant la même porte, et vous avez un cocher qui rougit quand vous êtes en bonne fortune. Surveillez ce gaillard-là.

FERNAND, brusquement.

Je vous remercie.

Il sort à gauche.

SCÈNE VIII

PIBRAC, ABEL, MAXIME.

PIBRAC.

Il est jaloux de Savenay

ABEL.

Comme le tigre du Bengale lui-même. Je ne pouvais rien dire devant lui, mais... mais... mais...

MAXIME.

Il est insupportable, cet animal-là, avec sa manie de préparer ses effets

ABEL, très simplement.

Mais... tout devient clair comme del'eau de roche.

PIBRAC.

Savenay fait donc aussi la cour à la baronne?

ABEL.

Pas du tout.

MAXIME.

Il s'est fort occupé d'elle un moment.

ABEL.

C'est elle qui s'est occupée de lui. Savenay répondait très galamment à ses coquetteries et la jolie baronne allait l'emporter, lorsque tout à coup l'idée passe à Roger, — vous connaissez le pèlerin! — d'aimer une femme vertueuse. Il tourne le dos à la baronne et s'adresse à la femme immaculée d'un de ses amis. Et c'est moi, moi, personnage inoffensif, qui, sans m'en douter et pour être amusant, ai appris ce changement de front à madame de Morannes. Jamais je n'ai vu pareille colère. Son désespoir a éclaté comme si je n'existais pas. Je me trouvais supprimé. Elle avait des larmes grosses comme des perles, et transparentes... on les dirait faites exprès! — et des regards qui me font encore froid dans le dos. Elle doit être adorable dans l'intimité, cette petite femme-là... Elle a juré ses grands dieux qu'elle se vengerait et elle tient parole. Elle a essayé de faire tuer Savenay par le baron et n'a pas réussi; elle le fera tuer par un autre. Elle a séduit le mari de sa rivale et elle en a fait l'idiot que vous venez de voir.

MAXIME.

Fernand!

ABEL.

Lui-même.

MAXIME.

Comment, madame de Mauves!

PIBRAC, vivement.

Abel se trompe.

ABEL.

Je ne dis pas que Savenay ait déjà triomphé.

PIBRAC.

Je vous dis, moi, que vos suppositions sont blessantes pour madame de Mauves.

ABEL.

M'affirmez-vous que Savenay n'est pas amoureux d'elle?

PIBRAC.

Il est amoureux de tout le monde.

ABEL.

Vous voyez bien.

PIBRAC.

Mais je connais madame de Mauves. Elle est l'amie intime de madame de Pibrac. C'est la femme la plus scrupuleusement vertueuse, la plus pure, la plus chaste...

ABEL.

Une sainte, Pibrac ! Elle n'a pas le plus petit défaut pour se défendre. Comment voulez-vous qu'elle résiste ?

PIBRAC.

Elle adore son mari.

ABEL.

Comme ça prouve bien qu'elle a le cœur vide !

PIBRAC.

C'est un amour sérieux.

ABEL.

Un amour sérieux !... pour un insouciant qui n'ouvre même plus ses lettres. Je ne l'invente pas, vous le voyez... la dernière est de ce matin. (Il la prend machinalement.) Ah! tiens.

PIBRAC.

Quoi ?

ABEL.

Madame de Mauves arrive ce soir.

PIBRAC.

Où trouvez-vous cela ?

ABEL, prenant les autres.

Toutes ces lettres ont quatre pages ; celle-ci n'a que deux lignes.

PIBRAC.

Eh bien ?

ABEL.

Eh bien, deux lignes : « Cher ange, ou cher adoré, ou toute autre chose, je serai demain près de toi, le matin, ou le soir ; mon cœur me devance, ou ma pensée y est déjà, ou une autre bêtise. Ta bien-aimée Jeanne. » — Elle s'appelle Jeanne, n'est-ce pas?

MAXIME.

Il faut que cet imbécile-là cause ou qu'il dorme, il n'y a pas de milieu.

ABEL.

Laisse-moi tranquille, toi. Je cause avec Pibrac, que j'aime bien, parce qu'il a des candeurs de bébé.

PIBRAC.

Vous me comblez.

ABEL.

Je parie qu'il ne sait pas que Roger est allé à Etretat la semaine dernière.

PIBRAC.

Je le sais parfaitement.

ABEL.

Alors, ce que vous ne savez pas, c'est que madame de Mauves se promenait seule un jour sous les falaises, à l'heure où la plage est déserte, et que notre ami Savenay, uniquement pour lui parler pendant quelques minutes, n'a pas craint de descendre la falaise par des sentiers impraticables, ayant l'air ainsi de tomber du ciel à ses pieds.

PIBRAC.

C'est l'acte d'un fou.

ABEL.

Je ne dis pas non, et de peur de compromettre son idole en revenant comme elle par la plage, il a repris le même chemin, au risque de se rompre vingt fois les os, qu'il s'est même un peu rompus.

PIBRAC.

Qu'est-ce que cela prouve ?

ABEL.

Cela prouve, mes excellents bons, que Savenay connaît bien les femmes et qu'il a sur nous tous cet immense avantage qu'il aime sincèrement tout le temps qu'il aime ; ce n'est pas long, mais c'est toujours ça. Il parle de son amour sincèrement, il regarde la lune sincèrement, il dégringole la falaise sincèrement, il mourrait sincèrement pendant que ça dure. Et vous ne voulez pas que ce garçon-là séduise une femme de vingt-deux ans, négligée par son mari et vertueuse ! Allons donc ! c'est fait, ça se fait ou ça se fera.

PIBRAC.

Ça ne se fera pas.

ABEL.

C'est ce que nous verrons. Mais je suis bien réveillé, moi. (A Maxime.) Si nous faisions un écarté pendant que Pibrac tient la plume ?

MAXIME.

Est-on joueur à ce point-là ! — Avons-nous des cartes ?

ABEL, prenant des cartes sur la table à droite.

En voici.

Ils s'installent.

JOSEPH, accourant effaré.

Messieurs, pouvez-vous me dire exactement où je trouverai M. le comte ?

PIBRAC.

Pourquoi ?

JOSEPH.

Parce que madame la comtesse vient d'arriver.

MAXIME et PIBRAC.

Ah !

ABEL.

Eh ! eh ! que pensez-vous de ma devinette ?

JOSEPH.

Madame paraît croire que monsieur l'attend.

ABEL.

Parbleu !

JOSEPH.

Je ne sais que dire.

ABEL.

Ne dites rien.

PIBRAC.

Il est allé chez le vicomte de Savenay.

JOSEPH.

Je vais y envoyer.

Il sort.

MAXIME.

Mais nous allons être mêlés à une scène de ménage, nous.
Je m'en vais.

ABEL, se levant.

Moi aussi. Nous reprendrons la partie au club.

PIBRAC.

Eh bien, et moi ?

MAXIME

Vous, vous avez toujours votre procès-verbal à rédiger.
(Prenant son chapeau avec colère.) Quelle stupide journée nous

passons ! Je ne risquerai que ma mise ce soir. — Allons, Abel, allons.

ABEL, regardant son jeu qu'il n'avait pas encore relevé et avec désespoir.

J'avais le roi et la vole !

MAXIME.

Allons, allons, Abel.

Ils sortent tous les deux.

SCÈNE IX

PIBRAC, puis ROGER.

PIBRAC, à la table, écrivant.

Ah ! si je n'étais pas là, moi, quand madame de Pibrac revient de chez sa mère, si je n'étais pas à la gare, dedans, sur le quai, sous les roues du wagon, quelle scène ! quelle scène ! Où en suis-je ? (Se relisant.) « Reconnaissant que leur querelle était sans objet. » Sans objet ! C'est raide en parlant de sa femme. On doit pouvoir dire ça poliment.

Il cherche.

ROGER, paraissant à la porte du fond.

Ah ! voici Pibrac.

PIBRAC.

Que viens-tu faire ici ?

ROGER.

Je viens savoir ce qui se passe; on me dit que Fernand me cherche avec un air si étrange, que mon valet de chambre en a été effrayé.

PIBRAC.

Il se passe que ton duel est terminé.

ROGER.

Et de quelle façon ?

PIBRAC.

On te fait des excuses.

ROGER, stupéfait.

Bah !

PIBRAC

Il ne veut pas se battre pour sa femme.

ROGER.

Sa femme !

PIBRAC.

Oui, sa femme. Maintenant que tu es au courant, va-t'en.

ROGER.

Ce domino qui m'a si étrangement intrigué pendant toute une soirée...

PIBRAC.

C'était madame de Morannes. Va-t'en.

ROGER.

Mais elle connaît ma vie comme moi-même.

PIBRAC.

Tant pis pour toi !

ROGER.

Elle lit dans ma pensée comme dans un livre. Elle m'a tenu des discours à me donner le cauchemar.

PIBRAC.

Elle en est bien capable.

ROGER

Elle était à Étretat, il faut qu'elle m'y ait suivi; il faut qu'elle m'ait vu un jour descendre par la falaise...

PIBRAC.

Pour rencontrer madame de Mauves.

ROGER.

C'est faux. Qui t'a dit cela ?

PIBRAC.

Tu vois que je sais tout.

ROGER.

On t'a trompé.

PIBRAC.

Veux-tu nier avec moi ? Tu as commis à Étretat un acte insensé.

ROGER.

Eh bien, oui. Elle m'a ordonné de repartir : je lui ai obéi, j'ai eu tort. Paris sans elle me paraît vide et bête. Elle a été cruelle. Je l'avais suppliée de revenir aujourd'hui pour la fête que donne ma belle-sœur.

PIBRAC, étonné.

Ah !

ROGER.

Je l'aurais vue toute une nuit, j'aurais entendu sa voix. J'aurais pu, tout bas, au milieu de la foule, lui dire que je l'aime. J'avais espéré qu'elle viendrait.

PIBRAC.

Et tu l'aurais compromise! Renonce à un caprice que rien n'excuse chez un homme tel que toi.

ROGER.

Tu chéris ta femme dévotement, cela te suffit, et quand je t'avoue que j'aime madame de Mauves, cela ne représente pas grand'chose à ton esprit. Eh bien! je donnerais tout, tout, entends-tu? pour qu'elle fût à moi, ne fût-ce qu'une heure.

PIBRAC

Et tu crois l'aimer, parce que tu la désires.

ROGER.

Mais le désir, c'est le comble de l'amour. Et d'ailleurs, je
ne donne pas de nom à ce que je ressens. J'aime à ma façon
et je n'en sais pas d'autre. Ce n'est point par vanité, ce n'est
point parce qu'elle a une réputation sans tache, une vertu
irritante, parce qu'elle est belle et charmante; c'est parce
qu'elle a pour moi un attrait que je n'analyse pas, que je
ne définis pas, mais que je sens irrésistible.

PIBRAC.

Admets qu'un jour elle cède à ta passion, et après?

ROGER.

Après? après, je serai le plus heureux des hommes.

PIBRAC.

Égoïste ! égoïste ! égoïste ! Tu m'accorderas bien qu'il y a
une morale?

ROGER.

Je t'en accorde plusieurs.

PIBRAC.

Laissons la morale. Je ne te demande que d'écouter ta raison.

ROGER.

Dieu m'en garde ! Nous n'avons que cette supériorité
sur les autres animaux, qu'ils sont esclaves de leur instinct
et que nous sommes maîtres de notre raison.

PIBRAC.

Ce qui prouve ?...

ROGER.

Que notre âme est immortelle, puisqu'elle peut faire des
bêtises.

PIBRAC.

Il est impossible de raisonner. Vous êtes tous des êtres
pervertis, sans conscience et sans scrupules. Vous avez des

fantaisies qui vous détraquent la cervelle, vous cherchez des surexcitations de haut goût, vous...

ROGER, l'interrompant.

Là... là... Pibrac, ne vois-tu pas assez de gens qui amassent et entassent, qui courent après les fauteuils officiels ou officieux, qui piétinent péniblement entre les lignes du code, pour arriver sans chute à la fortune, qui politiquent à droite, à gauche, en long, en large, en travers, en zigzag? Ne te plains pas si quelques fous jettent une note gaie et insouciante dans ce concert de travailleurs chauves. Nous avons le code du bon vieux temps : le point d'honneur, et nous résumons toutes les délicatesses de la loyauté par un mot plus moderne : vivre en galant homme. Après cela, où est le mal de casser un peu les vitres, quand ce ne sont pas celles des autres ?

PIBRAC.

Il appelle cela ne pas casser les vitres des autres. Voilà un garçon qui est la loyauté même et qui se croit très galant homme en séduisant une jeune femme...

ROGER.

Délaissée, abandonnée.

PIBRAC.

Il va trouver que c'est méritoire! Quelles mœurs! quelles mœurs!

JOSEPH, entrant, toujours effaré.

On ne trouve pas M. le comte. J'ai dit à madame la comtesse...

ROGER.

Elle est arrivée ?

PIBRAC.

Bon!

JOSEPH, continuant.

Que M. de Pibrac était ici et qu'il lui expliquerait pourquoi M. le comte était absent.

PIBRAC.

Comment?

JOSEPH.

Monsieur doit avoir de l'imagination ; il trouvera quelque chose.

PIBRAC.

Non, non, je ne trouverai pas.

ROGER, avec joie.

Elle est venue.

SCÈNE X

PIBRAC, ROGER, JEANNE.

JEANNE, entrant vivement, très troublée.

Il n'est rien arrivé à M. de Mauves ?

PIBRAC.

Rien, madame, absolument rien.

JEANNE.

Joseph a des airs mystérieux qui m'effraient.

JOSEPH.

Moi! Madame la comtesse se trompe.

JEANNE.

Mais vous aussi, monsieur de Pibrac, vous avez un air étrange.

PIBRAC.

C'est mon air habituel.

JEANNE, avec surprise.

Monsieur de Savenay !

Le domestique sort.

ROGER.

Je vous prie, madame, d'excuser ma présence en ce moment. M. de Mauves m'avait donné rendez-vous.

JEANNE.

On me cache quelque chose.

PIBRAC.

Non, madame.

JEANNE.

Vous m'affirmez que Fernand ne court aucun danger?

PIBRAC.

Pas le moindre; il était ici tout à l'heure.

JEANNE.

Et il ne m'a pas attendue?

PIBRAC, très embarrassé.

Fernand ne supposait pas que vous reviendriez si tôt.

JEANNE, se tournant à demi vers Savenay et avec intention.

J'ai été forcée de rentrer pour recevoir mon père qui arrivera dans quelques heures.

PIBRAC.

Le marquis de Lubersac se décide à venir à Paris?

JEANNE.

J'avais prévenu M. de Mauves dans mes deux dernières lettres.

ROGER.

Il se pourrait, madame, qu'il ne les eût pas reçues.

JEANNE.

Les voici encore sur ce guéridon. (Elle prend les lettres et s'aperçoit qu'elles ne sont pas décachetées.) Ah!

ROGER.

Qu'avez-vous, madame?

JEANNE, se remettant immédiatement.

Rien, monsieur. Puisque M. de Mauves vous a donné rendez-vous, c'est qu'il va venir.

PIBRAC

Assurément, il a dû être retenu au club ; nous pourrions y passer.

JEANNE.

Je n'osais pas vous en prier, monsieur de Pibrac.

PIBRAC.

Mais...

JEANNE.

Vous direz à Agathe qu'il me tarde de la revoir.

PIBRAC, à part.

On me renvoie. (Prenant vivement son chapeau.) Je vais vous ramener Fernand, madame; je vous jure que je vais vous le ramener.

Il sort.

SCÈNE XI

JEANNE, ROGER.

JEANNE.

Vous avez compris, n'est-ce pas?

ROGER.

Oui, madame.

JEANNE.

Vous devinez pourquoi M. de Mauves n'est pas ici?

ROGER.

Il n'avait pas décacheté vos lettres.

JEANNE.

Et vous vous dites que la femme qui a reçu cette bles-sure, qui a subi, devant vous, cette humiliation, sera d'une conquête facile? Je n'ai pas voulu vous laisser partir avec cette pensée. Si la douleur que je viens de ressentir a été la plus cruelle et la plus vive, elle ne m'a rien appris. Je sais que, dans le milieu où se trouve jeté M. de Mauves, la vie a d'inévitables entraînements. Les mœurs légères qu'on y tient en estime font les cœurs légers et nous ne pouvons nous montrer sévères pour des défauts qu'il est convenu de trouver charmants. M. de Mauves m'a peut-être oubliée un peu, mais je sais le respect qu'il a pour sa femme et je lui pardonne.

ROGER.

Vous lui pardonnez? — Non, madame, non, vous ne lui pardonnez pas de ne pas vous aimer.

JEANNE.

Vous croyez que mon mari ne m'aime pas? Eh bien! je l'aime, moi. Vous supposez que je ne compte pas assez dans son existence? Il est tout dans la mienne. Et ne me dites pas qu'il s'éloigne de moi; j'irai à lui.

ROGER.

Je ne crois rien, je ne suppose rien, je ne vous dis rien; ce que je vois trouble ma raison, et je me demande com-ment un homme, assez béni du ciel pour avoir mérité une femme telle que vous, peut vivre loin de vous, sans vous. Il me semble, à moi, que je n'existe que de l'heure où je vous ai vue.

JEANNE.

Vous m'aviez promis, monsieur, de ne plus me tenir un pareil langage.

ROGER.

Eh! que puis-je vous dire à présent que vous n'ayez cent fois deviné?

JEANNE.

Vous m'aviez promis d'oublier comme moi l'imprudence
que vous avez commise à Étretat.

ROGER.

L'oublier! (Il se lève.) Mais c'est le souvenir le plus ardent
de ma vie! Oublier que je vous ai vue seule sur cette plage,
au pied de ces falaises, devant cette mer immense... seule,
seule!

JEANNE.

Vous m'avez fait le serment...

ROGER.

De ne plus vous aimer? Est-ce en mon pouvoir? Non,
non, je vous adore.

JEANNE.

J'avais de moi-même une assez haute estime pour ne pas
me croire exposée à une pareille offense, et c'est la seconde
fois...

Elle s'arrête émue.

ROGER.

Je vous vois souffrir, je vous sais malheureuse, et ce que
je ressens à cette heure, là, devant vous, est un sentiment
si pur, si élevé, si chaste, qu'il ne peut ni vous blesser, ni
vous déplaire. Je vous adore.

JEANNE.

Si vous étiez sincère, je ne pourrais que vous plaindre.

ROGER.

Ne me plaignez pas. Aucune femme au monde ne me
donnerait, en m'aimant, la joie que j'éprouve à vous regarder, troublée, frémissante et les yeux pleins de larmes. Je
me sens au cœur les enchantements et les ivresses que vous
vous condamnez à ne jamais connaître.

JEANNE, très contenue.

Je vous ai dit, monsieur, que je mettais tout mon bonheur et tout mon orgueil à adorer mon mari.

III.   13.

ROGER.

C'est l'exaltation du devoir, ce n'est pas de l'amour. Vous vous éprenez de votre générosité même, et vous prenez pour de la passion le vertige que donne le vide. Je n'essaierai pas de vous convaincre, je ne vous demande rien, rien qu'une joie que vous ne pouvez refuser à personne, la joie de vous voir passer de loin, la joie de vous entendre parler, la joie de vous voir au bal, comme ce soir...

JEANNE.

Vous avez cru que j'irais à ce bal !

ROGER.

Vous n'irez pas ?

JEANNE.

Vous avez cru que je revenais pour vous y retrouver !

ROGER.

J'ai cru que vous aviez cédé aux instances de la comtesse de Savenay.

JEANNE.

Votre belle-sœur, qui m'a écrit sous votre dictée, n'est-ce pas ? Vous oubliez que je suis restée trois semaines loin de M. de Mauves, et que mon seul désir est de passer ma soirée avec mon mari.

ROGER.

Votre mari ! cet indifférent qui n'est même pas là pour vous recevoir ! Eh bien ! non, non, vous ne l'aimez pas, vous ne pouvez pas l'aimer, et il est impossible que vous ne compreniez pas quelle passion est la mienne. Il est impossible maintenant que vous n'ayez pas pitié de moi. Vous viendrez ce soir... vous serez là, je vous verrai. Je vous en supplie à genoux.

JEANNE.

Vous ne me verrez pas et vous ne devez plus me revoir. (Le domestique ouvre la porte du fond.) Monsieur de Mauves !

SCÈNE XII

LES MÊMES, FERNAND.

FERNAND, entrant vivement.

Je suis désolé, ma chère Jeanne, de ne pas m'être trouvé là au moment de votre arrivée.

JEANNE, montrant Roger.

Monsieur de Savenay.

ROGER.

On m'a dit que vous me cherchiez, Fernand, et je suis accouru.

FERNAND.

Oui, mais ce n'était pas urgent.

ROGER.

Je comprends que le moment serait mal choisi pour vous occuper de moi, et je me retire. (Il lui serre la main.) Je vous remercie, madame, d'avoir bien voulu m'autoriser à attendre le comte. Au revoir, Fernand.

Il sort

FERNAND, faisant asseoir Jeanne sur le canapé.

Vous devez être fatiguée, Jeanne.

JEANNE.

Ce n'est pas un voyage, et je ne suis jamais fatiguée, moi, quand je reviens près de vous.

FERNAND.

Pourquoi donc avez-vous hâté votre retour?

JEANNE.

Parce que mon père arrive aujourd'hui même à Paris.

FERNAND.

Le marquis de Lubersac!

JEANNE.

Je vous l'avais annoncé, mon ami.

FERNAND.

A moi?

JEANNE.

Et vous n'avez pas ouvert mes lettres.

FERNAND.

Dites que je ne les ai pas reçues, que Joseph ne me les a
pas remises. Il devient idiot; je le chasserai, je... Croyez que
je suis désespéré.

JEANNE.

En tout cas, vous ne vous inquiétez pas beaucoup de
votre femme.

FERNAND.

Pouvez-vous supposer cela?

JEANNE.

Ne cherchez pas à vous excuser; vous ne sauriez pas. Et
j'aime mieux vous pardonner, si vous croyez avoir besoin
de pardon.

FERNAND.

Vous êtes un ange.

JEANNE.

Je ne veux pas que vous m'aimiez parce que je suis un
ange, ou parce que je suis votre femme. Je voudrais que
vous pussiez m'aimer parce que je vous plais.

FERNAND.

N'est-ce pas ainsi que je vous aime?

JEANNE.

Non, mais c'est ainsi que vous m'aimerez, je l'espère.
pour cela, il ne faut pas que je sois maussade, n'est-ce pas?

ni trop exigeante. Tout est oublié; vous êtes là, près de moi, je ne demande plus rien.

FERNAND.

Mais on dirait que vous revenez tout exprès pour la fête merveilleuse que donne madame de Savenay.

JEANNE.

Vous ne le croyez pas.

FERNAND.

Et quand cela serait! Nous avons reçu une invitation toute spéciale et la comtesse tenait absolument à vous avoir. Elle voulait me forcer à user de mon autorité. Je n'en use jamais. Je comprends qu'une maîtresse de maison mette quelque orgueil à montrer chez elle la jolie comtesse de Mauves.

JEANNE.

Flatteur!

FERNAND.

Et vous êtes à un âge où il est bien permis d'aimer le plaisir.

JEANNE.

Je trouverai un plaisir beaucoup plus grand à passer ma soirée avec vous.

FERNAND.

C'est que je ne vous attendais pas et je me suis engagé... je serai forcé de m'absenter.

JEANNE, le regardant avec étonnement.

Ce soir?

FERNAND, vivement.

Cela ne m'empêchera pas de vous accompagner au bal, et d'aller vous y reprendre.

JEANNE.

Vous êtes forcé de me quitter ce soir?

FERNAND.

Et c'est un contretemps que je déplore autant que vous, mais vous savez les exigences de notre monde. Il y a ce soir commission au club.

JEANNE.

Et vous ne renoncerez pas à votre club pour moi, le jour de mon arrivée?

FERNAND.

Hésiterais-je, si je n'étais formellement engagé? Vous serez au bal, je m'échapperai, et je reviendrai.

JEANNE.

Mais vous ne pouvez pas me faire le sacrifice d'une soirée! Il me semble pourtant que je le méritais.

FERNAND.

Est-ce que cela vous chagrine, Jeanne?

JEANNE, contenant ses larmes.

Non, mon ami, cela ne me chagrine pas; je passerai la soirée avec mon père.

Agathe entre par le fond.

SCÈNE XIII

FERNAND, JEANNE, AGATHE.

Jeanne, prête à éclater en sanglots, se jette au cou d'Agathe pour donner un motif à son émotion.

JEANNE.

Agathe! ma bonne Agathe! Que je suis heureuse de te voir!

AGATHE.

Pas plus heureuse que moi ! J'ai appris qu'on cherchait partout M. de Mauves, parce que sa femme venait d'arriver. Tu as donc voulu faire une surprise à ton mari ?

JEANNE.

Oui, oui.

AGATHE.

Moi, je n'oserais jamais faire cette surprise-là à M. de Pibrac. Je ne serais pas assez sûre de lui être agréable. J'aime mieux qu'il attende à la gare. Oh ! mais j'ai troublé vos premières effusions. Tu n'as pas un mari froid et indifférent comme le mien.

FERNAND.

Je ne veux pas, en restant, vous forcer, madame, à faire mon éloge au détriment de Pibrac : je me retire. Je suppose d'ailleurs que vous avez à causer avec Jeanne.

AGATHE.

Énormément. Mais nous causerons vite, je vous la rendrai tout à l'heure.

FERNAND.

C'est elle qui s'en plaindra.

Il salue et sort.

AGATHE.

Il est très aimable, ton mari, il n'a pas changé.

JEANNE.

Pas du tout.

AGATHE.

Tu es toujours heureuse ?

JEANNE.

Toujours.

AGATHE.

Je voudrais pouvoir en dire autant.

JEANNE.

Ne sois pas ingrate pour M. de Pibrac : il t'adore, et c'est le meilleur des hommes.

AGATHE.

Lui ! tu ne le connais guère. J'étais sûre qu'il était coupable. De quoi ? je n'en savais rien et cette incertitude me tuait. Maintenant, j'ai peur d'apprendre la vérité. Si tu l'avais entendu tout à l'heure défendre madame de Morannes ! — Sais-tu ce que je viens d'apprendre chez la duchesse de Grandlucé ? Madame de Morannes était au bal du prince Ariel en domino rose, et elle a failli faire battre son mari avec M. de Savenay.

JEANNE.

Lequel ?

AGATHE.

Le beau ! le vicomte ! Roger, qui a résisté à ses avances, dit-on. Il y a eu réunion de témoins, procès-verbal, etc., et un jeune homme que je ne connais pas ajoutait : « Le plus piquant de l'aventure, c'est que M. de Savenay a eu la malechance ou la malice de prendre pour un de ses témoins l'adorateur actuel de la jolie baronne. » Elle a un adorateur actuel, cela se dit couramment. — « Mais oui, oui, a ajouté une dame entre deux âges, ce n'est plus un mystère : un homme de notre monde, qui se ruine et qui joue pour se refaire ; il a perdu trente mille francs sur parole contre le même Savenay, et notez qu'il a une femme charmante qui ne se doute de rien... » Et on allait le nommer quand la duchesse a fait signe en toussant : « Hum ! hum ! » — Et se tournant de mon côté : « Madame de Pibrac, » pour arrêter l'indiscret, « avez-vous des nouvelles de votre amie, madame de Mauves ? »

JEANNE.

Ah !

AGATHE.

Mais il n'a plus été question du duel. Je n'ose interroger

personne ; on me mentirait. J'attends les journaux de demain, pour connaître les témoins de M. de Savenay. J'en ai la fièvre.

Joseph est entré et paraît chercher sur la table.

JEANNE.

Chut ! Que voulez-vous, Joseph ?

JOSEPH.

M. le comte m'a prié de prendre un procès-verbal.

JEANNE.

Quel procès-verbal ?

JOSEPH.

Je ne sais pas, madame, je crois qu'il s'agissait d'un duel...

AGATHE.

D'un duel !

JOSEPH.

Qui est arrangé.

AGATHE.

C'est le nôtre, cherchons.

JEANNE, *qui a été vivement à la table, soulevant un buvard.*

Le voici.

AGATHE.

Les témoins de Savenay ? (Elles cherchent ensemble sur la feuille les noms des témoins.) Théophile de Pibrac.

JEANNE.

Comte de Mauves (A Joseph.) C'est bien là ce que vous cherchez.

Joseph prend le procès-verbal et sort.

AGATHE, avec éclat.

C'était M. de Pibrac !

JEANNE, très émue, mais se contenant.

Calme-toi, Agathe, je t'en supplie.

AGATHE.

Tu veux que je me calme quand je reçois sans préparation une pareille nouvelle, quand j'apprends que mon mari...

JEANNE.

Ce n'est pas ton mari.

AGATHE.

Ce serait donc le tien ? Tu reconnais qu'il est excellent, tu avoues qu'il n'a pas changé, tandis que moi, je me plaignais d'instinct.

JEANNE.

Tu as mal compris, peut-être, des propos en l'air.

AGATHE.

Un homme de notre monde! marié avec une femme charmante! Est-ce assez clair? Et qui a perdu hier au club! M. de Pibrac a passé sa soirée au club. Et l'embarras de la duchesse! Mais tu le sais bien, puisque tu es aussi émue que moi.

JEANNE, sans l'écouter.

Non, non, si cela était, il ne m'aurait pas dit de la recevoir; il n'aurait pas permis que cette femme, que sa maîtresse...

AGATHE, se méprenant.

Mît les pieds dans un cercle où je suis invitée!... Ah! ma pauvre Jeanne, tu ne connais pas l'empire de ces femmes sur nos maris; vois les crimes qui se commettent, vois-les tous.

JEANNE.

Je te dis que je ne puis pas le croire, que je ne veux pas le croire, que je ne le crois pas.

AGATHE.

Et moi, j'en suis sûre.

JOSEPH, entrant.

Madame la baronne de Morannes...

JEANNE.

Madame de Morannes!

AGATHE, faisant un bond.

Elle!

JOSEPH.

Fait demander si madame la comtesse peut la recevoir.

JEANNE, après un premier mouvement, se remettant vivement.

Faites entrer.

AGATHE.

Tu exiges que je me trouve en face de ce monstre?

JEANNE.

Du courage, Agathe; aie du courage.

AGATHE.

Ce n'est pas possible.

JEANNE.

Si, si, c'est possible quand on le veut bien.

AGATHE.

Mais tu es pâle comme une morte!

JEANNE.

Parce que tu m'effraies.

LE DOMESTIQUE, annonçant.

Madame la baronne de Morannes.

SCÈNE XIV

JEANNE, AGATHE, LA BARONNE.

LA BARONNE, entrant avec la plus complète aisance.

Je frappais avec hésitation à votre porte, madame, ne sachant pas si vous étiez à Paris...

AGATHE, à part, s'adressant à Jeanne qui la retient du geste et du regard.

Serpent!

LA BARONNE.

Et je ne me serais pas permis de me présenter le jour de votre arrivée, si je ne venais en quêteuse.

AGATHE, à part.

Crocodile!

JEANNE, très froide et très digne.

Quand on vient pour les pauvres, madame, on est toujours bien reçu chez moi.

LA BARONNE.

Je le sais, madame. Pourtant cela n'aurait pas suffi, il fallait encore qu'il y eût urgence.

AGATHE, à part.

Cette voix est horrible!

LA BARONNE.

J'ai l'honneur d'être dame patronnesse d'une vente de charité, au cercle de...

AGATHE, l'interrompant.

De M. de Pibrac!

LA BARONNE.

Oui, madame. Je me suis décidée un peu tard et je suis

forcée de quêter à la hâte, pour ne pas être trop humiliée demain.

LA GATHE, à part.

Monstre!

JEANNE.

Vous êtes sûre, madame, d'avoir beaucoup de succès.

LA BARONNE.

Je le souhaite sans l'espérer. J'accepterai, madame, tout ce qu'il vous plaira de me donner, mais votre offrande doublerait de prix si j'obtenais un ouvrage de vos mains.

JEANNE.

Oh! non! non! de l'argent, de l'argent seulement. (Elle va à une console et prend dans un coffret un billet de mille francs.) Ce que je fais n'a aucune valeur pour personne. — Voici, madame.

AGATHE, à part.

Merci !

LA BARONNE.

Ah!

JEANNE.

J'espère que M. de Mauves fera davantage.

LA BARONNE.

C'est un cadeau de reine. La générosité est facile quand on est heureuse et qu'on n'a rien à envier à personne.

JEANNE.

Rien, madame.

LA BARONNE.

J'avais eu le désir, madame, de me faire présenter à vous à Étretat, car nous nous y trouvions ensemble, mais on m'a dit que vous viviez très retirée.

JEANNE.

Très retirée, oui, madame.

LA BARONNE.

Je me dédommage aujourd'hui. Je vous demande la per-
mission, madame, de continuer ce que j'appellerai mon
chemin de la croix, car je ne suis pas reçue partout aussi
bien que chez vous.

JEANNE.

M. de Mauves regrettera certainement de ne pas s'être
trouvé là, mais vous savez peut-être qu'il est témoin dans
un duel.

LA BARONNE.

Hélas ! oui. J'ai même appris que les témoins devaient se
réunir chez M. de Mauves.

JEANNE.

Alors, madame, il vous sera agréable d'apprendre que
l'affaire est arrangée.

LA BARONNE.

Arrangée ?

JEANNE.

On ne se bat plus.

LA BARONNE.

Ah !

JEANNE.

Les adversaires ont loyalement reconnu que leur querelle
était sans objet.

LA BARONNE.

Sans objet !

AGATHE, à part.

Très bien ! très bien !

JEANNE.

J'ai eu l'indiscrétion de lire le procès-verbal des témoins.

LA BARONNE.

Mais ce procès-verbal est-il accepté par tout le monde ?

JEANNE.

Je l'ignore, madame.

LA BARONNE.

Il arrive si souvent que les efforts des témoins ne réus-
sissent pas ! Je ne vous en remercie pas moins, madame, de
la bonne pensée que vous avez eue en m'annonçant cette
heureuse nouvelle.

Elle sort.

SCÈNE XV

AGATHE, JEANNE.

AGATHE.

Elle n'a pas osé me regarder en face ; elle a eu raison...
Eh bien ! qu'as-tu donc ?

JEANNE, défaillante.

Ce n'est rien, ne t'inquiète pas, c'est nerveux.

AGATHE, se jetant dans ses bras.

Je te fais pitié, n'est-ce pas ?

JEANNE.

Non, Agathe, non... je ne veux pas te laisser cette souffrance, je te jure que tu te trompes ; je te jure que ce n'est
pas ton mari.

AGATHE.

C'est parce que tu ne doutes plus que tu veux essayer de
me mentir.

JEANNE.

Ne pleure pas, Agathe, ton mari t'aime, toi ; je le sais,
j'en suis sûre.

AGATHE.

Je t'émeus, je t'attriste, j'ai tort. Eh bien ! non, je ne pleure plus, ce n'est pas l'heure de pleurer : je me vengerai.

JEANNE.

Est-ce que les honnêtes femmes peuvent se venger, est-ce qu'elles sauraient ?

AGATHE.

Notre rôle est trop bête à la fin. Demain, à pareille heure, je serai vengée. Comment? je n'en sais rien, mais je serai vengée.

Elle sort vivement.

JEANNE, seule, tombant sur le canapé.

Madame de Morannes ! Voilà la femme à laquelle il me sacrifie. — Mais que suis-je donc, moi? Toujours aimante et toujours résignée, toujours l'attendant. Il n'a pas un sourire à demander, pas un regard à quêter : quand il entre, mon âme tout entière va au-devant de lui. C'est trop m'abaisser ! Ce qu'ils veulent, c'est le bruit, le succès, l'éclat, c'est la lutte ! Ils l'auront. (Elle sonne, une femme de chambre paraît. — A la femme de chambre.) Préparez-moi une toilette de bal pour ce soir ; sortez toutes mes robes; sortez-les toutes, je choisirai. (La femme de chambre se retire.) Je ne veux plus être des femmes qu'on délaisse ; je serai des femmes qu'on aime.

ACTE DEUXIÈME

AU CLUB

Grand salon. — A gauche, porte d'entrée. — A droite, une cheminée; plus haut, une fenêtre avec balcon et draperie rouge. — Au milieu, vers le fond, table de baccara. — Chaises cannées, fauteuils et divans en moleskine rouge. — Bureau du garçon des jeux, au fond. — Quatre tables à jeu; sur l'une d'elles, un échiquier; sur chacune, deux flambeaux avec abat-jour. — Deux lampes et un bougeoir sur la cheminée. — Une suspension à quatre becs au-dessus de la table de baccara, — Le tout allumé. — Journaux, revues. — Au fond, à droite un petit salon avec un billard, où l'on joue pendant une partie de l'acte. — Au fond, au milieu et à gauche, un autre petit salon, avec une table de lecture. — Par derrière, au milieu, on aperçoit la salle à manger, avec une table servie. — Différents personnages sont assis à la table à manger, d'autres sont occupés à lire, d'autres jouent au billard, aux échecs, aux cartes; le garçon des jeux est à son bureau; des valets vont et viennent dans le fond.

SCÈNE PREMIÈRE

AUBEROCHE, GERVASSON, WILFRID.

AUBEROCHE, venant du fond.

Un cigare ! Valet de pied, du feu.

GERVASSON, courant à lui.

Auberoche ! J'ai dit à papa que j'avais gagné hier au baccara, pour qu'il me rende sa considération... Ne me trahis pas.

AUBEROCHE.

Sois tranquille, Gervasson fils, mais ne me touche pas de la main gauche, ça porte malheur.

III.   14

GERVASSON.

Tiens, je ne savais pas.

AUBEROCHE.

Il ne sait rien, ce garçon-là.

GERVASSON.

Je me méfierai. — As-tu dîné au club?

AUBEROCHE.

Oui, mais je me suis levé avant la fin. On a causé
musique tout le temps.

GERVASSON.

Ah! mon pauvre chien!... Est-ce que papa y était?

AUBEROCHE.

Il y est encore.

GERVASSON.

Je croyais qu'il m'avait conté une bourde.

AUBEROCHE.

Alors, tu espionnes papa?

GERVASSON.

Il m'espionne bien, lui! — A-t-on dit des bêtises, ce soir?

AUBEROCHE.

Sans le faire exprès. Nous avions le baron de Morannes;
ça jetait un froid, à cause de son aventure d'aujour-
d'hui.

GERVASSON.

Il n'a pas voulu se battre pour sa femme! Moi, je trouve
ça très chic.

AUBEROCHE.

Mais c'est la jolie baronne qui ne doit pas être contente!

GERVASSON.

Je t'écoute! On prétend qu'elle quittera Paris demain.

AUBEROCHE.

C'est pour qu'on la retienne, ça. Je connais les femmes. (Allant à Gervasson.) Aie l'air de me confier un secret.

GERVASSON.

Pourquoi, Boboche?

AUBEROCHE.

Voilà Wilfrid qui va nous dire un mot drôle.

WILFRID, arrivant.

J'ai rencontré ce matin Savenay; je lui ai même dit un mot drôle qui l'a beaucoup fait rire. Nous parlions du tir aux pigeons...

AUBEROCHE.

Je les connais, ses mots drôles. Maintenant, le papa la Grézette, prenons garde. Il a sa serinette des grands jours, il présente un candidat. Sauve qui peut! Il vient de notre côté!

GERVASSON.

Oh!

SCÈNE II

Les Mêmes, LA GRÉZETTE.

LA GRÉZETTE, arrivant par le fond.

Pardon, mes jeunes amis...

AUBEROCHE.

Nous sommes pincés.

LA GRÉZETTE, à Gervasson.

Vous voterez pour mon candidat, n'est-ce pas?

GERVASSON.

Des deux mains.

LA GRÉZETTE.

Paul Calmeil, charmant garçon, substitut, un peu mon parent.

AUBEROCHE.

Vous savez bien, papa la Grézette, qu'on ne vous a jamais refusé personne.

LA GRÉZETTE.

Je sais qu'on a pour moi, dans notre cercle, une bienveillance extrême, et Calmeil a un autre parrain non moins sympathique à tous, Roger de Savenay.

AUBEROCHE.

L'élection est sûre.

LA GRÉZETTE.

Je la voudrais brillante.

AUBEROCHE.

Elle le sera.

LA GRÉZETTE.

J'en accepte l'augure.

AUBEROCHE, à Wilfrid, qui s'avance.

Tout à l'heure, Wilfrid.

SCÈNE III

LES MÊMES, ABEL.

ABEL, entrant par le fond, fredonnant.

Les yeux bleus à la fenêtre,
Portes closes les yeux noirs.

LA GRÉZETTE, allant à lui.

Mon jeune ami...

ABEL.

Mon bon la Grézette?

LA GRÉZETTE.

Pourquoi m'avez-vous poussé le coude, pendant que je discutais sur l'art musical, courtoisement d'ailleurs, avec le baron de Morannes?

ABEL.

Vous lui souteniez que Sganarelle était un type à mettre en musique.

LA GRÉZETTE.

C'est ma conviction.

ABEL.

Parce que les maris trompés sont toujours comiques.

LA GRÉZETTE.

Précisément.

ABEL.

Eh bien! et lui?

LA GRÉZETTE.

Lui? (Après avoir réfléchi.) Oh! oh! mon jeune ami, je suis désespéré.

ABEL.

Je vous poussais le coude. Vous alliez toujours.

LA GRÉZETTE.

Vous auriez dû m'arrêter en intervenant dans la discussion.

ABEL.

Oh! moi, je ne discute jamais à table.

LA GRÉZETTE.

Pourquoi, cher ami?

ABEL.

Parce que ce sont toujours ceux qui n'ont pas faim qui ont raison.

LA GRÉZETTE.

J'oublie toujours que ce pauvre baron... Mais avouez que ce n'est pas un mari trompé comme les autres.

ABEL.

Il l'est plus que les autres, c'est ce qui le sauve du ridicule.

LA GRÉZETTE.

Tiens, oui.

LE BARON, sortant de la salle à manger.

Le dîner était excellent ce soir. Un cigare.

BEL, montrant le baron qui entre satisfait comme un homme qui a bien dîné.

Et vous voyez qu'il ne s'en porte pas plus mal.

SCÈNE IV

Les Mêmes, LE BARON.

LA GRÉZETTE.

Mon cher baron, je me suis laissé entrainer trop loin peut-être dans mes théories musicales.

LE BARON.

Pourquoi, mon bon la Grézette? — Vous vous êtes un peu moqué des maris; mais moi, je suis un mari honoraire, et d'ailleurs j'étais de votre avis.

LA GRÉZETTE, à Abel, naïvement.

C'est vrai, au fait, il était de mon avis.

ABEL, riant, bas.

Vous n'avez plus qu'à chercher un musicien, et tâchez de lui prouver que c'est imaginaire.

LA GRÉZETTE, ne comprenant pas.

Imaginaire ?

ABEL.

De cet exemple-ci ressouvenez-vous bien, ·
Et quand vous verriez tout, ne croyez jamais rien.

LA GRÉZETTE.

Je ne demande pas mieux.

WILFRID, à Abel.

Je racontais à Auberoche un mot drôle qui l'a beaucoup
fait rire. Nous parlions du tir aux pigeons...

ABEL.

Pardon, Wilfrid. J'ai pour principe d'hygiène qu'il faut
ménager sa rate en sortant de table.

WILFRID.

Ah ! (Courant à la Grézette.) Je racontais à Abel un mot drôle
qui l'a beaucoup fait rire. Nous parlions...

SCÈNE V

LES MÊMES, MAXIME.

MAXIME, venant du fond.

Détestable ! épouvantable ! exécrable !

ABEL.

C'est le doux Maxime.

LA GRÉZETTE.

Il ne paraît pas satisfait.

ABEL.

Non, par extraordinaire.

MAXIME.

Donnez-moi le registre des réclamations.

LA GRÉZETTE.

Des réclamations ! C'est que je suis commissaire de semaine.

ABEL.

Et vous prenez cela au sérieux ?

LA GRÉZETTE.

Je suis l'homme du devoir, moi.

ABEL, riant.

Du devoir puéril et honnête !

MAXIME.

Deux sauces blanches, comme chez les Carmélites !

LA GRÉZETTE.

J'aime mieux m'en aller. Vous voterez pour mon candidat ?

Il sort.

WILFRID, à Maxime.

Maxime, je vais vous dire..,

MAXIME.

Laissez-moi tranquille. Et des œufs à la neige, un entremets de 1830 !

ABEL.

Ne parlons pas politique.

MAXIME, haussant les épaules avec colère.

Je ne sais pas pourquoi on admet de pareils singes dans une réunion de gens soi-disant graves.

ABEL.

Et il est membre de la société protectrice des animaux ! C'est sa seule profession d'ailleurs ; il a six mille francs de rente pour tout potage ; il vit, grâce au club (il s'assied sur un fauteuil.), comme s'il en avait cent mille, et il n'est jamais content.

MAXIME.

Vous avez dîné ici, Gervasson ?

GERVASSON, assis à une table de jeu.

Non ; c'est papa. Moi, j'ai dîné chez maman. C'était mon tour de garde.

MAXIME.

Ah ! baron, vous étiez en face de moi.

LE BARON.

J'avais cet honneur.

MAXIME.

Signez-vous ma plainte.

LE BARON.

Jamais. Pourquoi voulez-vous que je me plaigne ? Je me trouve très bien ici. J'ai de grands salons, parfaitement aérés, des tapis moelleux, des divans orientaux, des journaux de tous les coins du monde, une bibliothèque superbe, une table excellente à mon humble avis, une livrée princière toujours à mes ordres, sans compter les hommes d'esprit, les gens aimables, les joueurs qui perdent galamment leur argent, et les âmes charitables qui se chargent d'amuser la galerie. Mais rien ne vaut le club.

MAXIME.

Si c'est pour vous une famille...

LE BARON.

Une famille charmante, à laquelle je ne dois rien et qui n'attend rien de moi.

GERVASSON.

Égoïste ! si maman l'entendait !

MAXIME.

Très bien. Et toi, Abel, signes tu ?

ABEL.

Moi, je suis de la grande catégorie des satisfaits, section des gens qui digèrent.

MAXIME.

Parfaitement! (Apercevant Pibrac qui paraît, au fond, avec un air profondément ennuyé.) Ah! Pibrac! Vous avez dîné au club?

SCÈNE VII

ABEL, LE BARON, MAXIME, GERVASSON, AUBEROCHE, PIBRAC, puis LE DOCTEUR.

PIBRAC.

Oui, mon ami, oui. J'ai dîné au club, seul, à part, à une petite table. Il faut bien s'amuser, la vie est si courte!

MAXIME.

Que pensez-vous des sauces blanches et des œufs à la neige?

PIBRAC.

Je ne les ai pas remarqués, cher ami.

MAXIME.

Il n'y avait que cela.

PIBRAC, vivement.

Mais je suis enchanté, enchanté, enchanté.

AUBEROCHE, à une table de jeu.

Moi, je veux bien signer que les dîners du club sont assommants et que si l'on ne peut plus y dire de bêtises, j'irai brouter ma salade en famille.

GERVASSON, assis en face de lui.

Ne dis pas cela, Boboche!

AUBEROCHE.

Je le dis, ma vieille bique!

MAXIME, fermant le registre avec colère.

Allons! tout est pour le mieux dans le meilleur des clubs seulement, je vais prendre une cuisinière, et je mangerai chez moi.

ABEL.

Avec toi-même?

MAXIME.

Tu l'as dit.

ABEL.

Quelle fichue compagnie!

MAXIME.

Va te promener!

ABEL.

Tu es trop bon!

LE BARON.

Eh bien, Abel, vous ne dormez donc pas ce soir?

ABEL.

Non, baron, non.

LE BARON.

C'est que je suis habitué, moi, à vous voir dormir sur ce divan, pendant que je fume mon cigare... Ça me manque.

ABEL.

Je ne dormirai plus.

LE BARON.

Avant le baccara.

ABEL.

Je ne jouerai plus.

LE BARON.

Que vous est-il donc arrivé?

ABEL.

J'ai voulu enlever Carminette au prince Ariel.

LE BARON.

Carminette? Elle est bien maigre!

ABEL.

N'est-ce pas? Il ne faut pas pousser les choses à l'extrême avec elle. Je suis sûr que lorsqu'elle accorde tout, il n'y a plus rien. Mais c'est un fétiche.

LE BARON.

Ah!

ABEL.

Je me présente. Elle arrivait d'Orléans, je ne sais pas pourquoi. Elle me reçoit bien. Je suis extrêmement poli. J'ai l'air de prendre au sérieux les petits mensonges de son corsage. Je deviens tendre, elle sourit. Je vais plus loin, elle sonne : le prince paraît.

LE BARON.

Il vous provoque?

ABEL.

Il n'avait pas compris. Il me propose un bac, et il me gagne cinq cents louis.

LE BARON.

Malepeste!

ABEL.

Vous comprenez que c'est un avertissement d'en haut. Je ne toucherai pas à une carte tant que je n'aurai pas sub- jugué Carminette.

LE BARON, se levant.

Mais, mon bon Abel, si la maigreur suffit, les fétiches ne vous manqueront pas.

ABEL.

Maigre et rousse... de naissance!

LE BARON.

J'ai connu, moi, une certaine Palmyre...

ABEL.

Palmyre l'épingle?

LE BARON.

Précisément.

ABEL.

Venez demain dîner avec elle.

LE BARON.

Elle était d'une transparence!

ABEL.

Très rondelette, maintenant.

LE BARON.

Ah bah!

ABEL.

Elle vous contera ça.

LE BARON, riant.

J'aime mieux vous croire. Docteur, un écarté.

LE DOCTEUR, traversant pour sortir.

Je ne peux pas : j'ai un malade.

LE BARON.

Donnez-lui un quart d'heure de répit.

LE DOCTEUR.

Une seule partie, alors?

LE BARON.

Une seule.

Ils s'assoient à une table.

SCÈNE VII

LES MÊMES, CHARLY.

ABEL.

Charly? Je dois cinq cents louis au prince Ariel.

CHARLY.

Très bien, monsieur le vicomte.

ABEL.

Et je voudrais m'acquitter ce soir même.

CHARLY.

Je comprends. Je vais envoyer la somme de la part de monsieur le vicomte.

ABEL.

Chez Carminette, rue Tronchet, 51.

CHARLY.

52, monsieur le vicomte.

ABEL.

Vous la connaissez?

CHARLY.

Mademoiselle Carminette me fait l'honneur de me demaner mes conseils pour le placement de ses valeurs.

ABEL.

Vous devez être millionnaire, vous?

CHARLY.

Monsieur le vicomte se moque. J'ai au contraire des moments bien difficiles.

ABEL.

Si j'en juge par ce que vous avez gagné avec moi...

CHARLY.

Monsieur le vicomte a été excellent. Aussi j'ai une petite ferme en Saintonge qui porte son nom.

ABEL.

Vous me comblez!

CHARLY.

Est-ce que M. de Mauves est brouillé avec M. de Savenay?

ABEL.

Pourquoi me demandez-vous cela?

CHARLY.

C'est que M. de Mauves est si pressé de lui rembourser ce qu'il a perdu...

ABEL.

Que vous en concluez qu'il y a entre eux un motif de querelle.

CHARLY.

Je demande pardon à M. le vicomte d'avoir l'air de l'interroger.

ABEL.

Avoir l'air est adorable!

GERVASSON.

Charly, des jetons.

CHARLY.

A vos ordres, monsieur Gervasson.

ABEL.

Il est très fort, ce garçon. Je suis sûr qu'il nous connaît tous mieux que nous-mêmes. Il a flairé que Fernand allait faire le don Quichotte pour sauver l'amour-propre de madame de Morannes. Le mari ne veut pas se battre : Fernand prendra la place du mari. Poussera-t-il la naïveté jusque-là? Chez les gens naturellement naïfs comme Pibrac, la naïveté a ses bornes; chez les autres, elle n'en a pas. Ah! que les sottes amours font de sottes gens! Parlez-moi de cet honnête Pibrac qui lit vertueusement. (Il va à Pibrac, qui est assis, une brochure à la main.) Pibrac, mon bon Pibrac, vous lisez la *Revue des Deux Mondes?*

PIBRAC.

Non, mon ami, non.

ABEL.

Vous la tenez.

PIBRAC, se levant.

Ah! oui! c'est vrai, mais j'ai l'esprit ailleurs.

ABEL.

Ce n'est pas bête, ça!

PIBRAC.

Je voudrais vous demander un service.

ABEL.

Parlez, cher ami.

PIBRAC.

Donnez-moi l'adresse d'une femme aimable.

ABEL, étonné.

Vous dites?

PIBRAC.

Je dis : donnez-moi l'adresse d'une femme aimable.

ABEL.

Laquelle?

PIBRAC.

Quelconque, mais aimable.

ABEL.

Que voulez-vous en faire?

PIBRAC.

J'irai chez elle.

ABEL.

Avec cet air-là?

PIBRAC.

Avec cet air-là.

ABEL.

Pour la porter en terre, alors?

PIBRAC.

Pour la porter... non. Connaissez-vous la petite Tournesol, des Bouffes?

ABEL.

Charmante!

PIBRAC.

Est-elle libre?

ABEL.

Elle l'est trop.

PIBRAC.

C'est ce qu'il me faut. Je vais lui écrire sur du papier à
en-tête du cercle, pour me poser.

ABEL, le regardant avec étonnement.

Ah çà! Pibrac, qu'est-ce qui vous prend?

PIBRAC.

Je ne veux plus être vertueux.

ABEL.

Pourquoi donc?

PIBRAC.

Ça ne me réussit pas.

ABEL.

Ah bah!

PIBRAC.

Ce soir, je rentre chez moi à sept heures, madame de
Pibrac était assise...

ABEL.

Elle est charmante, madame de Pibrac.

PIBRAC.

Vous trouvez? Vous êtes bien bon. — Je m'avance pour l'embrasser : elle se dresse comme une statue, passe sans me regarder, s'arrête à la porte, fait un geste comme pour m'asperger d'eau bénite, et s'en va. Je la rattrape dans l'antichambre, elle prend la pose de Maubant dans *Rome vaincue* et me jette ces mots : « J'espérais, monsieur, que vous auriez compris mon silence. » Elle veut que je comprenne son silence, maintenant. Elle refait son geste, toc, toc! et disparaît. J'attends ; elle ne revient pas. Je m'informe. « Madame dîne chez sa mère. » Je prends mon chapeau et me voilà. C'est fini, fini, fini!... J'ai dîné au club; on y est très bien. Je m'y amuserai, j'y jouerai, et je passerai les nuits chez Bignon avec des femmes.

ABEL.

Grandes ou petites?

PIBRAC.

Petites et grandes, de toutes les dimensions.

ABEL.

Gourmand!

PIBRAC.

Je vais écrire tout de suite. J'ai hâte de tromper ma femme.

ABEL.

Comme c'est nature!

PIBRAC.

Je vais écrire, et après...

ABEL.

Après? Vous n'aurez plus qu'à être éloquent.

PIBRAC, remontant.

Je le serai. (Revenant à Abel.) Elle me trouvera peut-être bête en commençant; que lui dirai-je pour l'aborder?

ABEL.

Vous lui direz : Te voilà donc, ma jolie poulette?

PIBRAC.

Comme ça, en débutant?

ABEL.

Il faut se poser tout de suite en homme du monde.

PIBRAC.

Parfaitement! Te voilà donc, ma jolie poulette?

ABÉL.

En lui passant la main sous le menton.

PIBRAC.

Vous croyez?

ABEL.

Il y a des variantes : mais c'est toujours la même chose.

PIBRAC.

Très bien. Mademoiselle Tournesol, aux Bouffes... personnelle.

ABEL.

Oh! personnelle!

PIBRAC.

Elle a peut-être sa mère?

ABEL, riant.

Je l'oubliais.

Pibrac va s'asseoir au fond.

SCÈNE VIII

Les Mêmes, LA GRÉZETTE.

LA GRÉZETTE, entrant.

Eh bien! Maxime est-il calmé?

ABEL.

Il en a l'air.

LA GRÉZETTE.

S'il est calmé, je peux lui serrer la main.

MAXIME, à qui on a remis une lettre.

Allons, bon! allons, bien! la double enveloppe. Ce n'était pas assez d'avoir une enveloppe à déchiqueter. Vous avez imaginé d'en ajouter une autre, vous.

LA GRÉZETTE.

C'est une idée qui m'était venue, cher ami. J'en ai parlé. Elle a été adoptée.

ABEL.

Soyez-en fier, la Grézette! C'est une idée admirable, grande et simple, comme tout ce qui est grand. Un exemple : madame de la Grézette...

LA GRÉZETTE.

Je ne suis pas marié, cher ami.

ABEL.

Vous pourriez l'être. Madame de la Grézette envoie au club un billet doux à Abel de Born, ici présent. Très bien. Mais en prenant votre chapeau, vous reconnaissez dans mon casier l'écriture de votre femme.

LA GRÉZETTE.

Je ne suis pas marié, cher ami.

ABEL.

Vous pourriez l'être. Il faudrait s'entr'égorger! tandis que, grâce à la seconde enveloppe, toutes les adresses étant de la même écriture...

MAXIME.

On met une heure à apprendre que Zoé va poser pour un portrait de famille à Asnières.

ABEL.

Oui, mais je reste l'ami de la Grézette et de sa femme.

LA GRÉZETTE.

Je n'en ai pas.

ABEL.

Je le regrette.

MAXIME.

Et s'il y a erreur?

LA GRÉZETTE.

Il n'y a jamais d'erreur.

LE BARON, entrant.

Qui est-ce qui a été chargé du service de la double enveloppe, aujourd'hui?

LA GRÉZETTE.

Pourquoi, cher ami?

LE BARON.

Parce que voici un petit billet qui se trompe du tout au tout en venant à moi.

MAXIME.

Eh bien, la Grézette, eh bien, vous voyez?

LA GRÉZETTE, allant au baron.

Il faut donc qu'une similitude de noms bien extraordinaire...

LE BARON, lui montrant l'adresse.

Que lisez-vous là?

III. 15.

LA GRÉZETTE.

Baron de Morannes.

LE BARON, lui présentant la seconde enveloppe.

Et là ?

LA GRÉZETTE, lisant.

Roger de Savenay. C'est inouï ! Il est probable que vous recevez souvent des lettres de la même écriture.

LE BARON.

J'en ai reçu assez souvent.

LA GRÉZETTE,

Tout s'explique.

LE BARON.

Mais pas depuis trois ans.

LA GRÉZETTE, ahuri.

Ah ! ah ! Cependant Gontran est d'une exactitude...

LE BARON.

C'est Gontran, mon ancien valet de chambre ! Alors n'en parlons plus, c'est de bonne guerre.

LA GRÉZETTE.

Je remettrai la lettre à Savenay. Je l'attends.

LE BARON.

Je la lui remettrai moi-même.

Il laisse la Grézette interloqué.

LA GRÉZETTE, se précipitant vers Abel.

Oh ! mon jeune ami ! Je suis désespéré.

ABEL.

Naturellement.

LA GRÉZETTE.

Madame de Morannes a écrit à Savenay.

ABEL.

J'ai bien compris.

LA GRÉZETTE.

Et on a remis la lettre au mari.

ABEL.

Je l'ai bien vu.

LA GRÉZETTE.

Ciel !

ABEL.

Quoi ?

LA GRÉZETTE.

Voici Roger.

ABEL.

Il va tomber à pic, en face du baron. Tableau !

LA GRÉZETTE.

Asseyons-nous à cette table, et ayons l'air de jouer, pour intervenir en temps opportun.

ABEL.

Mais je ne joue plus.

LA GRÉZETTE,

C'est égal.

ABEL.

Un simple écarté, alors ? A deux louis.

LA GRÉZETTE.

Si vous voulez.

ABEL.

Je vais le mettre sur la paille.

Ils s'asseoient à une table. En apercevant Roger, le baron va au-devant
de lui.

SCÈNE IX

Les Mêmes, ROGER.

ROGER, entrant par la gauche.

Vous me prévenez, monsieur de Morannes.

LE BARON.

Je ne sais, monsieur de Savenay, ce que vous avez pensé de mon attitude.

ROGER.

J'ai pensé, baron, qu'après six duels malheureux pour vous ou pour les autres, surtout pour les autres, vous pouviez vous contenter d'être spirituel au septième.

LE BARON, souriant.

Vous êtes trop indulgent.

ROGER.

Quant à moi, je ne pouvais pas me montrer plus royaliste que le roi.

LE BARON.

Il est impossible de se mieux comprendre. (Très simplement.) J'ai à vous restituer une lettre qui m'a été remise par erreur.

Il s'éloigne à droite.

ROGER, déchirant l'enveloppe et courant à la signature.

Ah ! (Il s'arrête embarrassé, sans lire.) Voilà un billet dont je ne connais encore que la signature, et qui me gêne déjà terriblement.

LE BARON.

Est-ce parce qu'il a passé par mes mains ?

ROGER.

Oui et non. Nous allons, si vous le voulez bien, le lire ensemble.

LE BARON, vivement, en remontant.

Je m'y refuse tout à fait.

ROGER, souriant.

Vous savez d'où il vient. Permettez-moi d'insister. Nous ne devons pas laisser d'ombre sur une situation comme la nôtre. J'ai affirmé que je n'avais pas reconnu le domino qui a motivé cette querelle. Vous allez probablement en avoir la preuve. Je vous supplie de lire avec moi. (Il lit.) « Jamais, monsieur, un galant homme n'a souffert qu'on insultât une femme à son bras; tout le monde trouvera étrange qu'après avoir pris ma défense comme vous le deviez, vous vous rendiez complice maintenant d'un outrage sanglant, en acceptant les excuses inqualifiables de M. de Morannes. »

LE BARON.

Elle veut que nous nous battions.

ROGER.

Il paraît bien. (Continuant.) « Je sais que depuis quelques semaines la vie doit vous paraître plus douce et plus précieuse que jamais. »

LE BARON.

Une perfidie?

ROGER.

Rassurez-vous : elle est très mal renseignée. (Continuant.) « Aussi me serais-je abstenue de vous écrire, si je n'avais une foi absolue dans les sentiments chevaleresques qu'on vous prête. N'est-ce pas le moment de soutenir cette brillante réputation? Quoi qu'il arrive, je vous jure que je serai vengée. » (Souriant.) Ai-je besoin d'ajouter, baron, que ce n'est pas un billet doux?

LE BARON.

C'est une sommation avec menace, et elle se vengera, comme elle le dit. Pas sur moi, qu'elle sait très cuirassé, mais sur vous.

ROGER.

Comme il faut toujours répondre à une femme, je vais écrire que j'ai confié le soin de mon honneur à mes témoins, et que je n'ai plus ni à approuver, ni à blâmer ce qu'ils ont fait.

LE BARON.

On ne peut mieux dire, mais vous ne l'aurez pas désarmée. Soyez prudent.

ROGER.

Je vous répète, mon cher baron, que je n'ai rien à redouter, ni pour moi, ni pour d'autres, malheureusement.

LE BARON.

Vous ne connaissez pas cette bonne madame de Morannes. Je vous jure que j'aurais mieux fait de vous donner un coup d'épée en pleine poitrine, que de vous exposer à ses rancunes, et voilà qu'il me prend des remords. Voulez-vous que nous nous battions ?

ROGER.

A présent, baron, moins que jamais, et je vous prie de me regarder comme votre ami le plus dévoué.

LE BARON.

Monsieur de Savenay, vous êtes le plus galant homme que je connaisse.

Ils se donnent une poignée de main très cordiale. et se séparent.
Roger va au fond,

SCÈNE X

LES MÊMES, moins ROGER, puis WILFRID.

LA GRÉZETTE, étonné.

Ah!

ABEL.

Le roi!

LA GRÉZETTE.

Mon jeune ami, je suis stupéfait.

ABEL.

Atout, atout, et atout! Deux et trois font cinq. Continuons-nous?

LA GRÉZETTE.

Mais non, mais non, nous ne continuons pas. Je suis ravi.

ABEL.

Eh bien, c'est dix louis.

LA GRÉZETTE.

Je suis ravi. Ah! oui! (Il le paie.) Tout s'est bien passé. Je vais féliciter Roger.

WILFRID, venant du fond.

Laissez-moi vous dire un mot drôle.

ABEL.

Stop! stop! Wilfrid! ne dites pas votre mot à la Grézette.

WILFRID.

Pourquoi, cher ami?

ABEL.

Parce que c'est lui qui l'a fait.

LA GRÉZETTE.

Le mot sur le tir aux pigeons? Il est spirituel, n'est-ce pas? (A Wilfrid.) Je vais vous le dire.

WILFRID.

C'est inutile.

LA GRÉZETTE.

Si! si! On parlait du tir aux pigeons...

WILFRID.

Je le sais, merci.

Il s'enfuit.

LA GRÉZETTE, à Pibrac qu'il ramène.

Je vais le dire à Pibrac.

UN VALET.

On demande M. de la Grézette.

LA GRÉZETTE.

On?... Qui, on?

LE VALET.

J'ai l'habitude de dire : une personne, quand c'est une dame. Je dis : on, quand elle est voilée.

LA GRÉZETTE, étonné.

Ah!

ABEL.

Eh! eh! papa la Grézette!

TOUS.

Eh! eh!

LA GRÉZETTE.

Je ne suis pas moins surpris que vous.

ABEL.

Allez, abominable la Grézette!

LA GRÉZETTE.

Quoi?

ABEL.

Allez, et soyez heureux!

LA GRÉZETTE.

Oh ! mon jeune ami ! Oh ! pouvez-vous supposer ?

Il sort à gauche.

ABEL.

C'est qu'il s'en défend, ce pudibond de la Grézette...

GERVASSON.

Docteur, le billard est libre.

LE DOCTEUR.

Je ne peux pas : j'ai un malade.

GERVASSON.

Il mourra toujours assez tôt.

LE DOCTEUR.

Une seule partie, alors ?

GERVASSON.

Une seule.

LE DOCTEUR.

Nous jouons une boîte de cigares ?

GERVASSON.

Comme toujours.

AUBEROCHE.

Va, ma vieille bique ! Va perdre ta boîte quotidienne.

GERVASSON.

Mais c'est vrai, au fait ! Je ne gagne jamais.

Le docteur et Gervasson vont au billard.

ABEL, à Pibrac.

Qu'avez-vous là ?

PIBRAC.

Sa photographie.

ABEL.

De qui ?

PIBRAC.

De la petite Tournesol. Je l'ai achetée en passant, pour m'habituer.

ABEL.

Eh ! eh ! un peu décolletée ! .

PIBRAC.

C'est exprès.

WILFRID.

Je vais vous dire...

LA GRÉZETTE, revenant.

Ah ! mes chers amis, je suis bouleversé.

ABEL.

Alors, la dame voilée...

LA GRÉZETTE.

C'était madame de Pibrac.

PIBRA .

Ma femme !

LA GRÉZETTE.

Attendez donc, cher ami.

PIBRAC.

Voilée !

LA GRÉZETTE.

Attendez donc. Elle venait me prévenir qu'elle donnera sa démission de dame patronnesse avec douze de ses amies, un désastre ! si nous ne rayons pas de notre liste une personne...

ABEL.

Elle y tient.

LA GRÉZETTE.

Charmante d'ailleurs, dont la situation, en ce moment surtout, est délicate, madame....

Le baron se lève. — La Grézette qui ne l'avait pas vu, reste interdit.

LE BARON.

Je ne voulais pas vous interrompre, la Grézette.

LA GRÉZETTE, interloqué.

Moi... mais... je... je... parlais.

LE BARON, souriant.

Continuez.

LA GRÉZETTE.

Oui, mon cher baron, certainement; mais cela n'a aucune importance.

LE BARON.

Si, la Grézette, si, tout ce que vous dites a de l'importance. Mais vous m'excuserez; je vois qu'on m'attend dans l'autre salon pour faire un mort.

Il sort tranquillement.

ABEL.

Un mort, c'est en situation.

LA GRÉZETTE.

Ah! mes amis, ah! mes chers amis, je n'ai plus une goutte de sang dans les veines.

ABEL.

Remettez-vous, la Grézette.

LA GRÉZETTE.

J'allais parler de sa femme.

ABEL.

Il l'a bien compris.

LA GRÉZETTE, avec effroi.

Vous croyez qu'il a compris?

ABEL.

Voyez comme il s'en va. Vous pouvez parler maintenant, je vous jure qu'il n'écoutera pas.

LA GRÉZETTE.

Je ne sais plus ce que je disais. Ah! j'espère, mon bon

Pibrac, que vous voudrez bien user de votre influence sur votre femme...

PIBRAC.

Mon influence ! Elle est jolie, mon influence.

LA GRÉZETTE.

Il serait bien difficile maintenant de rayer mad...

Il baisse la voix et regarde autour de lui.

ABEL.

Il fait le mort.

LA GRÉZETTE, baissant la voix.

La dame patronnesse en question.

ABEL, bas.

D'autant que vous vous feriez de Fernand un ennemi mortel.

LA GRÉZETTE, effrayé.

Vous croyez ?

ABEL.

Je vous préviens charitablement.

LA GRÉZETTE

Ah ! Fernand est ?... Merci, mon bon ami, merci.

PIBRAC, à la Grézette.

Je dois vous dire seulement que si vous ne donnez pas satisfaction à madame de Pibrac, elle me forcera à y voir une injure personnelle.

LA GRÉZETTE.

Oh ! Pibrac ! mon excellent Pibrac !

PIBRAC.

Et ce n'est pas au moment où je trompe ma femme que j'hésiterais à la défendre.

LA GRÉZETTE.

Ah ! vous·trompez votre femme ? Que faire, alors ? que faire ? Un conseil, cher ami, un conseil.

ABEL.

Je vais vous en donner un. N'introduisez jamais de femmes dans un club, même celles du meilleur monde, même dans un but de charité.

LA GRÉZETTE.

Mais c'est fait.

ABEL.

Deux coqs vivaient en paix...

LA GRÉZETTE, se sauvant.

Vous ne me répondez pas.

ABEL, la suivant.

Deux coqs vivaient en paix, une poule survint...

GERVASSON, revenant.

Eh bien ! j'ai perdu ma boîte de cigares.

AUBEROCHE.

Parbleu ! Veux-tu venir avec moi ?

GERVASSON.

Où vas-tu ?

AUBEROCHE.

Dans le monde.

GERVASSON.

Oh ! mon pauvre chien ! Tu y es donc condamné ?

AUBEROCHE.

Oui. Je vais déposer ma mère et ma sœur sur une banquette chez les Savenay, et puis je m'esquive et je reviens.

GERVASSON.

Moi, je vais passer au Betting, voir la cote.

AUBEROCHE.

Je t'y conduis. (A Pibrac.) Voilà un journal qui doit bien vous intéresser ?

PIBRAC.

Enormément.

AUBEROCHE, à Gervasson.

Il le lit à l'envers : il est étonnant.

Ils sortent à gauche.

SCÈNE XI

PIBRAC, ROGER, puis ABEL.

ROGER, qui est entré par le fond.

Que fais-tu au club, Pibrac ?

PIBRAC.

Tu vois, mon ami, je m'amuse.

ROGER.

J'ai passé chez toi.

PIBRAC.

Tu avais à me parler ?

ROGER.

J'avais absolument besoin de te voir ce soir.

PIBRAC.

Pourquoi donc ?

ROGER.

Je quitte Paris demain.

PIBRAC.

Elle t'a mal reçu.

ROGER.

Elle m'a simplement mis à la porte.

PIBRAC.

Très bien. Elle ne va pas au bal chez ta belle-sœur.

ROGER.

Elle a résisté à toutes mes prières.

PIBRAC.

Bravo !

ROGER, avec rage.

Elle veut passer sa soirée en tête à tête avec M. de Mauves.

PIBRAC, enthousiasmé.

Ah ! brave femme ! ah ! honnête femme ! quelle leçon pour moi ! Elle a un mari qui la néglige, qui la trompe, qui la ruine... et elle l'aime.

ROGER, de même.

Elle l'adore. Si tu avais vu comme elle est allée se jeter dans ses bras devant moi ! si tu avais entendu de quel ton elle m'a dit qu'elle l'aimait ! et comme elle a bien voulu me prouver que je lui suis indifférent, moi ! Ah ! ne parlons plus de cela, il faut que j'oublie, il faut que je m'étourdisse, il faut que je parte.

PIBRAC.

Pars ! Tu fais bien. Où vas-tu ?

ROGER.

Je vais visiter l'intérieur de l'Afrique.

PIBRAC, faisant un bond.

Hein ?

ABEL, qui passait.

Vous ?

ROGER.

Oui.

ABEL.

Pourquoi ?

ROGER.

Parce que l'existence m'ennuie.

ABEL.

Ah ! ah !

ROGER.

Autrefois on se faisait trappiste. Mais nous avons tout compliqué. Je remonterai le Zanzibar, je visiterai les gorges de Cabrabasa, le lac Tanganyka et je découvrirai des pays inconnus.

ABEL.

Vous vous arrêterez à Marseille.

ROGER.

Ne croyez pas cela. J'ai bouclé ma valise et réglé mes affaires.

PIBRAC.

Mais ce sont de vrais adieux.

ROGER.

De vrais adieux.

ABEL.

C'est qu'il le croit !

PIBRAC.

Il m'émeut, cet animal-là ! Je t'accompagnerai à la gare.

ABEL.

Quel cœur!

ROGER.

Je prendrai l'express du matin, j'ai quelques personnes à voir encore avant de partir.

ABEL.

Ah! Vous vous arrêterez à Fontainebleau.

ROGER.

Vous ne serez donc jamais sérieux, vous?

ABEL.

Je me réserve.

ROGER.

Pour vos héritiers?

ABEL.

Si je peux.

PIBRAC.

La nuit te paraîtra longue, je ne te quitterai pas.

ROGER.

Je te remercie. Je jouerai, je m'étourdirai, je tuerai le temps. Je souperai avec Nadège, Palmyre, Tournesol...

ABEL.

Tournesol! Oh! non, non, pas Tournesol!

ROGER.

Pourquoi donc?

ABEL.

Pibrac l'a déjà retenue.

ROGER, étonné.

Pibrac?

PIBRAC, embarrassé.

Oui, cela t'étonne?

ROGER.

Un peu, je l'avoue. Je te cède volontiers mademoiselle Tournesol; seulement, je te préviens qu'elle ne vaut pas madame de Pibrac.

PIBRAC, furieux.

Je te prie de réfléchir à tes comparaisons : tu ne respectes rien.

ROGER.

Eh bien! et toi? T'imagines-tu que la petite Tournesol va t'offrir quelque chose à respecter? Tu es né vertueux, tu mourras vertueux, et tu n'auras eu aucun mérite. Rentre chez toi et adore ta femme.

PIBRAC.

Elle n'y est pas.

III. 16

ROGER.

Eh bien! adore tes chenets. Les chenets du foyer conjugal! que de gens n'ont jamais aimé autre chose! Et ils
sont heureux, ces idiots. Je ne dis pas cela pour toi.

PIBRAC.

Et tu fais bien.

ROGER, allant à la salle de billard.

Ce n'est pas encore l'heure du baccara, je vais jouer au
billard. (A la Grézette qui passait.) La Grézettte, une partie de
billard.

LA GRÉZETTE.

Je ne sais pas jouer, cher ami.

ROGER.

Raison de plus.

Ils sortent.

SCÈNE XII

PIBRAC, ABEL, puis MAXIME, GERVASSON, LE DOCTEUR, WILFRID.

PIBRAC.

Et tu fais bien. Non, je ne veux plus adorer des chenets,
je veux collectionner des cocottes, comme vous.

Il se heurte à Maxime.

MAXIME.

Comment, comme moi!

PIBRAC.

Je parle en général. (Entrée du domestique.) Il me tarde d'y
être : Te voilà donc, ma jolie poulette?

MAXIME, étonné.

A qui en a-t-il?

UN VALET.

On demande monsieur de Pibrac.

PIBRAC.

Ah! On, dans le langage de ce valet, veut dire une femme voilée, c'est elle!

GERVASSON, rentrant.

Très voilée, mais très chic, Pibrac.

MAXIME.

Qui est-ce donc?

ABEL.

Mademoiselle Tournesol.

GERVASSON.

Je ne l'ai pas reconnue.

ABEL.

Pibrac est en bonne fortune.

PIBRAC.

Oui, mes excellents bons, oui, je suis en bonne fortune.

ABEL.

Modérez-vous; le protecteur en titre joue aux échecs.

PIBRAC.

Alors, je l'enlève à quelqu'un! c'est adorable! adorable! Te voilà donc, ma jolie poulette?

Il sort à gauche, en passant la main sous le menton de Gervasson.

ABEL, riant.

Où s'arrêtera-t-il maintenant?

MAXIME.

Vous imaginez-vous le naïf Pibrac dans les mains de Tournesol?

ABEL.

Je m'imagine bien moins Tournesol dans les mains de Pibrac.

GERVASSON, montrant les joueurs d'échecs.

Ils entendent.

ABEL.

Non, ils sont empaillés.

LE DOCTEUR, s'asseyant à une table de jeu.

Valet de pied, un grog américain et du feu.

WILFRID.

Vous avez écrit un livre contre le tabac.

LE DOCTEUR.

Irréfutable.

WILFRID.

Et vous fumez?

LE DOCTEUR.

Jamais, comme médecin.

WILFR .

Je suis fixé.

ABEL.

Docteur, il me semble que j'ai un rhumatisme à l'épaule gauche.

LE DOCTEUR.

Du salicylate.

ABEL.

Vous croyez que ça guérit?

LE DOCTEUR.

Non.

ABEL.

Alors, pourquoi l'ordonnez-vous?

LE DOCTEUR.

Je l'use.

ABEL.

Je garde mon rhumatisme. (Pibrac revient.) Déjà?

Le domestique apporte un grog au docteur.

PIBRAC.

Ah! mon ami, quelle aventure!

ABEL.

Tournesol a été sévère?

PIBRAC.

J'étais parti plein d'audace; je vois une petite femme bien emmitouflée. Je m'avance, la bouche en cœur... « Te voilà donc, ma jolie poulette? » Le voile se relève, c'était ma femme!... c'était ma femme!

ABEL.

Madame de Pibrac! vous lui avez dit?...

PIBRAC.

Te voilà donc, ma jolie poulette? La phrase que vous m'aviez apprise, en lui passant la main sous le menton.

ABEL.

Oh! mon pauvre Pibrac. Et comment êtes-vous sorti de ce faux pas?

PIBRAC.

Je n'en suis pas sorti. Je suis resté pétrifié.

ABEL.

Et elle?

PIBRAC.

Pétrifiée aussi, d'abord. Puis elle s'est redressée et d'une voix de sirène avalant une couleuvre : « Je regrette, monsieur, de vous avoir donné une fausse joie. »

ABEL.

Une fausse joie n'est pas mal.

PIBRAC.

« Je tenais à vous apprendre que j'ai changé d'avis, je désire à présent que madame de Morannes soit de la fête. » Je m'en moque, moi.

ABEL.

Elle a trouvé quelque malice,

PIBRAC.

Ce n'est pas tout. Elle m'a regardé des pieds à la tête comme un bibelot qu'on ne veut pas payer cher, en disant : « Je cherchais une vengeance, je l'ai trouvée. »

ABEL.

Tiens ! tiens !

PIBRAC.

De qui veut-elle se venger ?

ABEL.

A votre place, moi, je ne serais pas tranquille.

PIBRAC.

Je ne le suis pas, mais je ne céderai pas. Vous voyez, je reste et j'attends toujours la petite Tournesol... Ah ! pardon, le protecteur est là, mon rival ; est-ce un homme important ?

ABEL.

Il le dit et je crois qu'il le pense.

PIBRAC.

Quelle profession ?

ABEL.

Sous-préfet, de temps à autre.

PIBRAC.

C'est bien fait.

MAXIME, à une table de jeu, à Gervasson.

Mais, monsieur, quand on a de ces distractions-là, on ne joue pas, on fait des réussites.

ABEL.

Voilà Auberoche triomphant. Il vient de danser son écot dans la *Juive* et on a applaudi sa pirouette.

SCÈNE XIII

Les Mêmes, AUBEROCHE, puis LA GRÉZETTE.

AUBEROCHE, rentrant.

Pas du tout. J'étais dans le grand monde.

ABEL.

Ah! sapristi! On veut vous marier?

AUBEROCHE.

Mais non, êtes-vous bête! Seulement j'ai une sœur, il faut bien avoir l'air de l'accompagner. — Une foule énorme chez les Savenay et un luxe à tout casser. — J'y serais resté si j'avais pu y fumer un cigare. Vous n'allez jamais au bal, vous, papa la Grézette?

LA GRÉZETTE.

Mon jeune ami, pour aimer le bal, il faut avoir vingt ans ou être amoureux.

ABEL.

Ou avoir beaucoup de décorations à montrer. Moi, je n'aime que les salons où on peut mettre les pieds sur les meubles, et Mabille, le samedi, où on les met dans le plat.

LA GRÉZETTE.

Oh! mon jeune ami!

GERVASSON.

Moi, je ne déteste pas une sauterie chez Anita. On embrasse les dames.

LA GRÉZETTE.

Oh!

PIBRAC.

On embrasse les dames! Vous me ferez inviter.

WILFRID.

Ça me rappelle un mot drôle.,.

ABEL.

Un autre! Tout à l'heure, Wilfrid,

AUBEROCHE.

Tout à l'heure, Wilfrid.

GERVASSON.

Tout à l'heure, Wilfrid.

AUBEROCHE.

Eh bien, ce soir, j'ai été épaté, ma parole d'honneur! Figurez-vous une jeune femme, jolie comme un amour, sans un bijou: rien que des fleurs naturelles, des roses rouges à demi ouvertes dans les cheveux, sur la robe, partout. Ça vous avait un galbe! — Tu aurais été content, ma vieille bique.

GERVASSON.

Et tu n'as pas demandé qui elle était?

AUBEROCHE.

Je te dis que je suis resté épaté. — Mais avant demain, je saurai le nom de cette petite femme-là.

SCÈNE XIV

Les Mêmes, FERNAND.

FERNAND, qui est entré depuis un moment.

Madame de Mauves.

AUBEROCHE, interloqué.

Ah!

PIBRAC, se levant.

Comment?

ABEL, à Auberoche qui s'esquive.

Vous voilà renseigné.

PIBRAC, à Fernand.

Madame de Mauves est au bal?

FERNAND.

Cela vous étonne, Pibrac?

PIBRAC.

Moi? oui... non, non, au contraire.

FERNAND.

Il a pris tout à coup à madame de Mauves un amour du plaisir que je ne lui connaissais pas.

PIBRAC, à part.

Oh! mari bête! oh! mari stupide!

FERNAND.

Je l'ai laissée un instant avec son père.

ABEL.

Vous utilisez déjà le beau-père?

FERNAND, souriant.

Comme vous voyez.

PIBRAC, à part.

Ris, ris donc, brute!

FERNAND.

Le marquis est très orgueilleux de sa fille, et c'est charité de la lui laisser un peu. — Notre procès-verbal a-t-il paru ce soir?

ABEL.

Ma foi, je n'en sais rien.

FERNAND, à un valet.

Donnez-moi les journaux de la dernière heure.

ABEL, à part.

Il paraît assez calme.

On apporte des journaux à Fernand, qui les parcourt.

PIBRAC, pendant qu'il lit, se parlant à lui-même,

Ta femme aime subitement le plaisir, parce qu'elle aime Savenay. Elle l'attend à ce bal où tu n'es pas, butor! Si Roger le savait! Mais Roger ne le saura pas. Il faut que les maris intelligents défendent les autres.

FERNAND, froissant le journal avec colère.

Comment ai-je signé cela?

ABEL, qui le regarde.

Oh! oh!

PIBRAC.

Madame de Mauves, la vertu même! On ne peut plus compter sur rien. C'est effrayant, cela.

Charly, qui est entré sans voir Fernand, se trouve en face de lui.

SCÈNE XV

LES MÊMES, CHARLY.

FERNAND.

Charly.

CHARLY.

Monsieur le comte.

FERNAND.

Vous avez reçu ma lettre?

CHARLY.

Oui, monsieur le comte.

LE DOCTEUR, qui vient de se lever de table, à Fernand.

Ah! vous voilà, vous.

FERNAND.

Bonjour, docteur. (A Charly.) Je ne pars pas encore.

CHARLY.

Bien, monsieur le comte. (A part.) Je suis pris.

LE DOCTEUR.

Vous faites donc de la médecine, maintenant?

FERNAND.

Pourquoi cela, docteur?

LE DOCTEUR.

On m'appelle ce soir chez une de mes plus jolies clientes. J'accours : votre voiture attendait à la porte. (Mouvement de Fernand.) Votre cocher a rougi en me regardant.

FERNAND.

Je suis allé, en effet, prendre des nouvelles de madame de Morannes, que je savais très souffrante.

LE DOCTEUR.

Je monte, je sonne, j'entre; une femme de chambre nouvelle m'arrête : « Madame ne peut pas recevoir, en ce moment; elle est avec son médecin... »

FERNAND.

Je ne comprends pas.

LE DOCTEUR.

Moi non plus, d'abord. Je reprends la porte furieux, comme si je m'étais cassé le nez contre un homéopathe. Puis je me ravise. — « J'attendrai le départ de mon confrère. » — La bonne, interloquée, m'introduit dans le salon. Je ne peux pourtant pas vous laisser guérir mes malades sans mon intervention, officielle au moins.

FERNAND.

Je vous assure, docteur, que vous vous méprenez.

LE DOCTEUR.

Je l'ai bien vu : vous ne faisiez ni homéopathie ni allopathie.

FERNAND.

Ne plaisantez pas. Dites-moi plutôt comment vous avez trouvé votre malade.

LE DOCTEUR.

Très gravement atteinte... dans son orgueil de jolie femme : un dépit aigu, avec complication cérébrale. On refuse de se battre pour elle ; c'est imprimé dans tous les journaux. Savez-vous une injure plus sanglante ? J'aurai beau prescrire des stupéfiants, moi ; ça ne tuera personne. — Elle a pleuré.   Elle est adorable quand elle pleure, et si, à ce moment-là, ma lancette avait été une épée, je l'aurais mise à ses genoux. Mais au beau milieu d'une crise de nerfs, elle s'est redressée en disant : « Je vais lui écrire. » Elle a écrit, elle a envoyé la lettre.

FERNAND.

A qui ?

LE DOCTEUR.

Lui ! ce doit être vous.

FERNAND.

Je n'ai rien reçu.

LE DOCTEUR.

Vous recevrez.

FERNAND.

Je sors de chez elle et elle ne m'a rien dit.

LE DOCTEUR, à part.

Ah diable ! Elle a un *lui* collectif. (Haut.) Du reste, elle prend le parti le plus sage ; elle quitte Paris demain.

FERNAND.

Elle quitte Paris?

LE DOCTEUR.

Elle ne vous l'a pas dit? Ses malles étaient prêtes.

FERNAND.

Ah!

LE BARON.

Docteur, un whist?

LE DOCTEUR.

Je ne peux pas refuser au baron. — Une seule partie. alors?

FERNAND, à Pibrac.

Savenay est-il au club?

PIBRAC.

Oui. (Se reprenant.) Mais ne le dérangez pas, il est très occupé en ce moment. Il quitte Paris demain.

FERNAND.

Lui aussi?

PIBRAC.

Comment, lui aussi?

FERNAND.

Veut-il encore poursuivre madame de Morannes, comme il l'a poursuivie à Étretat?

PIBRAC.

A Étretat?

FERNAND.

Il ne vous a pas raconté qu'il était descendu par la falaise, pour tomber à ses pieds?

PIBRAC.

Aux pieds de madame de Morannes?

FERNAND, à un valet.

Le commandant Fougerais est-il arrivé?

FLORENTIN.

Oui, monsieur le comte, il est à la salle d'armes.

Fernand va au fond.

SCÈNE XVI

LES MÊMES, moins FERNAND, puis LE MARQUIS.

PIBRAC, à Abel.

Mon ami, Fernand connaît l'histoire d'Étretat.

ABEL.

Ah bah! il sait que sa femme a vu Savenay?

PIBRAC.

Il croit que c'est madame de Morannes que Savenay a rencontrée sur la plage? Il s'imagine que Savenay poursuivait madame de Morannes.

ABEL.

Je parie que c'est madame de Morannes elle-même qui a arrangé cette substitution.

PIBRAC.

Dans quel but?

ABEL.

Je n'en sais rien; mais Fernand ne doit croire que ce qu'elle veut bien lui laisser croire.

PIBRAC.

Voilà un monsieur qui est plus jaloux de sa maîtresse que de sa femme.

ABEL.

Pourquoi prendrait-on une maîtresse, si ce n'est pour en être jaloux?

PIBRAC.

Eh bien! moi, je n'ai jamais tant pensé à ma femme que depuis que je me prépare à la tromper. Ça me rend jaloux d'elle. Fernand, lui, laisse madame de Mauves seule au bal. Elle a son père heureusement.

ABEL.

Oui. (Le marquis se montre à la porte.) Tiens, le voici! Le marquis de Lubersac!

AUBEROCHE.

Le marquis!

TOUS.

Le marquis!

LE MARQUIS.

Je vois qu'on me reconnaît.

ABEL.

Je crois bien qu'on vous reconnaît!

LE MARQUIS.

Je n'ai pu résister au désir de venir prendre langue un instant dans mon vieux club. J'ai laissé ma fille au bal avec son mari.

ABEL, à part.

Voilà une petite femme bien gardée.

LE BARON, qui joue au whist avec le docteur et Gervasson.

Comment, marquis, vous êtes à Paris?

LE MARQUIS.

Je viens surveiller mon gendre. Un de mes amis m'a écrit : « Romuald, viens surveiller ton gendre. » Et j'accours. Je viens le surveiller.

ABEL, à part.

Dans trois jours il lui rendra des points.

LE MARQUIS.

Eh! c'est le docteur. Bonjour, docteur. Vous soignez toujours vos malades entre deux whists?

LE DOCTEUR.

C'est-à-dire, marquis, que je joue au whist entre deux malades.

LE BARON et GERVASSON,

Comment, entre deux malades?

LE DOCTEUR.

Mais ce n'est pas pour vous ; le marquis me comprend.

LA GRÉZETTE, qui vient d'entrer.

Le marquis, ce cher marquis !

LE MARQUIS.

La Grézette !

LA GRÉZETTE.

Vous allez me donner un conseil.

LE MARQUIS.

Volontiers.

LA GRÉZETTE.

Nous avons demain une vente de charité, et il s'élève quelques scrupules au sujet d'une de nos dames patronnesses, charmante d'ailleurs, qui a un peu fait parler d'elle. Je ne la nommerai pas.

LE MARQUIS.

La baronne de Morannes.

LA GRÉZETTE, entraînant le marquis à gauche.

Vous le savez?

LE MARQUIS.

Je m'en doute et je comprends les scrupules.

LA GRÉZETTE.

Mais elle a été présentée par un des membre les plus influents du club.

LE MARQUIS.

Son amant?

LA GRÉZETTE.

Je n'aurais pas dit le mot. Le comte de... (Abel l'arrête.) Le comte de... (Même jeu d'Abel.) Quoi?

ABEL, bas.

C'est le beau-père.

LA GRÉZETTE, à part.

Oh ! oh ! c'est le beau-père.

LE MARQUIS.

Le comte de ?...

LA GRÉZETTE.

Le comte de... (Bas.) Soufflez-moi un nom de célibataire.

ABEL, bas.

. La Grézette.

LA GRÉZETTE.

Le comte de la Grézette. (Se ravisant.) Mais non, mais non, je vous le dirai plus tard.

Il se sauve.

LE MARQUIS.

Pourquoi plus tard ?

SCÈNE XVII

Les Mêmes, ROGER.

ROGER, venant du fond.

Le marquis de Lubersac ! Bonjour, marquis.

LE MARQUIS.

Bonjour, cher ami. (Poursuivant la Grézette.) La Grézette !

ROGER, accourant, à Pibrac.

Je viens d'apercevoir Fernand.

PIBRAC.

A l'autre maintenant.

ROGER.

Il n'est pas resté chez lui près de sa femme.

PIBRAC.

Sa femme était fatiguée. Elle avait besoin de repos et
alors...

ROGER.

Son mari est au club.

PIBRAC.

Il a tort d'être au club. Certes, il a tort. Et moi aussi,
j'ai tort. Je te rends Tournesol.

ROGER.

Pourquoi ?

PIBRAC.

Pour souper. Elle est charmante. Voici sa photographie.

ROGER.

Elle ne m'apprendra rien.

PIBRAC.

C'est égal, je ne peux pas la garder, je rentre chez moi.
Tu m'accompagnes ?

ROGER.

Je ne quitterai pas le club tant que Fernand y sera ; je
suis trop heureux de l'y voir.

PIBRAC.

Autre genre de folie ! Tu ne veux pas venir ?

ROGER.

Je veux amener Fernand à la table de baccara et je l'y
garderai jusqu'à demain.

PIBRAC.

Joli résultat !

ROGER.

Tu ne comprends pas. Tu ne comprends rien.

PIBRAC.

A la grâce de Dieu !

ABEL.

Vous partez, Pibrac ?

PIBRAC. '

Oui, je pars, je vais demander pardon à ma femme.

Pibrac sort à gauche.

ABEL.

Allons donc, le voilà dans son rôle.

ROGER.

Eh bien ! le baccara ne commence donc pas aujour-
d'hui ?

MAXIME.

Mais oui, le baccara ? Charly ! Charly !

CHARLY, accourant.

A vos ordres, messieurs.

LE MARQUIS, revenant avec la Grézette.

Vous êtes devenu cachottier, la Grézette.

LA GRÉZETTE.

Discret, cher ami. Voyons, le baccara !

ROGER.

Ne partez pas, docteur.

LE DOCTEUR.

Une seule taille, alors ?

ROGER.

Une seule.

AUBEROCHE.

Gervasson ! Allons, Gervasson !

GERVASSON.

Mais je perds toujours, moi, c'est agaçant.

ROGER, gaiment.

Vous voyez, marquis, que rien n'est changé.

LE MARQUIS.

Rien. Sauf Morannes, qui a rajeuni.

LE BARON.

Je n'ai plus que cela à faire, marquis; je rajeunis par désœuvrement.

LE MARQUIS.

Heureux désœuvré ! Que n'avez-vous, comme moi, sept domaines à gouverner, quarante chevaux, soixante bœufs, huit mille moutons?

ABEL, se rapprochant.

Et vous mangez tout ça ?

LE MARQUIS.

Ce sont eux qui me mangent! Ils sont ruineux, ces animaux-là.

LE BARON.

Taillez-vous une banque, marquis ?

LE MARQUIS.

J'ai juré de ne plus toucher une carte.

ABEL.

Moi aussi : nous nous soutiendrons.

MAXIME.

La banque est aux enchères.

LA GRÉZETTE.

Je mets cinq louis en banque.

On rit.

ROGER, riant.

Oh ! oh ! la Grézette, comme vous y allez !

AUBEROCHE.

Cent.

MAXIME.

Deux cents.

GERVASSON.

Trois cents.

LE BARON.

Quatre cents.

ROGER.

Banque ouverte.

LE BARON.

La banque est adjugée à M. de Savenay.

ROGER, à un valet.

Prévenez M. de Mauves que le baccara commence.

On s'assied à la table de baccara. Abel et le marquis restent sur le devant.

ABEL, au marquis.

Nous nous soutenons?

LE MARQUIS.

Oui.

LE BARON.

Charly, cent louis.

WILFRID.

Charly, vingt-cinq louis.

LA GRÉZETTE.

Charly, cinq.

ROGER.

Faites vos jeux, messieurs.

ABEL.

Que cultivez-vous à Lubersac?

LE MARQUIS.

La vertu et les betteraves en grand.

ABEL.

Vous devez bien vous ennuyer.

LE MARQUIS.

Non, je suis maire de ma commune.

III.   17.

ABEL.

Vous faites les mariages ?

LE MARQUIS.

Je les fais tous.

ABEL.

Avec une écharpe ?

LE MARQUIS.

Certainement, avec une écharpe. Vous ne vous imaginez pas la fraîcheur des joues de mes villageoises.

ABEL.

Vous les embrassez ?

LE MARQUIS.

C'est l'usage.

ABEL.

Ah ! ah ! mon gaillard, on vous y prend.

LE MARQUIS.

Je vous dis que c'est l'usage.

ROGER.

J'en donne.

AUBEROCHE.

Non.

LA GRÉZETTE.

Carte.

ROGER.

Huit.

AUBEROCHE.

Sept.

LA GRÉZETTE.

Baccara.

LE MARQUIS, à Abel.

Vous êtes toujours un viveur, vous ?

ABEL.

Sans écharpe.

LE MARQUIS.

Vous allez me rendre un service ; connaissez-vous Carminette ?

ABEL.

Carminette ! Il me demande si je connais Carminette.

LE MARQUIS.

Figurez-vous que j'étais seul dans un compartiment lorsque, à la gare d'Orléans...

ABEL.

Elle est entrée.

LE MARQUIS.

Avec un froufrou...

ABEL.

Elle n'a que ça.

ROGER.

Neuf.

MAXIME.

Quelle banque rasoir !

LE MARQUIS.

Oh ! ce Roger, a-t-il une veine ! — Et un parfum de foin coupé, qui m'a monté à la tête.

ABEL.

Ah bah !

LE MARQUIS.

Oh ! non, non. Seulement, j'ai été aimable. Je ne supposais pas que j'irais au bal ce soir et je l'ai invitée à souper.

ABEL.

Elle a accepté ?

LE MARQUIS.

C'est ce qui m'embarrasse. Vous viendrez avec moi et je m'échapperai au rôti.

ABEL.

Mais d'abord nous allons jouer.

LE MARQUIS.

Nous

ABEL.

C'est un fétiche.

LE MARQUIS.

Qui ?

ABEL.

Carminette.

LE MARQUIS.

C'est un fétiche ?

ABEL.

Jouez et je serai de moitié dans votre jeu. Charly, des jetons à M. de Lubersac.

Charly donne des jetons.

ROGER.

J'en donne.

WILFRID.

Je m'y tiens.

MAXIME.

Carte.

ROGER.

Sept.

WILFRID.

Cinq.

MAXIME.

Six.

GERVASSON.

Il n'a pas tiré à cinq !

TOUS.

Il n'a pas tiré à cinq !

ABEL, entraînant le marquis.

C'est le vieux jeu. Allons, marquis.

LE MARQUIS, prenant place au jeu.

Je risque dix louis.

ABEL.

Cent. Vous en mettez cent. Cent louis.

ROGER.

Neuf.

LE MARQUIS, déconcerté, à Abel.

Eh bien ! j'ai perdu.

ABEL.

Parce qu'elle n'est pas là. Attendez. Valet de pied.

Il va écrire au fond.

ROGER.

La banque est levée.

LE BARON.

Je la prends.

GERVASSON.

Charly, deux cents louis.

CHARLY.

Suivez mes conseils, monsieur Gervasson, modérez-vous dans la perte et emballez-vous dans le gain.

GERVASSON.

Je ne demande pas mieux, moi.

ABEL, à Florentin.

Rue Tronchet, 52. Qu'on prenne une voiture. De la part du marquis de Lubersac. (Au marquis.) Attendez.

LE MARQUIS.

Je sens que la veine va revenir.

ABEL.

Oui, je l'ai envoyé chercher.

LE BARON.

Huit.

LE MARQUIS.

Mais non, je perds encore. Abel !

ABEL.

Je vous dis d'attendre.

LE MARQUIS.

Vous êtes bon, vous ! Il faut que je rattrape mon argent.

Abel disparaît un instant au fond.

AUBEROCHE.

Charly, trois cents louis.

MAXIME.

On étouffe ici.

Il va ouvrir la fenêtre.

CHARLY.

Suivez mes conseils, monsieur Auberoche, modérez-vous dans la perte et emballez-vous dans le gain.

AUBEROCHE.

Il est bon, lui !

ROGER, à part.

Mais où est donc Fernand ? (Haut.) Cent louis.

GERVASSON, apercevant son père.

Oh ! voici papa, je ne joue plus, il me porte la guigne.

Il se lève.

MAXIME.

Je vous prie, monsieur, de ne pas toucher les barreaux de ma chaise.

AUBEROCHE.

Là ! là ! Maxime, calmons-nous.

LE DOCTEUR.

Mais je m'enrhume, moi.

Il va fermer la fenêtre.

ABEL.

Ils jouent là-bas un jeu infernal. Ils font une chouette à l'écarté. Oh ! la jolie chouette !

PIBRAC, revenant.

Je suis à la porte.

ABEL, étonné.

Vous revenez ?

PIBRAC.

Oui, mon ami, je suis à la porte !

ABEL.

Ah ! mon pauvre Pibrac, à la porte !

PIBRAC.

La serrure est dérangée, le timbre ne va plus ; je frappe, le caniche de madame aboie et les étages supérieurs s'émeuvent. Je ne peux pas insister, je suis à la porte. Eh bien ! soit ! j'y resterai.

LE BARON.

J'en donne.

PIBRAC.

Et je jouerai. — Charly, donnez-moi cinq cents louis.

CHARLY.

Monsieur de Pibrac joue ? Je suis sûr que monsieur de Pibrac sera heureux.

PIBRAC.

Pourquoi en êtes-vous sûr ?

CHARLY.

J'ai des pressentiments comme ça.

PIBRAC, allant à la table de baccara.

Je mets cinquante louis. Vous m'apprendrez le jeu.

LE BARON.

Voilà, vous avez perdu.

PIBRAC.

Ah ! il est amusant, ce jeu-là.

LE MARQUIS, se levant.

Je prends cinquante louis pour passer une semaine à Paris et j'en perds mille le premier jour. Je ne veux plus jouer avec des jetons, ça me porte malheur. Charly, donnez-moi mille louis en billets de banque.

CHARLY.

En voici quinze cents, monsieur le marquis.

LE MARQUIS.

Mille me suffisent.

CHARLY.

Je supplie monsieur le marquis d'en prendre quinze cents. Il y a si longtemps que je n'ai eu l'honneur de prêter à monsieur le marquis!

LE MARQUIS.

Si cela vous est agréable!

> Fernand entre par le fond.

SCÈNE XVIII

Les Mêmes, FERNAND.

ROGER.

Vous ne jouez donc pas, Fernand?

FERNAND.

Non, je ne joue pas.

LE MARQUIS.

Mon gendre!

FERNAND, interloqué.

Mon beau-père! Je vous croyais près de Jeanne et je me suis échappé cinq minutes.

LE MARQUIS.

Je supposais que vous ne la quitteriez pas et je suis sorti un instant.

FERNAND.

J'avais pris rendez-vous avec un ami, que j'attends.

LE MARQUIS.

Moi, monsieur, si j'avais une femme jeune et jolie, je ne la quitterais sous aucun prétexte.

FERNAND.

Jeanne a ce soir un tel succès qu'il m'est impossible d'arriver à elle, et avouez, marquis, que dans un bal les maris ne servent qu'à faire sotte figure.

LE MARQUIS.

Chacun a son rôle dans la nature, monsieur. (A part.) Je suis bien aise de lui avoir dit cela.

ABEL, à Florentin.

Elle est là?

FLORENTIN.

Oui, monsieur.

ABEL.

Dans un fiacre?

FLORENTIN.

Oui, monsieur.

ABEL.

Sous la fenêtre?

FLORENTIN.

Oui, monsieur.

ABEL.

Voici un louis. Dites-lui d'attendre et envoyez-lui acheter des bonbons.

FERNAND, à Abel.

Je vous supplie, Abel, d'emmener mon beau-père.

ABEL.

Je ne peux pas, c'est mon fétiche.

FERNAND.

Mon beau-père!

ABEL.

Par ricochet.

FERNAND.

C'est un service d'ami que je vous demande.

ABEL.

Alors, je vais l'emmener à la chouette.

FERNAND.

Où vous voudrez.

ABEL, allant au marquis.

Elle est là.

LE MARQUIS.

Qui?

ABEL.

Carminette.

LE MARQUIS.

Où donc?

ABEL.

Sous la fenêtre.

LE MARQUIS.

Ah!

ABEL.

Et je vais l'ouvrir.

LE MARQUIS, le retenan'.

Mais alors renvoyez mon gendre.

ABEL, allant ouvrir.

Il s'en va. Il y a là-bas une chouette superbe et elle est en déveine.

LE MARQUIS, le suivant.

En déveine! Allons vite.

ABEL, à la fenêtre.

Oh! elle y est.

LE DOCTEUR.

Mais je m'enrhume, moi.

ABEL, revenant.

Non, non, ne fermez pas la fenêtre, vous me couperiez la chance.

Ils sortent.

FERNAND, allant à Charly.

Donnez-moi ce que je vous ai demandé.

CHARLY, embarrassé.

Quinze cents louis?

FERNAND.

Donnez, donnez vite. Je vais les remettre immédiatement à M. de Savenay, qui part demain.

CHARLY.

Je les avais, monsieur le comte.

FERNAND.

Et vous ne les avez plus?

CHARLY.

M. le marquis de Lubersac, votre beau-père, me les a demandés.

FERNAND.

Comment?

CHARLY.

Mais si monsieur le comte exige que je me saigne...

FERNAND, très sec.

Non, non! c'est bien, monsieur Charly, ne vous saignez pas, je me passerai de vous. (A part.) Mais il faut que je m'acquitte envers Savenay, pour avoir le droit de lui dire ce que je pense.

LE DOCTEUR, se levant.

Je gagne deux cents louis. (A Fernand qui remonte.) Prenez ma place, mon cher comte, elle est excellente.

FERNAND.

Merci, docteur.

LE BARON.

Vous partez, docteur?

LE DOCTEUR.

Oui, j'ai un malade.

Il se sauve.

LE BARON, riant.

Charlemagne.

ROGER.

Et vous, mon bon la Grézette?

LA GRÉZETTE, les mains pleines.

Oh! j'ai trop joué, j'ai des remords.

ROGER.

Mettez-les dans votre poche. Décidément, Fernand, vous fuyez le baccara.

FERNAND.

Je jouerai tout à l'heure.

LA GRÉZETTE, à Roger.

Ne l'engagez donc pas à rester, sa femme est au bal.

ROGER.

Sa femme est au bal?

LA GRÉZETTE.

Oui. Ai-je dit une bêtise?

ROGER.

Madame de Mauves est au bal, ce soir?

LA GRÉZETTE.

Chez votre-belle-sœur, où elle a un succès énorme. Cela ne peut pas être un secret.

ROGER.

Oh! non, non, non, la Grézette; non, mon bon la Gré- zette.

LA GRÉZETTE.

Eh bien! à la bonne heure! en voilà un qui est content. Je ne sais pas pourquoi, par exemple.

ROGER, à Pibrac.

Elle est au bal! Tu le savais?

PIBRAC.

Oui, je le savais, et il a fallu cet imbécile de la Grézette...

ROGER.

Je te pardonne, va. Je suis si heureux que je t'embrasserais!

PIBRAC.

Ne te sauve pas ainsi, tout le monde le remarquera.

ROGER.

Tu as raison, oui, mais elle m'attend. Comment n'ai-je pas deviné qu'elle m'aimait?

PIBRAC.

Elle t'aime? parce qu'elle va à une fête avec son mari et son père!

ROGER.

Tu ne sais pas ce qui s'est passé, tu ne comprends pas, tu ne peux pas comprendre. Je vais la voir.

PIBRAC.

Mais prends donc garde, le mari est là.

ROGER.

Ah! Pibrac, quelle bonne chose que la vie!

PIBRAC.

Tu as annoncé à tout le monde que tu partais demain.

ROGER.

Eh bien! je ne partirai plus, voilà tout. (On lui remet un paquet.) Qu'est cela? « De la part du comte de Mauves. »

LE BARON.

La banque est levée.

LA GRÉZETTE.

Messieurs, le scrutin est ouvert. Je réclame vos boules blanches.

LE BARON.

Allons voter.

Tous sortent par le fond, sauf Roger et Fernand. Charly installé à son bureau fait ses comptes.

SCÈNE XIX

ROGER, FERNAND.

ROGER, à part.

L'argent qu'il me doit! Il valait bien la peine de me déranger pour cela.

FERNAND.

Vous partez, Savenay?

ROGER.

Pas avant de vous avoir accusé réception de votre envoi.

FERNAND, étonné.

Mon envoi?

ROGER.

Il n'était pas nécessaire, avec moi, de vous libérer strictement dans les vingt-quatre heures.

FERNAND.

Vous avez reçu ?

ROGER.

Vos quinze cents louis: je les reçois.

FERNAND, à part.

Qui a pu envoyer cet argent en mon nom et sans me prévenir ?

ROGER.

Au revoir, Fernand. Vous ne m'avez pas traité en ami.

FERNAND.

En êtes-vous surpris?

ROGER.

Je ne suis pas formaliste.

FERNAND.

Êtes-vous vraiment pour moi un ami ?

ROGER.

Que voulez-vous dire ?

FERNAND.

Et n'éprouveriez-vous pas quelque embarras ce soir à me tendre la main ?

ROGER.

A ce moment, oui. Car je ne comprends rien à vos paroles.

FERNAND.

Vous êtes très en vue, Savenay, très à la mode, très aimé des femmes, et on s'occupe beaucoup de ce que vous faites. Pourquoi annoncer bruyamment, il y a huit jours, que vous partiez pour les Pyrénées, quand vous aviez envie tout simplement d'aller à Étretat?

ROGER.

C'est que j'ai changé d'idée.

FERNAND.

Bien subitement.

ROGER.

Et vous ne pensez pas que j'allais à Étretat, dans la saison
des bains, pour m'y cacher.

FERNAND.

Je pense que vous y étiez attiré par un intérêt très vif
et très tendre.

ROGER.

On a l'habitude avec moi de chercher partout le roman.

FERNAND.

Et ici on a raison.

ROGER.

Pourquoi ?

FERNAND.

Je vous sais très chevaleresque sans doute et capable d'af-
fronter les plus grands périls pour plaire à une femme,
mais je ne vous crois pas assez fou pour risquer votre vie
sans y être entraîné par une raison sérieuse ou par une
passion violente.

ROGER.

Vous me parlez par énigmes.

FERNAND.

Je vais être précis. Pourriez-vous me dire quelle était la
personne que vous avez rencontrée sur la plage d'Aval,
quand l'idée insensée vous a pris de descendre par la falaise ?

ROGER.

Qui vous a donc si mal renseigné ?

FERNAND.

Que vous importe ?

ROGER.

Alors, je n'ai pas à vous répondre.

FERNAND.

Je sais tout.

ROGER.

Qui vous a fait ce conte?

FERNAND

Madame de Morannes.

ROGER.

Elle a menti.

FERNAND.

Elle m'a tout avoué.

ROGER.

Avoué! Madame de Morannes vous a avoué?

FERNAND.

Que sur la plage vous vous êtes jeté à ses pieds.

ROGER, se remettant.

Elle! Eh bien! quand j'aurais rencontré madame de Morannes sur la plage!

FERNAND.

Vous saviez en ce moment, que je l'aimais.

ROGER.

Qui vous le fait supposer?

FERNAND.

Elle vous l'avait dit.

ROGER.

Ah! je ne discuterai pas, je ne nierai rien.

FERNAND.

Vous êtes revenu d'Étretat pour la retrouver chez le prince Ariel.

ROGER.

Moi ?... C'est vrai.

FERNAND.

Vous avez compris ce qu'elle souffrait des dédains de son mari et vous avez voulu la venger.

ROGER.

Oui, oui.

FERNAND.

Et vous annoncez ce soir que vous partez demain, parce qu'elle a parlé de quitter Paris.

ROGER.

Tout ce que vous voudrez, Fernand. Je n'y contredis pas. Seulement j'ai hâte d'aller chez ma belle-sœur, où je n'ai pas encore paru.

FERNAND.

Vous me laisserez bien vous dire que vos assiduités près d'elle me déplaisent et que votre conduite envers moi a été déloyale.

ROGER.

Fernand !... Vous avez promis à votre maîtresse que vous vous battriez pour elle, n'est-ce pas ? comme au temps de la chevalerie. Eh bien soit ! choisissez le prétexte et honneur aux dames ! Seulement j'exige un prétexte.

FERNAND.

Vous l'aurez. (s'éloignant.) Ne partez pas.

On rentre peu à peu par le fond.

SCÈNE XX

ROGER, FERNAND, LA GRÉZETTE, PIBRAC, LE
BARON, GERVASSON, AUBEROCHE, MAXIME,
WILFRID, puis CHARLY, ABEL et LE MARQUIS.

LA GRÉZETTE.

Eh bien ! Fernand, vous ne venez donc pas voter pour
mon candidat, Paul Calmeil, charmant garçon, présenté
aussi, d'ailleurs, par votre excellent ami, Roger de Savenay ?

FERNAND.

Non, mon cher la Grézette, non, je ne pourrai pas voter
pour M. Calmeil.

LA GRÉZETTE.

Comment ?

ROGER.

Pourquoi cela, Fernand ?

FERNAND.

Parce que nous vivons à une époque troublée où c'est un
devoir de se montrer scrupuleux sur ses relations.

LA GRÉZETTE, ahuri.

Paul Calmeil !... charmant garçon...

ROGER.

Permettez, Fernand, j'ai l'honneur de présenter M. Calmeil
et je me fais son garant.

FERNAND.

Je n'attaque pas son honorabilité ; mais il est bon de se

sentir les coudes, comme on dit vulgairement, et de savoir ce que pense son voisin.

LA GRÉZETTE.

Il pense comme vous, comme moi.

FERNAND.

Ouvrez l'histoire de la Révolution : vous y verrez le rôle que jouait le grand-père de votre candidat.

ROGER.

Voilà des paroles que vous regretterez, monsieur de Mauves.

LA GRÉZETTE.

Homme excellent, le grand-père.

FERNAND.

Je trouve que l'on pardonne très facilement aujourd'hui et que l'on oublie trop vite.

ROGER.

Je me sens au cœur les mêmes haines que vous et les mêmes indignations, mais je ne les rapetisse pas par des colères sans pardon ou des rancunes sans dignité.

FERNAND.

Voilà des expressions blessantes.

ROGER.

Je les maintiens.

LA GRÉZETTE.

Mes amis, mes chers amis !

FERNAND.

Alors, c'est une provocation.

ROGER.

C'est ce qu'il vous plaira.

PIBRAC.

Roger...

FERNAND.

Nous nous battrons demain.

ROGER.

Non, non, pas demain. Je veux être sûr au moins de vivre un jour. Mais après, tant qu'il vous plaira.

LE BARON.

Elle n'a pas perdu de temps, la baronne.

FERNAND.

Je prends la banque.

PIBRAC, à Roger.

Il te tuera.

ROGER.

Bah ! toute ma vie n'aurait jamais valu les vingt-quatre heures qui m'attendent.

LE MARQUIS, rentrant.

Je suis redécavé !

ABEL, revenant avec lui et regardant par la fenêtre.

Je crois bien, elle n'y est plus.

LE MARQUIS.

Ce n'est pas étonnant.

LA GRÉZETTE.

Je suis désespéré : Fernand et Roger se sont querellés à propos de mon candidat.

LE BARON.

Rassurez-vous, la Grézette, il s'agit d'une femme.

LA GRÉZETTE.

Laquelle ?

ABEL, bas.

La sienne. (La Grézette s'esquive.) Et on dit que les femmes
n'entrent pas au club !

LE BARON.

.Elles n'y entrent pas, mais elles y règnent.

JOSEPH, présentant à Pibrac une carte sur un plateau,

On...

PIBRAC.

Hein ? C'est mademoiselle Tournesol !

ACTE TROISIÈME

UNE VENTE DE CHARITÉ DANS LES SALONS DU CLUB

Au fond, trois boutiques de fleurs. — A gauche, premier plan, boutique de champagne. — Deuxième plan, cigares, faux-cols en papier, etc. — Une porte entre les deux boutiques. — A droite, premier plan, pantins. — Deuxième plan, macarons. — Les boutiques sont reliées entre elles par des guirlandes de feuillage. — Une chaise dans chaque boutique. — Au milieu, en avant, une borne en satin bleu. — A droite et à gauche, dans le pan coupé, une galerie avec boutiques. — Un lustre allumé à l'entrée de chaque galerie, un autre au milieu du salon.

SCÈNE PREMIÈRE

AGATHE, GENEVIÈVE, BERTHE, ADRIENNE, ABEL, MAXIME, GERVASSON, WILFRID, MISS ADDAH, Dames Patronesses.

Au lever du rideau, toutes les dames patronesses achèvent d'organiser leur étalage. Madame de Pibrac laisse tomber un pantin et sort de son magasin pour le ramasser.

AGATHE.

Le voilà, leur club. Quel charme peut-il bien avoir ? une forte odeur de tabac !

Elle prend un flacon de vinaigre et en jetté autour d'elle, puis elle rentre dans son magasin et continue à arranger ses pantins. — Abel arrive par le fond à gauche, surchargé de marguerites, de violettes et de programmes.

ABEL.

Mesdemoiselles, voici des fleurs, voici des programmes.

Geneviève, Berthe et Adrienne se sont placées devant leurs boutiques tenant des fleurs et des programmes dans les mains et prêtes à arrêter les passants. Maxime, Gervasson et Wilfrid paraissent dans la galerie à gauche.

GENEVIÈVE, les apercevant.

Attention, mesdemoiselles. (Elles se précipitent toutes les trois au-devant d'eux.) Le programme. Un franc le programme.

BERTHE.

Des violettes, messieurs, des violettes.

ADRIENNE.

Une marguerite, un franc la marguerite.

ABEL, imitant le boniment des marchands forains.

Achetez, messieurs, achetez, fleurissez-vous, messieurs.

WILFRID.

Une marguerite, mademoiselle.

GENEVIÈVE.

Le programme, messieurs, le programme, donnant le nom des dames patronnesses, avec l'âge et la photographie (Maxime les prend vivement.) de leurs maris.

MAXIME, déconcerté.

Ah !

ABEL.

Des maris, des excellents maris : une collection de maris, très précieuse pour les albums. — Achetez, achetez !

WILFRID.

Mais c'est Léonce, des Variétés !

GENEVIÈVE.

Je ne garantis pas la ressemblance.

WILFRID.

Je le vois bien.

ABEL.

Est-ce Léonce ?... C'est Léonce, grand comédien français ! très demandé pour l'exportation.

MAXIME.

Mais c'est une vue du jardin d'acclimatation, cela.

GENEVIÈVE.

Je ne garantis pas la ressemblance.

MAXIME.

Je l'espère.

ABEL.

Un ours ! C'est l'ours et le pacha. Il vous manque le pacha ; le pacha à monsieur.

GENEVIÈVE.

Voici, voici, voici le pacha et toute sa famille.

ABEL.

Et toute sa famille.

WILFRID.

Un franc, mademoiselle.

GENEVIÈVE.

C'est dix francs avec la photographie.

WILFRID.

Ah !

ABEL.

Et on ne rend pas la monnaie.

MAXIME.

Mais j'en ai sept, moi.

GENEVIÈVE.

Soixante-dix francs.

UNE DAME.

Cigares, excellents cigares, cinq francs le cigare.

GENEVIÈVE, remontant.

Le programme, un franc le programme.

BERTHE.

Cinq francs le bouquet, et il y en a cinq.

WILFRID.

Vingt-cinq francs.

ABEL.

On n'accepte pas la monnaie. C'est deux louis.

WILFRID.

Ah !

MAXIME.

J'ai une marguerite.

ADRIENNE.

Vous en avez douze.

MAXIME.

Où donc ?

ADRIENNE.

Dans vos poches.

MAXIME.

Ah !

Il présente un billet de banque.

ABEL.

Nous ne recevons que de l'or, mais. enfin, pour vous être agréable, nous recevrons votre billet. (Il le prend et le donne à Adrienne.) N'est-ce pas, mademoiselle ?

ADRIENNE.

Certainement.

MAXIME, interloqué.

Tout entier!

ABEL.

Et nous ne regardons même pas s'il est bon. Quelle confiance! quelle confiance!

MAXIME, à part.

Je commence bien, moi.

GENEVIÈVE.

Monsieur de Born, des photographies... Je n'ai plus que des shahs de Perse.

ABEL.

Voici, mesdemoiselles.

BERTHE.

Monsieur de Born. des violettes.

ABEL.

Voilà, voilà!

ADRIENNE.

Monsieur de Born, des marguerites.

ABEL.

Voilà, voilà!

GENEVIÈVE.

Oh! des clients qui nous échappent.

Elles s'élancent toutes les trois dans un autre salon.

ABEL.

Ah! mon ami, je suis ravi.

MAXIME.

Pas moi.

ABEL.

J'ai fait une découverte extraordinaire.

MAXIME.

Laquelle?

ABEL.

J'ai découvert la jeune fille, la vraie jeune fille. Je n'avais jamais vu ça, et je croyais que ça n'existait pas. — Elle est ici, mon ami, elle est ici. Je porte ses violettes, je tiens ses programmes, je garde ses marguerites. Et on m'appelle M. de Born par-ci! M. de Born par-là! avec de jeunes voix fraîches, avec de bons sourires tout simples et de jolis regards qui n'y entendent pas malice. Je suis transporté.

MAXIME.

Tu es fou.

ABEL.

Oui, fou! mais quelle bonne folie!

Le docteur traverse pour sortir.

SCÈNE II

LES MÊMES, LE DOCTEUR.

Les jeunes filles ramènent le docteur par la droite.

GENEVIÈVE.

Le programme, un franc le programme.

BERTHE.

Des violettes, monsieur, des violettes.

ADRIENNE.

Une marguerite, un franc la marguerite.

LE DOCTEUR, des fleurs à toutes ses boutonnières.

Vous voyez, mesdemoiselles, que je suis comblé, absolument comblé. Mais voici Maxime qui n'a rien.

MAXIME.

Comment, je n'ai rien?

Les jeunes filles vont à lui, il s'enfuit.

LE DOCTEUR.

Ou presque rien.

ABEL.

Docteur, avez-vous jamais vu des jeunes filles, vous?

LE DOCTEUR.

Mais j'en vois tous les jours.

ABEL.

Non, non, vous n'en voyez pas, vous le diriez autrement. Les médecins ne voient que des malades.

LE DOCTEUR.

J'ai un mot à vous dire.

ABEL.

Tout à l'heure.

GENEVIÈVE.

Mesdemoiselles, il faut changer notre étalage, nous avons l'air de ne rien vendre.

ABEL.

Je vais vous aider, mesdemoiselles.

AGATHE, de sa boutique.

Ne me fuyez pas, docteur, je ne vous offre rien.

LE DOCTEUR.

Mais je suis prêt à acheter, madame.

AGATHE.

Non, ce n'est pas cet article-là, j'en ai imaginé un autre.

LE DOCTEUR.

Lequel ?

AGATHE.

Vous le verrez bientôt. Je l'attends.

LE DOCTEUR, lui tâtant le pouls.

Permettez donc, vous avez la fièvre.

AGATHE.

C'est bien possible, on l'aurait à moins. J'ai passé la
nuit à faire préparer mon article de vente, et depuis ce
matin, je cours Paris pour que rien n'y manque. J'ai mangé
quelques gâteaux chez Julien.

LE DOCTEUR.

Mais je vous interdis absolument ce régime-là.

AGATHE, sortant de sa boutique.

Oh ! docteur, ne m'interdisez rien en ce moment, ce serait
inutile. Apprenez-moi plutôt les nouvelles. La baronne de
Morannes en est donc arrivée à ses fins ? Le duel de son mari
avec M. de Savenay est revenu sur l'eau ?

LE DOCTEUR.

Je ne crois pas.

AGATHE.

Alors, pourquoi avez-vous écrit ce matin à M. de Pibrac :
« C'est convenu ; demain au lever du soleil, je serai à Vincennes. Savenay peut compter sur moi ».

LE DOCTEUR.

Pibrac vous a dit cela ?

AGATHE.

Je ne l'ai pas vu. Seulement, comme il m'a donné le droit
d'être défiante, j'ai ouvert aujourd'hui toutes ses lettres.

LE DOCTEUR.

Ah!

AGATHE.

Mais je n'ai pas été surprise. J'avais parié avec madame de Mauves que ce duel aurait lieu, et je lui ai envoyé votre lettre pour lui prouver que j'avais gagné.

LE DOCTEUR.

Vous avez envoyé ma lettre à madame de Mauves?

AGATHE.

En lui recommandant la discrétion.

LE DOCTEUR.

Elle ne l'aura pas lue, car elle est très souffrante.

AGATHE.

Jeanne est souffrante?

LE DOCTEUR.

Elle a dansé jusqu'au jour, sans modération.

AGATHE.

Je vais la voir.

LE DOCTEUR.

J'ai prescrit le repos et j'ai défendu de laisser entrer personne.

AGATHE.

Alors, elle ne viendra pas?

LE DOCTEUR.

Absolument non.

AGATHE.

Oh! je le regrette bien, par exemple. — Comme on me fait attendre!

Elle rentre dans son magasin.

LE DOCTEUR.

Abel! Abel, j'ai un mot à vous dire : ne racontez pas que j'ai soupé avec vous la nuit dernière.

ABEL.

Je n'y pensais déjà plus.

LE DOCTEUR.

Ça me nuirait dans ma clientèle, et vraiment j'ai été entraîné. En sortant du club, je m'entends appeler du fond d'une voiture qui stationnait ; je crois à un accident, j'ouvre la portière et je trouve la petite Carminette du prince Ariel.

ABEL.

C'est vous !... c'est vous qui nous l'avez enlevée !

LE DOCTEUR.

Oh ! oh ! enlevée !

ABEL.

Vous me coûtez douze cents louis, mais je ne vous en veux pas.

LE DOCTEUR.

Elle me prie de la ramener chez elle ; je me dis : je m'en tirerai avec une ordonnance. Mais en passant devant Bignon, elle murmure à mon oreille qu'elle prendrait bien un biscuit dans une larme de madère. Je me dis : Je m'en tirerai avec un poulet froid. — Nous montons. Tout à coup Carminette pousse un cri. Le prince Ariel nous saluait. Je m'attends à une scène, le prince me tend la main et me remercie.

ABEL.

Ce diable de prince ne peut pas s'imaginer qu'on le trompe ; il croit toujours qu'on lui rend service.

LE DOCTEUR.

Comme je ne savais que répondre, je me suis mis à

table. Voilà pourquoi vous m'avez trouvé soupant avec des cocottes, quand le prince Ariel, qui avait reconnu votre voix à travers une cloison, est allé vous prendre.

ABEL.

Je dévorais mélancoliquement avec le marquis le souper préparé pour Carminette.

LE DOCTEUR.

N'en parlez pas.

ABEL.

Mais les autres? — Nous étions dix-sept.

LE DOCTEUR.

J'en ai déjà vu treize. On a un peu abusé du champagne, mais moi, j'avais gardé toute ma raison.

ABEL.

Je l'ai bien vu. Vous avez prescrit au prince Ariel de marcher vingt-quatre heures sur la tête pour rétablir l'équilibre dans sa cervelle.

LE DOCTEUR.

Sur la tête! Eh! mon Dieu! c'est peut-être bon.

ABEL.

Est-ce qu'il va nous ordonner ça, maintenant?

UNE DAME, dans sa boutique.

Cigares, excellents cigares.

MAXIME.

Mais, madame, ces cigares ne brûleront jamais.

UNE DAME.

Cigares inusables, cigares de famille.

SCÈNE III

LES MÊMES, LE MARQUIS.

LE MARQUIS, qui vient d'entrer.

Docteur, je ne suis pas content de mon gendre.

LE DOCTEUR.

Pourquoi donc?

LE MARQUIS.

J'ai trouvé sa photographie dans l'album de Nadèje.

LE DOCTEUR.

C'est fini depuis longtemps avec Nadèje.

LE MARQUIS.

Mais non. Il est l'avant-dernier... dans l'album.

AGATHE, sortant de sa boutique.

Le marquis de Lubersac! — Vous nous apportez des nouvelles de Jeanne?

LE MARQUIS.

Elle va mieux, madame; sans cela je ne serais pas ici. Je dois aller la prendre à onze heures.

LE DOCTEUR.

Mais je lui ai défendu de sortir.

LE MARQUIS.

Vous défendez quelque chose aux femmes, vous?

AGATHE.

Ah! marquis! quel souvenir vous me rappelez! Vous étiez mon témoin, le jour de mon mariage.

LE MARQUIS.

Et j'en étais très orgueilleux, madame.

AGATHE.

Vous n'avez pas eu la main heureuse.

LE MARQUIS.

Comment, madame, est-ce que Pibrac ?...

AGATHE.

Tout ce que vous pouvez vous imaginer de plus horrible.

LE MARQUIS.

Bah !

LE DOCTEUR.

Oh ! madame !

AGATHE.

Ne le défendez pas, je sais tout. M. de Pibrac est l'adora-teur actuel de madame de Morannes.

LE MARQUIS.

Pibrac !

LE DOCTEUR.

Pibrac ! mais, madame, c'est une erreur.

AGATHE.

Naturellement. Alors, nommez l'heureux du jour. — Ce n'est pas son mari, n'est-ce pas ?

LE DOCTEUR.

Non, madame. C'est... (A part.) Oh ! le beau-père ! (Haut.) Je ne sais pas, moi.

AGATHE.

Vous voyez bien ; et M. de Pibrac a avoué.

LE DOCTEUR.

Il a avoué !

AGATHE.

En ne répondant rien, quand je l'ai foudroyé de mon silence.

LE DOCTEUR.

Alors...

AGATHE.

Mais soyez tranquille, — je me vengerai.

LE MARQUIS, à part.

Un heureux coquin, ce Pibrac ! (Haut.) Je vais surveiller mon gendre.

Il s'éloigne.

LE DOCTEUR.

Quel joli mentor !

ABEL, revenant.

Eh bien, madame, vous voilà dans ce club que vous désiriez tant voir ?

AGATHE.

Je m'étais déjà donné un avant-goût, hier, dans vos antichambres, et j'ai eu un échantillon de la langue qu'on y parle en famille.

ABEL, à part.

Ma jolie poulette !

Un domestique entre avec une grande caisse.

AGATHE, au valet.

C'est pour moi.

Elle va à sa boutique.

LE VALET.

On fait dire à madame qu'on n'a pu livrer que la moitié des objets.

AGATHE.

Comment, la moitié? Mais je veux tout. Il me faut tout. La moitié ! Qui vous a dit cela ?

LE VALET.

Un monsieur blond et pâle, que je suppose un commis. Il est là...

AGATHE.

Un commis ! Je vais avec lui au magasin. J'aurai le tout, quand je devrais y travailler moi-même.

Elle sort.

SCÈNE IV

BERTHE, GENEVIÈVE, ADRIENNE, MISS ADDAH, ABEL, GERVASSON, AUBEROCHE, puis MAXIME et WILFRID.

ABEL.

Il me semble, mesdemoiselles, que nous devrions venir au secours de ces dames, qui sont trop sages pour vendre. On ne va qu'à ceux qui font du bruit aujourd'hui, faisons du bruit.

GENEVIÈVE.

M. de Born a raison. Des macarons, un franc le macaron, c'est pour rien.

BERTHE.

Faux-cols en papier, à soixante-quinze centimes la douzaine, moins cher que chez les marchands.

ADRIENNE.

La bonne aventure.

MISS ADDAH.

Du champagne, excellent champagne.

UNE DAME.

Cigares, excellents cigares. Cigares inusables, cigares de famille.

GENEVIÈVE.

Macarons... macarons.

ADRIENNE.

Faux cols à soixante-quinze centimes.

AUBEROCHE.

Eh bien, à la bonne heure, on peut se fendre d'une douzaine de faux cols. Une douzaine, mademoiselle?

BERTHE.

Je vais vous les envelopper, monsieur.

AUBEROCHE.

Vous êtes trop bonne. Soixante-quinze centimes.

BERTHE.

Mais il y a la boîte, vingt francs.

AUBEROCHE.

Ah!

BERTHE.

Avec les faveurs.

ADRIENNE et ABEL.

La bonne aventure... la bonne aventure: le livre du destin. Cinq francs le livre du destin, lisez votre destin.

GERVASSON.

Mais c'est du papier blanc.

ABEL.

Pour un louis, on y mettra ce que vous voudrez... Le livre du destin.

ADRIENNE.

Faux cols en papier à soixante-quinze centimes la douzaine.

AUBEROCHE.

Gervasson, achète donc des faux cols.

GERVASSON.

Tiens, c'est une idée, Boboche; je vais m'en payer six douzaines.

AUBEROCHE.

Va, ma vieille bique, va.

GENEVIÈVE.

Des macarons, messieurs, un franc le macaron.

MAXIME, à part.

J'ai dîné légèrement pour pouvoir manger; c'est encore ce qui coûte le moins cher.

GENEVIÈVE.

Un franc le macaron. Quand on en prend douze, je donne, par-dessus le marché, un bon conseil.

MAXIME.

J'en prendrai douze, mademoiselle.

GENEVIÈVE.

Tout chauds, tout frais, vous êtes servi.

MAXIME.

Et maintenant, le bon conseil?

GENEVIÈVE.

N'en mangez pas, ils ne valent rien.

MAXIME.

Ah! merci, mademoiselle.

WILFRID, arrivant avec une pantoufle d'enfant.

Moi, j'achète des ouvrages de tapisserie pour flatter les mères.

GERVASSON, portant six boîtes de faux cols.

Je revaudrai ça à Auberoche. Elle n'a jamais voulu les

mettre dans la même boîte. Cent vingt-quatre francs cinquante de faux cols en papier.

Auberoche a causé un instant avec Adrienne au fond. Abel va à lui et le ramène.

MISS ADDAH.

Champagne, excellent champagne.

WILFRID.

Un verre de champagne, mademoiselle.

MISS ADDAH.

Voici, monsieur. Vous n'en offrez pas un à la marchande?

WILFRID.

A la marchande? mais si... Oh!

Miss Addah passe le verre à un domestique qui se tient debout derrière elle et qui le boit gravement.

AUBEROCHE.

Un verre, mademoiselle.

MISS ADDAH.

Voici, monsieur. Vous n'en offrez pas un à la marchande?

Même jeu.

AUBEROCHE.

Si vraiment. Très ingénieux, ces Anglais.

MAXIME.

Un verre, mademoiselle.

MISS ADDAH.

Voici, monsieur. Vous n'en offrez pas un à la marchande?

Même jeu.

ABEL.

Je suis curieux de savoir jusqu'où il ira.

MISS ADDAH.

John, voulez-vous m'aider ?

ABEL.

Oh ! non, non, ne le remuez pas, je connais les Anglais :
superbes sous le champagne, tant qu'ils ne bougent pas,
mais s'ils bougent... C'est moi qui vous aiderai.

MISS ADDAH.

Oh ! monsieur, je n'oserai pas.

ABEL.

Je vous en prie, renouvelez les provisions, préparez les
bouteilles, Clicquot, Rœderer, J. Mühm. C'est divin.

SCÈNE V

Les Mêmes, LA BARONNE, FERNAND.

LA BARONNE, apparaissant au fond, à droite, entourée de jeunes gens.

Vingt francs le billet, messieurs, vingt francs.

FERNAND, qui est entré par la gauche.

Voulez-vous me permettre, madame, de vous faire les
honneurs de ce salon ?

LA BARONNE.

Très volontiers.

GENEVIÈVE.

Des bouquets, bouquets à la main. Roses pompon.

BERTHE.

Du lilas en branche.

ADRIENNE.

Camélias et bruyères.

LA BARONNE.

Comment résister à de pareilles marchandes? Du lilas blanc.

ABEL.

C'est divin! c'est divin!

LA BARONNE, redescendant au bras de Fernand.

Monsieur de Born!

ABEL.

Oui, madame, oui, garçon de café... pour le moment. Permettez, miss Addah.

LA BARONNE.

Je ne vous savais pas galant.

ABEL.

Moi non plus, madame. C'est une trouvaille que j'ai faite.

LA BARONNE.

Et vous en abusez.

ABEL.

Tant que je peux. Ne vous fatiguez pas, miss Addah, je suis là.

LA BARONNE.

Il est très amusant dans ce rôle.

FERNAND.

C'est un enfant... J'avais grande hâte de vous voir seule. Vous ne m'avez pas reçu aujourd'hui.

LA BARONNE.

La position qui m'était faite m'interdisait de recevoir personne.

FERNAND.

Mais moi?

LA BARONNE.

J'ignorais encore ce qui s'était passé au club.

FERNAND.

Et vous le savez?

LA BARONNE.

Je sais qu'il m'est resté un défenseur; sans cela je n'aurais pas osé me montrer à cette fête.

FERNAND.

J'avais appris, hier au soir seulement, que M. de Savenay songeait à quitter Paris. Je ne l'aurais laissé partir à aucun prix. Mais j'ai failli être arrêté par une misère : j'avais perdu la veille quelques centaines de louis, que je tenais à lui rendre dans les vingt-quatre heures, — et voilà qui devient romanesque comme la légende de la *Dame blanche*, — cet argent a été envoyé à Savenay, de ma part, au club, par une main inconnue.

LA BARONNE.

Une main de femme?

FERNAND.

J'en ai peur. J'ai cherché, j'ai interrogé et je n'ai obtenu qu'un renseignement, un seul. L'adresse avait été écrite par une femme.

LA BARONNE.

Ah !

FERNAND, à part.

Ce n'est pas elle.

LA BARONNE.

Vous avez une fée, la fée du prince Charmant.

FERNAND.

Oui.

GENEVIÈVE.

Monsieur de Born, vous nous abandonnez?

ABEL.

Non, mesdemoiselles. — Boutique à treize! boutique à treize !

GENEVIÈVE, ADRIENNE, BERTHE.

Article nouveauté ! article de Paris !

ABEL, sur une estrade dans une boutique du fond.

Par ici, mesdames et messieurs, par ici, boutique à treize! nous liquidons. Bon marché inouï, incroyable, phénoménal ! Ce qui coûte partout treize sous, nous ne le vendons que vingt francs ! vingt francs, vous entendez bien. Pour vingt francs, je donne l'objet, pour quarante, j'y ajoute mon estime. Achetez, achetez : le vainqueur du dernier Derby avec son jockey, moins la tête, supprimée comme trop lourde. Quelques hommes politiques vraiment utiles à leurs semblables : ils peuvent servir de porte-allumettes. L'escalier de l'Opéra en breloque, pour ceux qui aiment les grandes choses. Le chien de l'aveugle, aveugle lui-même pour doubler l'intérêt. La dernière étape du progrès moderne : Polichinelle a été nommé commissaire. La cravate parlementaire, vingt-deux nuances ! pour ceux qui ont le courage de leurs vingt-deux opinions.

Pendant la scène suivante, on se disperse peu à peu dans les salons.

SCÈNE VI

Les Mêmes, PIBRAC.

GENEVIÈVE.

Voici monsieur de Pibrac: attention, mesdemoiselles.

GENEVIÈVE, ADRIENNE, BERTHE.

Qu'avez-vous donc, monsieur de Pibrac ?

PIBRAC, qui vient d'entrer, d'un air lugubre.

Rien, mesdemoiselles, rien. Je n'ai rien, au contraire.
(A part.) Je n'ose pas les interroger. (Haut.) Madame de Pibrac
est-elle ici ?

GENEVIÈVE.

Madame de Pibrac n'a fait que paraître et disparaître.

PIBRAC, à part.

C'est elle! c'est elle que j'ai vue rue de la Paix, avec
un jeune homme pâle et blond. Il me passe des sueurs
froides.

GENEVIÈVE.

Elle manquera sa vente, madame de Pibrac.

PIBRAC, à part.

Dissimulons. (Haut.) Merci, mademoiselle. Elle a dû préparer son magasin.

GENEVIÈVE.

Pas trop.

PIBRAC, prenant machinalement tous les objets qu'on lui présente et les
entassant dans son chapeau qu'il tient à la main.

Merci, mademoiselle.

GENEVIÈVE.

Il est très en désordre.

PIBRAC.

Ah! c'est là. — Merci, mademoiselle. — Elle vend des
pantins. — Merci, mademoiselle. — C'est moi qui lui ai
conseillé les pantins. — Merci, mademoiselle. — Ils sont très
gentils. — Merci, mademoiselle. — Mais il est probable que
madame de Pibrac va revenir. — Merci, mademoiselle. —
Je l'attendrai. — Merci, mesdemoiselles.

GENEVIÈVE.

Pardon, monsieur de Pibrac... Vous avez quinze programmes.

BERTHE.

Vingt-cinq bouquets de violettes.

ADRIENNE.

Et onze douzaines de marguerites environ.

PIBRAC.

Ah! oui, il faut payer... Cela fait?

GENEVIÈVE.

Dix fois quinze, plus quinze...

BERTHE.

Cinq fois vingt-cinq...

ADRIENNE.

Onze fois douze multiplié par douze...

GENEVIÈVE.

Trois cent soixante-quinze francs.

PIBRAC.

Très bien.

Il prend une liasse de billets et leur en donne d'un air distrait.

ABEL, riant.

Allez, allez toujours, c'est pour les pauvres.

GENEVIÈVE, BERTHE et ADRIENNE,
lui faisant une grande révérence.

Merci, monsieur de Pibrac.

ABEL, à Pibrac.

Avez-vous jamais vu des jeunes filles, vous?

PIBRAC.

Moi? D'abord j'ai vu ma femme.

ABEL.

C'est vrai; je suis bête. Ah! vous êtes heureux, vous,
Pibrac.

PIBRAC.

Très heureux. J'ai perdu mille louis au baccara et j'ai
soupé. La petite Tournesol a une façon de souper qui dé-
concerte tous les calculs : c'est peut-être ma faute ; j'ai été
bête, j'ai été extraordinairement bête, et elle mangeait pour
se donner une contenance, pauvre fille !

ABEL.

N'ayez pas de remords, elle mange toujours comme ça.

PIBRAC.

Tant mieux. Seulement, mademoiselle Tournesol, qui en
entrant avait enlevé son chapeau et un peu de son corsage,
s'est empressée de tout remettre après les sorbets ; elle
m'avait jugé.

ABEL, riant.

Pauvre Pibrac ! Et vous êtes rentré chez vous ?

PIBRAC.

Je n'ai pas pu. J'étais consigné ; les portes étaient fermées
et le caniche aboie quand il m'entend : on l'a dressé à cela.
Aujourd'hui ma femme n'a pas paru ; j'ai déjeuné seul, j'ai
dîné seul. J'ai pris un livre, je me suis endormi. Madame de
Pibrac en a profité pour venir s'habiller et repartir. Mais
nous aurons une explication. (Il se dirige vers la boutique et s'y
installe.) Je l'attends.

MAXIME, rentrant.

Je suis ruiné, volé, dépouillé. Je me sauve, pas de ce côté,
il y a une marchande.

                                        Il s'esquive.

GENEVIÈVE.

Monsieur de Born ?

ABEL.

Mademoiselle ?

GENEVIÈVE.

Nos provisions s'épuisent, il faut recourir à la réserve.

ABEL.

J'y vais, mademoiselle, et je reviens. C'est divin! divin!
divin! L'embarras, c'est de choisir.

Il sort.

SCÈNE VII

GENEVIÈVE, BERTHE, ADRIENNE,
PIBRAC, assis dans la boutique de sa femme.

GENEVIÈVE.

Il est très bien, ce jeune homme.

BERTHE.

Monsieur de Born?

ADRIENNE.

Et si complaisant!

GENEVIÈVE.

Quel bon mari il fera!

BERTHE.

Il est décoré.

GENEVIÈVE.

J'ai entendu dire à mon père qu'il s'était très bien conduit.

BERTHE.

Il ne va donc jamais dans le monde?

ADRIENNE.

On dit qu'il passe sa vie au club.

BERTHE.

Mais ce serait désolant.

GENEVIÈVE.

Eh bien! moi, j'ai beaucoup réfléchi et je trouve que le club a du bon.

ADRIENNE et BERTHE.

Pourquoi?

GENEVIÈVE.

Parce qu'un mari qui a passé douze heures à ne voir que des hommes doit être bien content de retrouver sa femme.

ADRIENNE.

Elle a raison.

BERTHE, à Geneviève.

Est-ce que ton oncle ne viendra pas aujourd'hui?

GENEVIÈVE.

Mon oncle Roger? On ne sait jamais ce qu'il fera. Hier il a écrit à mon père qu'il allait se promener dans les déserts de l'Afrique.

BERTHE, avec émotion.

Lui?

GENEVIÈVE.

Deux heures après, il arrivait au bal et il y dansait toute la nuit.

BERTHE.

Il a dansé avec moi.

ADRIENNE.

Par exception, car il ne s'est occupé que de madame de Mauves.

GENEVIÈVE.

Elle était bien jolie, hier.

BERTHE.

Mais madame de Mauves n'est pas à marier!

GENEVIÈVE, la regardant.

Tu aimes donc mon oncle Roger?

ADRIENNE.

Elle l'adore.

BERTHE.

Je crois que je l'aimerais s'il demandait ma main.

GENEVIÈVE.

Je te préviens que ce serait un mari abominable.

BERTHE.

Oh! moi, je saurai fixer mon mari.

GENEVIÈVE.

Tu as un secret?

BERTHE.

Je lui laisserai toujours croire que je l'aimerai davantage
le lendemain.

GENEVIÈVE, riant.

Tu es très forte, avec ton petit air candide.

ADRIENNE.

Il n'y a plus de jeunes filles.

GENEVIÈVE.

Non.

BERTHE.

Voici M. de Savenay.

GENEVIÈVE.

Le programme, un franc le programme.

ADRIENNE.

Des marguerites, des marguerites.

BERTHE, à part.

Moi, je ne peux pas, je suis trop émue.

SCÈNE VIII

Les Mêmes, ROGER.

ROGER, entrant très gaiement.

Oui, mesdemoiselles, oui, ma petite Geneviève, tout ce qu'il vous plaira. Des fleurs, beaucoup de fleurs, je voudrais pouvoir acheter aujourd'hui toutes les fleurs du monde.

GENEVIÈVE.

Je ne vous avais jamais vu si radieux.

ROGER.

C'est que je suis heureux. Il y a des jours où tout est joie.

GENEVIÈVE.

Allons, Berthe, profitons des bonnes dispositions de mon oncle.

BERTHE.

Des violettes?

ROGER.

Certainement, des violettes.

ADRIENNE.

Et des marguerites?

ROGER.

Et des marguerites. M'aime-t-elle un peu, beaucoup, passionnément? Donnez, donnez encore.

GENEVIÈVE.

Vous ne songez donc plus à partir pour le Sahara?

ROGER.

Ah oui! C'est une idée d'autrefois.

GENEVIÈVE.

Et Paris ne vous ennuie plus?

ROGER.

Paris n'ennuie que les sots.

GENEVIÈVE.

A la bonne heure! (Plus bas.) Comment trouvez-vous Berthe?

ROGER.

La fée aux violettes? charmante.

GENEVIÈVE.

Un million de dot et un cœur d'or.

ROGER.

Est-ce que tu voudrais marier ton oncle?

GENEVIÈVE.

Cela m'amuserait beaucoup.

ROGER.

Je préfère te donner d'autres distractions. Je te conduirai à l'Opéra.

GENEVIÈVE, encore plus bas.

C'est que vous lui plaisez.

ROGER.

Vraiment! Eh bien, puisqu'elle est ton amie, avoue-lui que je serais un mari détestable.

GENEVIÈVE.

J'ai dit : abominable; ça ne l'effraie pas.

ROGER.

Elle est très étonnante, cette petite demoiselle. (Haut.) Est-ce que vous avez beaucoup de monde déjà?

GENEVIÈVE.

Oui.

BERTHE, baissant les yeux.

Madame de Mauves n'est pas encore arrivée.

ROGER.

Ah! — Encore quelques violettes. (Bas, à Geneviève, regardant Berthe.) Charmante!

GENEVIÈVE, bas, à Berthe.

Il sait que tu l'aimes.

BERTHE.

Oh!

GENEVIÈVE.

Tu ne t'imagines pas comme la pudeur te va bien.

SCÈNE IX

LES MÊMES, ABEL.

ABEL, accourant surchargé de fleurs.

Voilà! voilà! voilà! Achetez, fleurissez-vous, messieurs.

ROGER.

Abel?

ABEL.

Roger? Avez-vous jamais vu des jeunes filles, vous?

ROGER.

Certainement, j'en ai vu.

ABEL.

Pas comme celles-ci. Voyez donc la petite marchande de programmes.

ROGER.

C'est ma nièce.

ABEL.

Votre nièce! mais, mon bon Roger, mon excellent Roger, j'ai toujours été de vos amis, moi. Vous me présenterez à votre belle-sœur, n'est-ce pas?

ROGER.

Vous voulez épouser Geneviève?

ABEL.

Non... je n'en sais rien. Ce n'est pas cela : je veux causer avec les jeunes filles. Je veux aller dans le monde, je veux danser, je ne mettrai plus les pieds au club.

ROGER.

Voilà une conversion à laquelle je ne m'attendais guère.

ABEL.

Voilà! voilà! voilà! Achetez, achetez, fleurissez-vous, messieurs.

ROGER.

Si ces jolies fillettes connaissaient leur pouvoir! Elles le connaissent peut-être. — Pibrac! (Il l'aperçoit dans la boutique et l'en fait sortir.) Ah! ne m'écoute pas si tu veux, mais il faut que je parle. Si tu savais quelle nuit d'enchantement j'ai passée.

PIBRAC.

Je sais, je sais tout.

ROGER.

Je n'ai vu qu'elle dans cette fête, et pour moi elle y était seule. Le marquis soupait avec Abel; Fernand était allé sans doute raconter à madame de Morannes qu'il m'avait provoqué.

PIBRAC.

Ce duel n'a aucune raison.

ROGER.

Il faut bien que je me batte, sauf à ne pas me défendre. Tout est convenu, n'est-ce pas? à Vincennes, au lever du soleil?

PIBRAC.

Et dans les conditions sauvages que tu nous forces à accepter.

ROGER.

Je ne veux rien refuser à M. de Mauves, en ce moment. Il n'a point reparu de la nuit; le marquis non plus, qui ne songeait guère à sa fille. Je la voyais abandonnée et il me semblait qu'elle n'appartenait plus qu'à moi. Quelle femme, Pibrac! que d'éclairs dans son regard! et que de révolte dans son sourire!

PIBRAC.

Mais tu l'as bel et bien compromise?

ROGER.

En la faisant danser?

PIBRAC.

D'abord, et en l'accompagnant chez elle.

ROGER.

En l'accompagnant! Le bal finissait; on partait et elle allait rester la dernière; ils avaient même oublié de lui renvoyer sa voiture! Je ressentais tous les froissements qu'elle voulait cacher, je voyais les larmes sous ses paupières. On achevait d'éteindre les bougies, qui mouraient en jetant une lueur plus vive. Elle était là, attendant toujours... Que faire? Elle se lève enfin, pour envoyer chercher un fiacre; je l'avais devinée, un valet s'avance : « La voiture de madame la comtesse est là. » Je lui offre mon bras pour descendre : elle recule en reconnaissant mes gens et me jette un regard terrible; je la rassure d'un mot. Elle monte dans mon coupé, je ferme la portière et je me retire. Alors, elle me tend la main. Je sens encore l'empreinte de cette main, toute frissonnante d'émotion. Rien, dans mon existence, ne ressemble à l'ivresse de ce moment-là. Je suis parti comme un fou, au hasard, j'avais besoin d'air, j'avais besoin du soleil levant et des oiseaux du matin, j'ai remonté les Champs-Élysées, je me suis arrêté au bord du lac, je me suis perdu dans les sentiers couverts, et là j'ai tracé son nom sur le sable, comme un enfant.

PIBRAC.

Et le voilà au septième ciel, parce qu'il a écrit le nom de sa bien-aimée sur le sable. Il ne m'a même pas demandé des nouvelles de ma femme. Il ne pense qu'à lui. Égoïste!

ROGER.

Je vais la revoir et je suis étonné qu'elle ne soit pas déjà là. Je l'attends avec la fièvre.

PIBRAC.

On ne danse pas aujourd'hui.

ROGER.

Non, mais je lui offrirai mon bras : c'est mon devoir de commissaire.

PIBRAC.

Et tu lui parleras de ton amour devant tout le monde, dans la foule?

ROGER.

Eh! mon ami, la foule, à Paris, c'est le refuge des amoureux.

PIBRAC.

Mais je ne veux pas que tu sois là quand elle entrera : tu te trahirais.

ROGER.

Sois tranquille.

PIBRAC.

Viens, viens. J'ai peur, moi, de ne pas me contenir en voyant paraître ma femme. Je crois qu'elle me trompe.

ROGER.

Bah!

PIBRAC.

Oui.

Roger et Pibrac sortent à droite. — Le baron entre par la gauche.

SCÈNE X

ABEL, LE BARON, puis GENEVIÈVE, BERTHE, ADRIENNE, WILFRID.

ABEL, arrêtant le baron.

On ne passe pas.

LE BARON.

Et pourquoi, mon bon Abel?

ABEL.

On ne passe pas sans acheter le programme et des fleurs.

LE BARON, riant.

Mais vous êtes donc préposé aux marguerites?

ABEL.

Mon cher baron, je suis ivre de joie : j'ai découvert la jeune fille, la vraie jeune fille.

LE BARON.

Vous êtes charmant. Tenez : aux innocents les mains pleines. (Il lui remet un billet.) Pourrai-je maintenant circuler librement?

III.　　　　　　　　　　　　　　20.

ABEL, lui offrant une fleur.

Voulez-vous un passeport?

LE BARON.

Volontiers.

Il traverse.

ABEL, appelant les jeunes filles.

Mesdemoiselles, je viens de recueillir un billet de cinq cents francs.

GENEVIÈVE, BERTHE, ADRIENNE.

C'est pour moi.

ABEL.

Nous allons le jouer.

GENEVIÈVE.

A la devinette. Un chapeau?

ABEL.

En voici un.

Il prend le chapeau de Wilfrid, qui cause avec une marchande.

WILFRID.

Comment?

ABEL.

On va vous le rendre.

GENEVIÈVE, tenant le chapeau recouvert d'un mouchoir.

Il y a trois mains dans ce chapeau, choisissez-en une.

ABEL.

Moi?

GENEVIÈVE.

Vous. Celle que vous prendrez gagnera. — Sans regarder... ne trichez pas.

BERTHE.

Ne trichez pas!

ADRIENNE.

Ne trichez pas!

ABEL.

Je ne regarde pas. Je ne triche pas. C'est adorable !

GENEVIÈVE.

Eh bien ! choisissez.

ABEL.

Oui, mademoiselle, oui.

Il a pris la main d'Adrienne.

GENEVIÈVE.

Adrienne a gagné ; mais elle a triché.

ADRIENNE.

Pas du tout.

On rend le chapeau à Wilfrid.

WILFRID.

On ne recommence pas le jeu ?

GENEVIÈVE.

Avez-vous cinq cents francs ?

WILFRID.

Je ne les ai plus.

ABEL.

Est-ce que je vais devenir amoureux ? Elles ont des mains, de petites mains douces et fermes, comme la feuille d'une rose encore en bouton. C'est une sensation que je n'avais jamais ressentie. C'est divin !

GENEVIÈVE.

Nous devrions, sans rien dire, mettre de l'ordre dans les pantins de madame de Pibrac.

Geneviève et Adrienne entrent dans la boutique.

SCÈNE XI

ABEL, PIBRAC, GENEVIÈVE, ADRIENNE, BERTHE, MISS ADDAH.

PIBRAC, revenant et s'asseyant sur la borne.

Un jeune homme pâle et blond!

ABEL, assis et lui tournant le dos.

Adrienne! Elle s'appelle Adrienne!

PIBRAC.

Petit et laid! mais les femmes aiment les contrastes.

ABEL.

Pibrac! Je vous ai vu parler à la petite marchande de marguerites.

Ils se lèvent.

PIBRAC.

Adrienne? Je suis son parrain.

ABEL.

Son parrain! Ah! mon bon Pibrac, mon excellent Pibrac! Croyez-vous que je plairais à votre filleule?

PIBRAC.

A Adrienne?

ABEL.

La petite marchande de marguerites.

GENEVIÈVE, dans la boutique, bas, à Adrienne.

Écoute.

ADRIENNE.

J'écoute bien.

PIBRAC.

Vous voulez vous marier?

ABEL.

Je ne veux plus que ça.

PIBRAC.

Vous avez pourtant un exemple

ABEL.

Cela m'est égal. Elle est ravissante, mademoiselle Adrienne : de jolis yeux, une jolie bouche, une jolie taille, et si jeune fille ! je l'adore.

ADRIENNE.

Ah!

GENEVIÈVE.

Chut !

ABEL.

Elle a entendu!

PIBRAC.

Quoi?

ABEL.

Elle a entendu!

ADRIENNE, à Geneviève.

Je vais être bien embarrassée maintenant.

Elles sortent de la boutique de madame de Pibrac.

GENEVIÈVE.

Tu baisseras les yeux.

ABEL, à part.

Je ne saurai plus comment la regarder, moi.

PIBRAC.

Eh bien, ne la regardez pas. Baissez les yeux.

Elles restent un moment embarrassées, puis tout à coup Geneviève crie le programme, quoiqu'il n'y ait personne.

GENEVIÈVE.

Le programme, un franc le programme.

ABEL.

Achetez! achetez! fleurissez-vous, messieurs.

BERTHE, au fond.

Des violettes, messieurs, des violettes.

MISS ADDAH.

Du champagne. Excellent champagne.

GENEVIÈVE.

Voici madame de Mauves.

BERTHE.

Ah!

SCÈNE XII

LES MÊMES, JEANNE, LE MARQUIS.

LE MARQUIS, entrant avec Jeanne.

Je vous présente ma fille, qui, il y a une heure à peine, était très souffrante.

JEANNE.

Fatiguée seulement, lassée par le plaisir d'une nuit de bal. Mademoiselle de Savenay vous dira que j'étais encore là quand on éteignait les lustres. Je crois que je suis partie la dernière, comme une pensionnaire à sa première fête.

LE MARQUIS.

Tu aimes donc le monde à présent?

JEANNE.

Je l'adore, mon père.

LE MARQUIS.

Tu tiens cela de moi.

ABEL.

Serez-vous, madame, à l'ambassade d'Autriche?

JEANNE.

Cet hiver, je serai partout.

ABEL.

Moi aussi. Me ferez-vous l'honneur de m'accorder le premier quadrille?

JEANNE.

Il est accordé.

ABEL.

Je vous remercie.

GENEVIÈVE.

Et vous n'invitez pas vos associées?

ABEL.

Mais si !... (A Geneviève.) A l'ambassade d'Autriche, la première valse... (A Berthe.) La première polka...   Adrienne. La première... (A part.) Je deviens timide.

GENEVIÈVE, à Adrienne.

Baisse les yeux.

ADRIENNE, à Pibrac.

Mon parrain, donnez-moi votre bras pour me promener dans les salons.

PIBRAC.

Le voici, Adrienne. — (A part.) Madame de Pibrac a eu cet air-là !

s'éloigne avec les jeunes filles.

SCÈNE XIII

JEANNE, LE MARQUIS, puis ROGER, puis WILFRID.

LE MARQUIS.

Tu ne tiens pas à surprendre ton mari?

JEANNE.

Non, non, je me trouve très bien à votre bras.

LE MARQUIS.

Et moi, je suis très fier de t'y montrer. On m'a dit que tu avais eu un succès énorme cette nuit.

JEANNE.

Oui, mon père, un très grand succès. Le succès est un peu comme les femmes coquettes : il veut qu'on lui fasse des avances, mais je suis contente de moi.

LE MARQUIS.

J'ai rencontré Roger de Savenay ce matin; il m'a dit que tu avais été adorable.

JEANNE.

J'ai fait ce que j'ai pu.

LE MARQUIS.

Eh ! mais le voici. Je vous trahis, Roger, je raconte à Jeanne ce que vous me disiez ce matin.

ROGER, entrant.

Si vous racontez fidèlement, je n'ai rien à ajouter.

JEANNE.

On a vingt-quatre heures pour être enthousiasmé de ses danseuses.

WILFRID, venant de la droite.

On va tirer la tombola.

LE MARQUIS.

Je ne veux pas empiéter sur les droits des commissaires.

ROGER.

Puisque le marquis reconnaît que c'est un droit, permettez-moi, madame, de le réclamer.

Il la prend à son bras.

LE MARQUIS, sortant.

Je vais surveiller mon gendre.

SCÈNE XIV

JEANNE, ROGER, puis GENEVIÈVE, BERTHE,
ADRIENNE, MISS ADDAH, Dames Patronnesses, Acheteurs.

JEANNE.

J'ai reçu un mot d'Agathe, aujourd'hui, qui m'a bien
surpris. Elle affirme que votre querelle avec le baron de
Morannes n'est pas terminée.

ROGER.

Elle se trompe. Je n'ai pas en ce moment de meilleur
ami que le baron.

JEANNE.

C'est ce que je pensais. Mais elle a lu une lettre écrite
par le docteur à son mari...

ROGER.

Qui disait ?

JEANNE.

Qui disait : « C'est convenu, je serai demain à Vincennes ;
M. de Savenay peut compter sur moi. »

ROGER.

C'est une erreur.

JEANNE.

Elle en concluait naturellement que rien n'était arrangé.

ROGER.

Elle concluait mal.

Jeanne et Roger sont sur le devant à droite ; les marchandes e le acheteurs
vont et viennent dans le fond.

GENEVIÈVE.

Bouquets, bouquets à la main ! Roses pompon !

JEANNE.

Vous ne vous battez pas avec le baron de Morannes ?

ROGER.

Absolument non.

JEANNE.

Alors, vous vous battez avec mon mari !

ROGER.

Non, madame.

JEANNE.

Vous me jureriez que non ?

ROGER.

Certes, je le jurerais.

ADRIENNE.

Lilas blancs, lilas en branches !

JEANNE.

Eh bien, venez, nous allons aborder M de Mauves.

ROGER.

Mais, madame...

JEANNE.

Vous savez bien que je comprendrais tout, en vous voyant en face l'un de l'autre. M. de Mauves se bat pour moi. Il a su que vous étiez à Étretat; il a fait allusion à ce voyage en ma présence; il a su que cette nuit, à ce bal où il n'a plus reparu, vous ne vous étiez occupé que de moi, et il vous a provoqué : mais j'empêcherai ce duel.

ROGER, la retenant.

C'est impossible, madame.

JEANNE.

Impossible? Je vais dire à M. de Mauves que ce serait me compromettre, que ce serait me perdre.

ROGER.

Vous ne serez ni perdue ni compromise. Votre nom n'a pas été prononcé : il ne pouvait l'être.

BERTHE, au fond.

Camélias et bruyères!

ROGER.

Ce n'était pas pour vous que j'allais à Étretat; ce n'est pas pour vous que je me suis exposé. C'est pour une autre.

JEANNE.

Une autre ?

ROGER.

Ne cherchez pas à comprendre; vous n'êtes pour rien dans ce débat et je n'aurai pas le regret de vous avoir coûté une larme.

JEANNE.

Une autre ?

ROGER.

C'est une querelle sans motif sérieux et qui ne peut vous atteindre.

JEANNE.

Madame de Morannes !

ROGER, étonné.

Pourquoi madame de Morannes ?

JEANNE.

Parce qu'elle est la maîtresse de M. de Mauves.

ROGER.

Vous le saviez ?

ADRIENNE.

Lilas blancs, lilas en branches ?

JEANNE.

C'est madame de Morannes ! C'est pour elle !... Mais non ! qui aurait osé prononcer le nom de madame de Morannes, quand il s'agissait de moi ?

ROGER.

C'est elle qui a trompé M. de Mauves.

JEANNE.

Elle ! Mais vous me rendrez folle ! Elle me hait, je l'ai bien vu, hier; et elle se sacrifierait pour me sauver !

BERTHE.

Camélias et bruyères !

JEANNE.

Elle aurait donc raconté à M. de Mauves qu'elle était aimée de vous ? Pourquoi ?

ROGER.

Parce qu'elle savait bien que je ne la démentirais pas.

JEANNE.

Elle veut que mon mari se batte pour elle ?

ROGER.

Oui, madame.

JEANNE.

Avec vous ! Et M. de Mauves n'a pas hésité ! et vous ! vous ! vous avez tout accepté, vous avez tout souffert pour moi.

ROGER.

Ne suis-je pas le seul coupable ? Quelle faute avez-vous commise ? Que pouvez-vous vous reprocher ?

JEANNE.

Alors, cette femme nous épiait ? alors, cette femme a vu que vous m'aimiez ?

ROGER.

Il faudra bien, maintenant, qu'elle se taise.

JEANNE.

Et puisqu'elle vous fait battre, elle sait que je vous aime !

Elle tombe sur une chaise devant la boutique de madame de Pibrac.

ROGER, derrière elle.

Vous m'aimez ?

GENEVIÈVE.

Bouquets, bouquets à la main ! Roses pompon !

JEANNE.

Et pourquoi me taire à présent ? pourquoi lutter encore ? pourquoi me mentir encore à moi-même ? Que de fois, vous voyant si délicat et si tendre, j'étais prête à vous ouvrir ma main en vous disant : Je vous comprends !... Où ai-je un guide ? où ai-je un appui ? où ai-je un maître ? Qui m'apprendra maintenant où est le devoir ? Est-ce que tout ne s'écroule pas autour de moi ? Est-ce que ce ne serait pas à douter de Dieu, si vous n'étiez pas là ? Eh bien, oui, je vous aime !

ROGER.

Je n'ai plus rien à demander, rien à envier, vous m'aimez ! Tout est beau, tout est bon dans la vie. Vous m'aimez, je n'ai plus ni regrets ni souffrances. Que le hasard à présent fasse de moi ce qu'il voudra ! Rien ne m'arrachera du cœur l'ivresse de cette heure bénie : vous m'aimez !

GENEVIÈVE.

Bouquets, bouquets à la main ! Roses pompon !

JEANNE.

Je ne veux plus voir M. de Mauves. Emmenez-moi, prenez-moi. Je ne veux plus le voir... Je resterai ici la dernière, comme cette nuit. Je repartirai demain à la première heure pour Étretat. Je vous y attendrai.

ROGER.

Merci.

Il sort à gauche.

SCÈNE XV

LES MÊMES, moins ROGER, puis PIBRAC, FERNAND, LE MARQUIS.

GENEVIÈVE, au fond à droite.

C'est M. de Pibrac qui a gagné le gros lot.

PIBRAC, arrivant avec un vase énorme.

Oui, j'ai gagné le gros lot et je ne sais qu'en faire.

GENEVIÈVE.

Nous le revendrons pour les pauvres.

FERNAND, entrant.

Jeanne, j'en voudrai au marquis de ne m'avoir pas dit qu'il allait vous prendre.

JEANNE.

Je me suis sentie mieux tout à coup et je suis venue.

FERNAND.

Vous paraissez encore souffrante. Voulez-vous accepter mon bras ?

JEANNE.

Non, merci, voilà mon père.

Le marquis entre.

FERNAND.

Permettez-moi au moins une question. Hier, j'avais une dette d'honneur : elle a été payée.

JEANNE.

Oui.

FERNAND.

C'était vous ?

JEANNE.

Eh ! qui vouliez-vous donc que ce fût?

FERNAND, en sortant.

C'était elle !

JEANNE.

Mon père, nous allons faire quelques emplettes.

LE MARQUIS.

Certainement. Mesdemoiselles, votre plus joli bouquet pour ma fille.

JEANNE.

Vous allez faire des folies pour moi.

LE MARQUIS.

Eh bien, ce sont les folies que je fais pour toi qui me consolent des autres.

Il s'éloigne avec Jeanne.

PIBRAC, à gauche.

Voici ma femme; enfin, voici ma femme !

Agathe entre suivie d'un valet portant une caisse.

SCÈNE XVI

BRAC, AGATHE, GENEVIÈVE,
DAMES PATRONESSES.

AGATHE.

Placez cette caisse à côté de l'autre. Il ne manque rien.

PIBRAC, s'approchant.

Agathe !

AGATHE.

Vous me parlez, monsieur?

PIBRAC.

Il me semble que j'ai bien le droit de vous demander
une explication.

AGATHE.

Certes, vous avez ce droit; mais je vous prie d'en charger
un avoué assisté d'un avocat et muni de papier timbré, qui
parlera à ma personne par ministère d'huissier. Je ne vous
répondrai pas autrement.

PIBRAC.

Hier, au club, vous avez pu croire...

AGATHE.

Que vous êtes un libertin ? C'est votre seule excuse.

PIBRAC.

Ah! (s'enhardissant.) Il faut cependant que je sache...

AGATHE.

Ne me retenez pas : vous voyez que je suis en retard. (Elle laisse Pibrac déconcerté; puis revient à lui brusquement.) Rappelez-vous, monsieur, que je vous aurais pardonné tout, tout, excepté cela !

Elle lui tourne le dos.

PIBRAC, à lui-même.

Excepté cela ! c'est donc énorme !

Agathe est entrée dans sa boutique et enlève rapidement les pantins.

GENEVIÈVE.

Comment, madame, vous ne vendez plus vos pantins ?

AGATHE.

Non. On m'avait conseillé les pantins, mais j'ai eu peur de la concurrence. J'apporte un petit objet dont le succès est moins douteux : il a fait ses preuves. — Aidez-moi, je vous en prie, mademoiselle.

PIBRAC, qui a ouvert une caisse.

Mais c'est !,.. (Agathe la referme vivement.) Vous ne ferez pas cela !

AGATHE.

Quoi donc ?

PIBRAC.

Vous n'accrocherez pas à votre étalage...

AGATHE.

Je vous prie, monsieur, de ne pas ajouter un mot.

PIBRAC.

Mais... (Apercevant madame de Morannes au bras d'Abel.) Ciel

AGATHE, vivement.

J'espère que vous aurez au moins la pudeur de vous taire.

III. 21.

PIBRAC.

Non, non, c'est trop fort. Je vais chercher la Grézette, pour qu'il use de son autorité de commissaire et d'homme respectable.

Il sort.

SCÈNE XVII

AGATHE, LA BARONNE, ABEL, MISS ADDAH, DAMES PATRONNESSES, puis ROGER.

LA BARONNE.

Avouez, monsieur de Born, que vous regrettez vos jolies marchandes de fleurs.

ABEL.

Si l'on osait regretter quelque chose à côté de vous, madame.

LA BARONNE.

Est-ce une galanterie, cela? (Bas, à Roger qui vient d'entrer.) Je vous avais bien dit que je me vengerais.

ROGER.

Je n'ai jamais douté de votre parole, madame.

LA BARONNE.

Et j'ai été généreuse; j'aurais pu perdre la femme que vous aimez.

ROGER.

Si vous teniez absolument à perdre une femme, madame, ce que vous avez fait est bien fait.

MISS ADDAH.

Champagne! Excellent champagne!

ABEL.

Permettez-moi, madame, de vous offrir un verre de champagne; vous entendez, il est excellent.

MISS ADDAH.

Vous n'en offrez pas à la marchande!

ABEL.

Mais si.

MISS ADDAH.

Combien?

ABEL.

Je ne fixe pas de limites.

Miss Addah verse gravement trois verres qu'elle donne successivement à son valet de chambre. Pendant ce temps, Agathe s'avance, tenant une poupée rigoureusement habillée comme la baronne. Elles les regarde alternativement l'une et l'autre pour donner à sa poupée une ressemblance plus parfaite. La baronne ne s'aperçoit de rien.

ABEL.

Je vous recommande l'Anglais.

LA BARONNE.

Je ne vous demande plus que de me conduire au magasin d'éventails : j'ai oublié le mien et c'est une bonne occasion d'en acheter un.

Ils s'éloignent.

MAXIME, revenant avec un harmonica.

On ne peut même pas sortir!

Agathe, qui avait enlevé l'éventail à sa poupée, le remet aussitôt, et se met en devoir d'organiser son étalage. Toutes les poupées sont de même grandeur et habillées comme la baronne.

SCÈNE XVIII

ROGER, MAXIME, AGATHE, GENEVIÈVE,
ADRIENNE, BERTHE, MISS ADDAH, puis
GERVASSON, AUBEROCHE, WILFRID, LA
GRÉZETTE.

GENEVIÈVE.

Ah! mon Dieu! mais c'est... la baronne!

ADRIENNE.

Mais oui.

BERTHE.

C'est elle.

GENEVIÈVE.

L'aigrette!

BERTHE.

Les roses!

ADRIENNE.

Le corsage!

MAXIME.

Tiens! tiens! tiens! je regrette d'avoir acheté un harmonica.

GERVASSON.

Boboche, viens donc voir.

WILFRID.

Oh! oh! c'est la baronne!

AUBEROCHE.

Étonnant, ma vieille bique, étonnant! Elle lui ressemble.

AGATHE.

Achetez, messieurs, achetez, c'est la mode, c'est la grande mode : moins cher que chez Huret et articulé cependant. Dix-neuf francs quatre-vingt-quinze, — dix-neuf quatre-vingt-quinze. — Achetez !

AUBEROCHE.

Je t'en paie une, ma vieille bique.

GERVASSON.

Merci, Boboche.

WILFRID.

Je la donnerai à ma nièce, au jour de l'an.

LA GRÉZETTE, accourant.

On me dit que Pibrac me cherche. Mais les affaires vont très bien ici, extrêmement bien.

AGATHE.

Achetez, achetez, dix-neuf quatre-vingt-quinze.

LA GRÉZETTE.

Voici un louis, j'achète aussi. Très gentille, cette petite coquette.

AGATHE.

Achetez, messieurs, achetez, achetez !

SCÈNE XIX

Les Mêmes, ABEL, LA BARONNE, puis PIBRAC.

LA BARONNE, rentrant au bras d'Abel.

Je vois décidément que ce salon est le plus gai.

LA GRÉZETTE.

On dirait vraiment une personne en chair et en os !
Il se trouve tout à coup devant la baronne et lève les yeux sur elle. — A part.
Oh ! oh ! oh ! mon Dieu !

PIBRAC, accourant, à part.

Trop tard !

LA BARONNE.

Qu'avez-vous donc, monsieur de la Grézette ?

LA GRÉZETTE, s'efforçant de cacher sa poupée.

Moi ?... rien, rien, madame, au contraire.
La baronne voit la poupée, remarque qu'elle est dans toutes les mains,
comprime un mouvement de colère et abandonne Abel.

LA BARONNE, se tournant vers Agathe et souriant.

Vous avez là, madame, de bien charmants jouets.

AGATHE.

Vous trouvez, madame ? J'ai cherché ce qui pourrait
plaire le plus. C'est pour les pauvres.

LA BARONNE.

Et je vois que vous avez réussi. Voulez-vous me céder
aussi une de ces jolies personnes ?

AGATHE.

Très volontiers, madame.

LA BARONNE.

Combien ?

AGATHE.

Ce que vous l'estimerez.

LA BARONNE.

Alors, madame, il faudra me faire crédit.
Le baron, qui vient d'entrer se trouve face à face avec la baronne.

SCÈNE XX

Les Mêmes, LE BARON, puis FERNAND, JEANNE,
LE MARQUIS, LE DOCTEUR.

LE BARON.

Il me paraît bien difficile, madame, de nous éviter.

LA BARONNE.

Vous voyez, monsieur, que je n'ai pas essayé.

LE BARON.

C'est jouer de malheur, moi qui passe ma vie au cercle,
d'où les femmes sont exclues, pour ne pas vous donner
l'ennui de me rencontrer.

LA BARONNE.

Un ennui bien partagé, convenez-en.

LE BARON.

J'en conviens. Mais puisqu'il faut toujours tirer parti
d'une situation, même désagréable, voulez-vous un avertissement ?

LA BARONNE.

Lequel, monsieur?

LE BARON.

Vous êtes toujours charmante, vous avez embelli, vous
avez beaucoup de succès; mais je m'arrêterais, et j'irais
passer six mois à la campagne.

LA BARONNE.

Et pourquoi, monsieur?

LE BARON.

Parce que, croyez-moi (Il désigne la poupée.) voici une petite personne qui tuera la grande.

LA BARONNE.

C'est ce que nous verrons.

Fernand, puis Jeanne et le marquis, sont entrés. — La baronne va à Fernand mais celui-ci, voyant sa femme, reste cloué sur place.

ABEL, offrant son bras à la baronne.

Voulez-vous, madame, reprendre notre petite excursion dans les salons du club? (A part.) Je suis le sauveteur.

Il l'emmène à droite.

JEANNE.

Pauvre femme! (Au marquis.) Mon père, voulez-vous faire appeler mes gens?

LA GRÉZETTE.

Mesdames, mesdemoiselles, j'ai été chargé de vous prier de faire honneur à un lunch qui vous est offert par le cercle. Vous serez servies par ces messieurs. — Allons, messieurs, offrez le bras à ces dames.

AGATHE, au docteur.

Vous étiez là?

LE DOCTEUR.

Oui, madame.

AGATHE.

Vous avez assisté à ma petite vengeance?

LE DOCTEUR.

Elle a été cruelle.

AGATHE.

Une vengeance de femme.

JEANNE.

Ne vous occupez pas de moi, mon père. Je prendrai le bras de M. de Mauves.

LA GRÉZETTE.

Marquis ! miss Addah ! mademoiselle de Savenay ! (ıı remonte avec Berthe.) J'ai été très embarrassé tout à l'heure avec mes emplettes.

BERTHE.

On ne s'en est pas aperçu.

LA GRÉZETTE.

Vraiment ? Ah ! tant mieux ! le hasard produit de si singulières coïncidences !

Ils sortent.

SCÈNE XXI

ROGER, JEANNE.

ROGER.

Vous partez ?

JEANNE.

Vous venez de voir ce qui s'est passé ; vous avez vu cette femme si humiliée, malgré son audace, qu'elle me faisait à moi-même pitié, si abaissée, que M. de Mauves, qui lui sacrifie tout, n'a pas osé aller à elle. Eh bien, je ne veux pas être un jour ce qu'est aujourd'hui cette femme. Je me demandais, dans une heure d'égarement, où était le devoir ? Je viens de l'apprendre.

ROGER.

Que voulez-vous dire ?

JEANNE.

Quand je me suis donnée à M. de Mauves, j'entendais me donner tout entière, et, quels que soient ses torts, je lui appartiens.

ROGER.

Une femme n'appartient qu'à celui qu'elle aime. Et vous m'aimez, vous me l'avez dit tout à l'heure, à cette place. Le regrettez-vous?

JEANNE.

Je ne regrette rien, je ne démens rien, mais il se fait dans le cœur des lumières soudaines. Le jour où j'aurais failli, je ne serais plus à mes propres yeux la femme que vous avez le droit et le devoir d'aimer. Dieu me garde à jamais d'une pareille torture!

ROGER.

Et qui pourrais-je aimer maintenant, si ce n'est vous seule, vous toujours?

JEANNE.

N'affaiblissez pas mon courage; je ne me fais pas plus forte que je ne suis, mais je lutterai et je veux que vous m'aidiez à lutter.

ROGER.

Est-il une raison humaine qui exige un pareil sacrifice? Ce serait le suicide, ce serait la mort.

JEANNE.

C'est la douleur, c'est le désespoir, ce sont des déchirements que je ressens comme vous, mais c'est le devoir et c'est l'honneur. J'ai besoin de me jurer à moi-même que je ne faiblirai jamais et je ne veux pas le jurer seule.

ROGER.

Vous voulez que je renonce à vous?

JEANNE.

Oui.

ROGER.

Vous me demandez cela, à moi, en ce moment?

JEANNE.

Je vous le demande.

ROGER.

Je vous ai déjà dit que je ne le pourrai pas.

JEANNE.

Vous le pourrez. Ce sera pour moi un si grand bonheur de penser que je ne me suis pas trompée en vous jugeant comme je vous juge.

ROGER.

Mais...

JEANNE.

Voici ma main. Est-ce que cela ne vaut pas toutes les joies que nous donneraient des amours dont nous aurions tous les deux à rougir ?

ROGER.

Vous m'auriez demandé ma vie, je vous l'aurais donnée. Vous me demandez plus encore : prenez donc !

JEANNE.

Ne détournez pas les yeux, regardez-moi, et dites si ce n'est pas une chose douce de souffrir pour rester fière de soi.

ROGER.

Brisez-moi le cœur, pour conserver le droit d'être fière. Je vous aime à ce point que ma pensée ne se révoltera jamais contre votre volonté.

JEANNE.

Vous resterez mon ami, le meilleur ; j'aurai foi en vous comme en moi-même, et si vous saviez quelle force je retrouve depuis que je suis redevenue Jeanne de Mauves !

ROGER.

Ordonnez-moi encore de partir, renvoyez-moi, éloignez-moi pour toujours, mais ne me demandez pas de n'être pour vous qu'un ami ; n'exigez pas que je reste calme et froid quand je presse votre main dans les miennes. Non, non, non, je vous mentirais si je vous disais que je ne suis pas en ce moment ivre d'amour et que je puis voir en vous autre chose qu'une femme aimée. Laissez-moi votre main, c'est un adieu.

JEANNE.

Un adieu !

ROGER.

Ne me l'avez-vous pas demandé?

JEANNE.

Vous ne voulez pas vous défendre demain contre M. de Mauves!

ROGER.

Quand je le voudrais, en aurais-je le droit? Et d'ailleurs, qu'ai-je à regretter? Adieu, madame.

JEANNE.

Non, pas adieu ; au revoir! Je veux vous revoir.

ROGER, sortant vivement.

Adieu !

Jeanne s'enveloppe fiévreusement dans sa sortie de bal. Pibrac rentre avec les jeunes filles.

SCÈNE XXII

JEANNE, PIBRAC, puis FERNAND,
LES JEUNES FILLES au fond.

JEANNE.

Monsieur de Pibrac?

PIBRAC.

Madame?

JEANNE.

Ayez l'obligeance de dire à M. de Mauves que je désire lui parler.

PIBRAC.

A l'instant, madame. (Allant au fond, à gauche.) Fernand?

Pibrac s'éloigne.

FERNAND, à Jeanne.

Me voici, Jeanne.

JEANNE.

Vous vouliez savoir pourquoi j'ai envoyé à M. de Savenay l'argent qu'il vous avait gagné : c'est parce que le comte de Mauves ne pouvait rien devoir à un homme qui passe déjà pour l'amant de sa femme.

FERNAND.

L'amant! Songez-vous bien à ce que vous dites?

JEANNE.

On vous a menti. Ce n'est pas pour madame de Morannes que M. de Savenay est allé à Étretat, c'est pour moi.

FERNAND.

Pour vous?

JEANNE.

Ce n'était pas madame de Morannes qu'il a trouvée au pied de la falaise, c'était moi.

FERNAND.

Vous?

JEANNE.

Cette femme a menti, sachant bien que M. de Savenay accepterait son mensonge.

FERNAND.

Madame de Morannes...

JEANNE.

Et vous n'avez pensé qu'à elle ! Vous avez en cette pauvre
Jeanne une confiance si entière, que vous ne songez ni à ce
qui se dit autour de vous, ni à ce qui se passe autour d'elle.

FERNAND.

Ce qui se passe ?

JEANNE.

Vous oubliez même, quand je suis au bal, de me renvoyer
ma voiture, et il ne se trouve personne pour m'accompagner, pas même un valet. Et sans M. de Savenay... mais
que vous importe? C'est donc moi qui prendrai souci de
votre honneur. Vous ne pouvez pas maintenant vous battre
avec M. de Savenay.

FERNAND.

Pourquoi?

JEANNE.

Parce que, pour tout le monde aujourd'hui, vous vous
battriez pour votre femme.

FERNAND.

Et croyez-vous que je ne me sentirais pas cent fois plus
atteint, quand il s'agit de vous?

JEANNE.

Vous oubliez, monsieur, qu'on peut se battre pour madame de Morannes, mais qu'on n'a pas à défendre madame
de Mauves.

FERNAND.

Vous avez raison, on n'a pas à défendre madame de
Mauves. Et si, pour éloigner de vous l'apparence même d'un
soupçon, il faut subir la plus cruelle des humiliations, je la
subirai. Je ne veux pas vous laisser douter, vous, ni personne, du respect que je vous ai toujours gardé. Je ne cher-

cherai pas à vous dire ce qui se passe en moi. Je ne vous demande ni pardon ni oubli. Le mal que je vous ai fait ne se répare pas, il s'expie.

On revient.

SCÈNE XXIII

LES MÊMES, LE MARQUIS, AGATHE, puis LE BARON, PIBRAC, ABEL, LA GRÉZETTE, DAMES PATRON- NESSES, ACHETEURS.

LE MARQUIS, madame de Pibrac au bras.

Décidément, il n'y a au monde que les Parisiennes.

JEANNE.

Agathe ! comment ne sais-tu pas encore la vérité ? Ce n'était pas M. de Pibrac qui aimait madame de Morannes. C'était M. de Mauves.

AGATHE.

Ton mari !

JEANNE.

Mais c'est fini, maintenant, c'est fini. Il a rougi d'elle.

AGATHE.

C'était toi ! — Voici le baron.

LE BARON, à Agathe.

Permettez-moi, madame, de vous remettre ces quelques billets pour votre œuvre de charité de la part de la baronne de Morannes. Elle est subitement appelée en Italie par un parent éloigné. Elle y.passera l'hiver.

JEANNE.

Ah !

LE BARON.

Nous n'avons pas ordinairement les mêmes pauvres, mais aujourd'hui je veux joindre mon offrande à la sienne.

ABEL, qui est entré avec Adrienne à son bras, à Pibrac.

J'ai salué le père, avec émotion. Il a souri et il m'a dit : « Prenez donc le bras de ma fille. » Je n'aurais jamais imaginé que c'était si facile.

JEANNE, à Agathe.

Va demander pardon à ton mari.

AGATHE, qui s'est approchée lentement de Pibrac.

Pardonne-moi, Théophile.

PIBRAC.

Hein ! quoi ?

AGATHE.

Je croyais que tu étais amoureux de madame de Morannes.

PIBRAC.

Moi ! C'était par jalousie ?

AGATHE.

Oui.

PIBRAC.

Tu m'aimes tant que ça ?

AGATHE, changeant de ton.

Mais pour qui me preniez-vous, hier, au club ?

PIBRAC.

Pour une jeune personne des Variétés, que la Grézette m'avait chargé de congédier.

LA GRÉZETTE, occupé à faire des comptes sur un calepin.

Moi?

PIBRAC.

Nous nous rendons de ces petits services-là. Alors je lui disais brutalement : Vous voilà donc, ma jolie poulette! — de sa part.

LA GRÉZETTE.

De ma part?

LE MARQUIS, à Jeanne.

Fernand me dit qu'il passerait volontiers l'hiver à Lubersac.

JEANNE.

Non, non. J'ouvrirai mes salons cet hiver. Ce n'est pas à Lubersac, qu'il faut lutter, c'est à Paris.

ABEL, à la Grézette.

Je me marie, je renonce au club.

LA GRÉZETTE.

Comme tout le monde, pour une saison.

ABEL.

Pour toujours.

LA GRÉZETTE.

Alors, pour deux saisons.

PIBRAC, à Agathe.

Si tu savais comme je m'ennuie au club!

AGATHE.

Ne dis pas cela, Théophile, je t'y renverrais.

III.   22

GENEVIÈVE.

Eh bien, monsieur de Born, la vente?

ABEL.

Fleurissez-vous messieurs!

TOUS.

Des violettes! — Des marguerites! — Des violettes! — Champagne!

FIN DU CLUB

LES

CONVICTIONS DE PAPA

COMÉDIE EN UN ACTE

Représentée pour la première fois sur le théâtre
du PALAIS-ROYAL, le 13 avril 1877.

PERSONNAGES

LAVIGNAC. . . . . MM. Geoffroy.

GRENOUX. . . . . Ravel.

ALCIDE . . . . Charles Numa.

MARTHE. . . . . Mlle Eugénie Lemercier.

De nos jours, à Versailles.

Not... — Les indications sont prises de la gauche du public. — Les changements de position sont indiqués par des renvois au bas des pages.

Pour la mise en scène détaillée, s'adresser au régisseur-général du théâtre du Palais-Royal.

LES
CONVICTIONS DE PAPA

Un petit salon chez Flavignac. — Porte au fond. — Portes dans les pans coupés. — A gauche, premier plan, une cheminée. — Devant la cheminée, une table avec tout ce qu'il faut pour écrire. — A droite, premier plan, une console, avec cave à liqueurs, carafe, verres et sucrier. — A droite, en avant, un petit guéridon. — Fauteuils, chaises, etc.

SCÈNE PREMIÈRE

MARTHE, ALCIDE.

Marthe, assise à la table de gauche, inscrit des noms sur des cartes d'invitation à dîner. Alcide entre par le fond.

MARTHE, sans se retourner et avec une nuance d'impatience *.

Je vous répète, monsieur, que nous avons nos fournisseurs à Bordeaux, et, d'ailleurs, mon père ne sait pas s'il se fixera définitivement à Versailles, ou si nous habiterons Paris. (Pendant qu'elle parle en arrangeant ses cartes, Alcide avance et finit par se trouver devant elle.) Monsieur Chamboret !

Elle se lève.

ALCIDE.

Oui, mademoiselle.

* Marthe, Alcide.

III.   22.

MARTHE.

Je parlais tout à l'heure à un commis voyageur.

ALCIDE.

Il est sorti en laissant la porte ouverte, et j'ai pris sa place.

MARTHE.

Vous osez vous présenter chez mon père !

ALCIDE.

Je sais qu'il est à la Chambre.

MARTHE.

Supposiez-vous que je vous recevrais en son absence ?

ALCIDE.

Non, mademoiselle ; voilà pourquoi je suis entré sans me faire annoncer.

MARTHE.

Cette audace vous a permis de forcer ma porte ; mais ne croyez pas que vous m'obligerez à vous entendre.

Elle veut se retirer.

ALCIDE.

Ah ! mademoiselle Marthe, vous ne m'avez jamais aimé !

MARTHE.

Si, monsieur, si, je vous ai aimé, et je me le reproche.

ALCIDE.

Si vous saviez comme je maudis la politique et ceux qui l'ont inventée !

MARTHE.

Je vous prie de ne pas tenir un pareil langage devant la fille d'un député.

ALCIDE.

Je ne veux blesser personne ; mais enfin, sans ces abominables élections...

MARTHE.

Monsieur !

ALCIDE.

Je retire le mot. Sans les élections, vous seriez ma femme.

MARTHE.

Oui, monsieur.

ALCIDE.

J'ai su que M. Flavignac m'avait agréé.

MARTHE.

Sans vous connaître. Je lui avais raconté que vous veniez souvent chez ma grand'mère, qu'elle faisait beaucoup votre éloge.

ALCIDE.

Excellente femme !

MARTHE.

Que vous m'aviez paru aimable.

ALCIDE.

Ah ! mademoiselle !

MARTHE.

Que vous me plaisiez.

ALCIDE.

Oh ! mademoiselle !

MARTHE.

Papa ne demandait plus qu'à vous voir ; je l'avais décidé à aller chez grand'maman, qu'il n'aime pas. Tout était convenu. Nous allions partir, lorsque, en ouvrant son journal, il apprend que monsieur votre père se porte à la députation.

ALCIDE.

Ce n'est pas ma faute.

MARTHE.

Contre nous !

ALCIDE.

Mon père a eu tort, puisqu'il a échoué ; le vôtre a eu raison, puisqu'il a réussi ; j'espérais que le triomphe vous rendrait indulgente.

MARTHE.

Puis-je oublier que vos partisans nous ont couvert d'injures ?

ALCIDE.

Les vôtres nous les ont bien rendues !

MARTHE.

D'ailleurs, la différence de nos opinions politiques creuse un abîme entre nous !

ALCIDE.

Ne dites pas cela, mademoiselle Marthe.

MARTHE.

Si, monsieur, je le dirai.

ALCIDE.

Je vous jure d'abord que, moi, je n'ai aucune opinion, aucune.

MARTHE.

Vous l'avouez?

ALCIDE.

Sans rougir. Je sais que votre père est le meilleur des hommes; je connais le mien, qui est excellent; et cependant l'un pense à dia et l'autre à huhau. Comment voulez-vous que je m'y reconnaisse, en admettant qu'ils sachent bien eux-mêmes ce qu'ils pensent?

MARTHE.

Je vous prie, monsieur, de respecter les convictions de papa.

ALCIDE.

Je les respecte, mademoiselle, et je ferai plus, si vous l'exigez : je les partagerai.

MARTHE.

Vous renonceriez à vos idées?

ALCIDE.

Je n'en ai qu'une : celle de vous plaire.

MARTHE.

Il ne s'agit pas de cela. Vous voteriez contre votre parti?

ALCIDE.

Je voterais contre moi-même pour vous être agréable.

MARTHE.

C'est un bon sentiment, et je ne demanderais qu'à vous pardonner, moi; mais papa...

ALCIDE.

Il est toujours mécontent?

MARTHE.

Oh! s'il vous trouvait ici, je ne sais ce qui se passerait.

ALCIDE.

Ne parviendrai-je jamais à le fléchir?

MARTHE.

Jamais! C'est moi qui peut-être, avec le temps, en lui prouvant qu'il vous a converti à ses principes...

ALCIDE.

Ses principes? Vite! vite! quels sont exactement ses principes?

MARTHE.

Vous n'avez donc pas lu ses professions de foi?

ALCIDE.

Si! oh! si! mais je ne les ai pas comprises.

MARTHE.

Comment?

ALCIDE.

J'aurai mal lu... Elles étaient affichées très haut. Quelle est la nuance politique de M. Flavignac?

MARTHE.

Tout le monde vous le dira.

ALCIDE.

J'aime mieux que ce soit vous.

MARTHE.

Il appartient au groupe Fléchinelle.

ALCIDE.

Le groupe Fléchinelle! Je vais étudier le groupe Fléchinelle. Et, avant une heure, je penserai comme le groupe Fléchinelle. Qui pourra me renseigner sur le groupe Fléchinelle?

MARTHE.

Les comptes rendus de la Chambre.

ALCIDE.

Je vais dans un cabinet de lecture. Mais ne pourriez-vous pas, mademoiselle Marthe, me donner quelques indications ?

MARTHE.

Vous voyez que je suis très occupée : j'ai à terminer ces invitations, nous donnons un grand diner à nos coreligionnaires politiques.

ALCIDE.

J'aurais encore, moi, beaucoup de choses à vous dire.

MARTHE.

Plus tard, monsieur, quand vous serez des nôtres.

ALCIDE.

Dans un quart d'heure alors ; je ne demande qu'un quart d'heure.

Il sort par le fond.

MARTHE, seule, reprenant sa place.

Si papa apprenait que je reçois ses ennemis politiques pendant qu'il est bien tranquillement à la Chambre !... J'aurais beau lui dire que c'est dans l'intérêt de notre cause, il ne me le pardonnerait pas, et je suis en retard. « M. Flavignac, député, a l'honneur de prier monsieur... » Où est donc ma liste ? — Alcide m'a troublée... ce serait un si bon mari... s'il avait nos opinions politiques. Qu'ai-je fait de ma liste ? La voici ; réparons le temps perdu. (Flavignac paraît à la porte du fond.) Papa !

SCÈNE II

MARTHE, FLAVIGNAC, puis ALCIDÉ.

FLAVIGNAC, entrant vivement *.

Les invitations sont-elles parties?

MARTHE, se levant.

Non, mon père, pas encore.

FLAVIGNAC.

J'arrive assez tôt ! (Tombant sur un fauteuil.) Donne-moi un verre d'eau sucrée.

MARTHE, allant préparer le verre **.

Vous venez de prononcer un discours?

FLAVIGNAC, se levant.

Mais non, ma fille, non ; je ne fais pas de discours, moi. Je ne sais pas pourquoi l'on s'imagine que les députés doivent faire des discours. Les vrais députés ne sont pas ceux qui parlent, ce sont ceux qui pensent.

Il boit.

MARTHE.

C'est que vous paraissez très ému !

FLAVIGNAC.

Je me suis ému dans les couloirs ; nous sommes à la veille d'une crise.

* Marthe, Flavignac.
** Flavignac, Marthe.

MARTHE.

On va renverser le ministère ?

FLAVIGNAC.

Je l'espère.

MARTHE.

Vous le souteniez.

FLAVIGNAC.

Oui, oui, on soutient un ministre tant que ça ne l'empêche pas de tomber ; mais le jour où ça l'empêcherait de tomber, on le lâche. Il tombe, et on a la chance de le remplacer.

MARTHE.

Vous pensez ?...

FLAVIGNAC, rendant le verre.

Je ne parle pas de moi ; je n'ai pas l'outrecuidance de parler de moi, bien que cependant... les autres ne se gênent pas... Je ne parle pas de moi, je parle de mes amis.

MARTHE.

On prendra le ministère dans le groupe Fléchinelle ?

FLAVIGNAC.

J'espère bien que non.

MARTHE.

Mais puisque c'est votre groupe !

FLAVIGNAC.

C'était mon groupe la semaine dernière, mais maintenant j'appartiens au groupe Lalubize.

MARTHE.

Ah !

FLAVIGNAC.

Le groupe Fléchinelle s'est trop accentué.

MARTHE.

Ah !

FLAVIGNAC.

On sait d'avance comment il votera ; il n'y a plus d'imprévu.

MARTHE.

Tandis que le groupe Lalubize... ?

FLAVIGNAC.

Ne se laisse diriger que par sa conscience.

MARTHE.

Ah!

FLAVIGNAC.

Sa conscience du moment. L'avenir est là. Jette au feu ces invitations.

MARTHE.*

Les Fléchinelle ?

FLAVIGNAC.

Voici une nouvelle liste... Non, ce n'est pas cela, c'est une lettre de Camérolles.

MARTHE.

Celui qui a fait votre élection?

FLAVIGNAC.

Il prétend que je lui ai promis de faire donner un bureau de tabac à sa nièce, si j'étais nommé. Est-ce que tu te rappelles cela, toi?

* Marthe, Flavignac.

MARTHE.

Oui, papa, vous le lui disiez tous les matins.

FLAVIGNAC.

Alors, je lui répondrai que je ne l'ai pas oublié. Il a été
très dévoué pour moi, ce Camérolles... oui, il a été dévoué... mais je peux bien dire, à présent, que c'était inutile, j'ai été porté par le vœu des populations.

MARTHE.

Oh ! oui, papa ; mais si vous ne voulez rien faire pour
ce monsieur Camérolles, pourquoi hébergez-vous depuis
trois semaines le père Grenoux ?

FLAVIGNAC.

C'est bien différent. Camérolles m'est dévoué, je n'en
peux pas douter, tandis que le père Grenoux...

MARTHE.

N'est dévoué qu'à ses intérêts.

FLAVIGNAC.

Il est maire dans mon arrondissement, électeur influent.

MARTHE.

Il est chez vous comme chez lui.

FLAVIGNAC.

Cela sera d'un bon effet dans le pays, et puis je ne supposais pas qu'il venait s'installer à Versailles pour un procès interminable.

MARTHE.

Qu'il vous raconte tous les matins.

FLAVIGNAC.

Ça m'intéresse.

MARTHE.

Oh! papa, quand vous pouvez l'éviter...

FLAVIGNAC.

Je lui dispute un temps que je dois à mon pays.

MARTHE.

Et le père Grenoux, lui, espère gagner son procès en usant de votre influence.

FLAVIGNAC.

Il reconnaît que j'ai de l'influence; il le dira; c'est excellent. Voici la nouvelle liste; recommence les invitations. Je vais passer ma redingote, le groupe Lalubize n'admet pas la jaquette.

MARTHE.

Il a bien raison.

Flavignac sort à droite, pan coupé.

ALCIDE, paraissant au fond avec une collection de journaux*.

Je suis fixé.

MARTHE, effrayée.

Ah!

ALCIDE.

J'ai lu la collection.

MARTHE.

Papa est ici.

ALCIDE.

Ah!

MARTHE.

Mais il va repartir.

ALCIDE.

Et alors?...

* Marthe, Alcide.

MARTHE.

Prenez garde qu'il ne vous rencontre dans l'escalier.

ALCIDE.

Il ne me connaît pas.

MARTHE.

C'est égal.

ALCIDE.

Je monte à l'étage supérieur.

Il disparaît.

FLAVIGNAC, revenant*.

Là! ma tenue est plus correcte.

MARTHE.

Vous êtes très bien, papa. Retournez vite à votre banc. Savez-vous qu'on vous reproche de ne pas être assez souvent à la Chambre?

FLAVIGNAC.

Qui a dit cela?

MARTHE.

Je l'ai lu dans un journal.

FLAVIGNAC.

C'est absurde. Je ne suis pas dans la Chambre où on fait les lois, mais je suis dans les couloirs où se font les ministres; et ce qu'il nous faut, ce ne sont pas de bonnes lois, on en a de reste, ce sont de bons ministres. Faites-nous de bons ministres et toutes les lois seront bonnes. Je vais m'entendre avec mon groupe.

Il sort par le fond.

* Marthe, Flavignac.

SCÈNE III

MARTHE, puis ALCIDE.

MARTHE.

Heureusement qu'il n'a jamais vu Alcide, mais s'il trouvait un jeune homme avec moi !...

ALCIDE, revenant par le fond*.

Je l'ai vu sortir. (A Marthe.) Je suis fixé.

MARTHE.

Déjà?

ALCIDE.

Je connais le groupe Fléchinelle depuis A jusqu'à Z.

MARTHE.

Ah!

ALCIDE.

Et je partage absolument ses idées. Nous demandons respectueusement une impulsion plus vive...

MARTHE.

Ce n'est plus cela.

ALCIDE.

Comment, ce n'est plus cela?

MARTHE.

Nous ne sommes plus du groupe Fléchinelle.

* Alcide, Marthe.

ALCIDE.

Ah bah!

MARTHE.

Nous le trouvons trop accentué.

ALCIDE.

Sapristi!

MARTHE.

Vous dites?

ALCIDE.

Je dis : vous êtes sévère.

MARTHE.

Nous appartenons au groupe Lalubize.

ALCIDE.

Un autre? Quelle est la couleur de celui-ci?

MARTHE.

Il vote selon sa conscience.

ALCIDE.

Très bien, cela!

MARTHE.

Sa conscience du moment.

ALCIDE.

Ah! ah!

MARTHE.

Quand vous saurez ce que pense le groupe Lalubize, vous connaîtrez les convictions de papa.

ALCIDE.

Je n'y arriverai pas tout de suite.

MARTHE.

Cela vous regarde.

ALCIDE.

Mais j'y arriverai... Je vais relire ma collection.

Il reprend ses journaux, qu'il avait déposés sur la table.

MARTHE.

A la bonne heure !

ALCIDE.

Permettez-moi seulement de la relire près de vous.

MARTHE.

Non, monsieur, non.

ALCIDE.

On ne trouve pas à s'asseoir dans le cabinet de lecture ; il paraît que les nouvelles sont intéressantes.

MARTHE.

Je crois bien ! Alors asseyez-vous dans le cabinet de travail de papa, il n'y entre jamais.

ALCIDE.

Merci, oh ! merci !

MARTHE.

Allez vite.

ALCIDE.

Mademoiselle Marthe ?

MARTHE.

Monsieur Alcide ?

ALCIDE.

Avez-vous remarqué que jusqu'à présent nous n'avons fait que parler politique ?

MARTHE.

De quoi voudriez-vous donc causer ?

ALCIDE.

Oh ! mademoiselle !

MARTHE.

Monsieur Alcide, vous ne serez jamais un homme
sérieux.

ALCIDE.

Ne croyez pas cela, mademoiselle ; c'est moi qui suis
sérieux, et ce sont les autres...

MARTHE.

Voulez-vous faire allusion à papa ?

ALCIDE.

Oh ! mademoiselle ! Oh ! moi qui vais dans un instant
partager ses convictions ! Je ne vous demande qu'un quart
d'heure.

Il entre dans le cabinet, pan coupé de gauche. en emportant tous ses journaux.

MARTHE, se remettant à ses invitations.

Il fait ce qu'il peut. (Elle se retourne et voit Flavignac qui revient
plus effaré encore que la première fois.) Ah !

SCÈNE IV

MARTHE, FLAVIGNAC, puis ALCIDE.

FLAVIGNAC *.

Ne continue pas les invitations.

* Marthe, Flavignac.

III.   23.

MARTHE, se levant.

Ah !

FLAVIGNAC, tombant sur un fauteuil.

Et donne-moi un verre d'eau sucrée.

MARTHE, allant préparer l'eau sucrée *.

Oh! mon Dieu, papa, vous avez les traits bouleversés.

FLAVIGNAC.

C'est bien possible.

MARTHE.

Vous tomberez malade.

FLAVIGNAC.

Je le suis. (Se levant.) Ceux qui s'imaginent que les fonctions de député sont une sinécure se trompent.

MARTHE.

Que se passe-t-il?

FLAVIGNAC, rendant le verre.

La crise a éclaté.

MARTHE.

On forme un nouveau ministère?

FLAVIGNAC.

Oui.

MARTHE.

De quel côté?

FLAVIGNAC.

De tous les côtés.

MARTHE.

On ne prend personne dans le groupe Lalubize?

* Flavignac, Marthe.

FLAVIGNAC.

Si, si, on y prend un ministre.

MARTHE.

Alors, vous êtes content?

FLAVIGNAC.

Moi? pourquoi serais-je content?

MARTHE.

Puisque c'est votre groupe!

FLAVIGNAC.

Je me moque bien qu'on prenne un ministre dans mon groupe, si ce n'est pas m... si ce n'est pas celui que j'aurais désigné! D'ailleurs, je n'appartiens plus au groupe Lalubize.

MARTHE.

Ah!

FLAVIGNAC.

Je forme le groupe Flavignac.

MARTHE.

Vous fondez une réunion.

FLAVIGNAC.

Où je serai seul.

MARTHE.

Seul?

FLAVIGNAC.

Quand on voudra y choisir un ministre, on sera bien forcé de me... consulter. Ah! si on m'avait consulté! Je leur dis toujours, moi : Ne vous préoccupez pas de la nuance. (Se frappant la poitrine.) Prenez un homme distingué, prenez un homme supérieur. Et on prend Fléchinelle! Je ne veux rien dire des nouveaux candidats, dont je m'honore d'être l'ami, mais ce sont des imbéciles.

MARTHE.

Quel dommage!

FLAVIGNAC.

Et je les attends à l'œuvre.

MARTHE.

Vous voterez contre eux?

FLAVIGNAC.

Je les aime trop pour ne pas les éclairer par mes votes, et je vais leur déclarer loyalement qu'ils ne peuvent pas compter sur la réunion Flavignac; ça, les fera réfléchir.

MARTHE.

Tout n'est donc pas fini?

FLAVIGNAC.

Non, tout n'est pas fini : non, grâce au ciel, tout n'est pas fini. Les choses ne marchent pas si vite. Jette cette liste au feu.

MARTHE *.

Bien, papa. Qui inviterons-nous maintenant?

FLAVIGNAC.

Personne.

MARTHE.

Mais le dîner que vous avez commandé chez Potel?

FLAVIGNAC.

Je le mangerai seul, puisque je suis seul... seul et indépendant. Je le leur prouverai. Je vais remettre ma jaquette!

Il entre dans sa chambre.

* Marthe, Flavignac.

MARTHE, courant ouvrir la porte du cabinet *.

Ne remuez pas, ne toussez pas, ne faites pas de bruit avec vos journaux!

ALCIDE, passant la tête.

Où est monsieur votre père?

MARTHE.

Il remet sa jaquette. Le ministère est renversé : papa est de bonne humeur; je vais essayer de lui parler de vous.

ALCIDE.

Oh! je vous en prie.

MARTHE.

Attendez sans bouger. (Alcide éternue.) Vous éternuez!

ALCIDE.

C'est que ce cabinet est plein de poussière.

Il éternue de nouveau.

MARTHE.

Encore! mais prenez garde, prenez donc garde.

Elle referme vivement la porte au moment où Flavignac paraît de l'autre côté.

FLAVIGNAC **.

Maintenant, je suis à mon aise.

MARTHE, le tenant éloigné du cabinet de travail.

Ce qu'il vous faudrait à vous, c'est un ami dévoué, qui vous ferait connaître; vous êtes trop modeste.

FLAVIGNAC.

Oui, certainement, il me faudrait un ami... comme tu dis.

* Alcide, Marthe.
** Marthe, Flavignac.

MARTHE.

Ou un ennemi converti, ce serait encore mieux.

FLAVIGNAC.

Elle a le sens politique, cette petite.

MARTHE.

Un concurrent, par exemple; votre concurrent aux dernières élections.

FLAVIGNAC.

Chamboret!

MARTHE.

Ou un de ses parents.

FLAVIGNAC.

Des misérables!   •

MARTHE.

Oh! papa!

FLAVIGNAC.

Ils ont envoyé une protestation contre mon élection.

MARTHE.

Est-ce possible?

FLAVIGNAC.

Sans valeur, du reste. Je serai validé un de ces jours :
on sait que j'ai été porté par le vœu spontané des populations. Mais tous ces Chamboret sont des paltoquets, dont
je me vengerai un jour ou l'autre; ne me parle jamais de
ces coquins. Mais ça me rappelle que je n'ai pas expédié ma
lettre à mes électeurs.

Il se dirige vers son cabinet.

MARTHE, effrayée.

Où allez-vous?

FLAVIGNAC.

Je vais chercher ma lettre dans mon cabinet.

MARTHE.

Vous n'avez pas le temps. Votre place est à la Chambre, au moment d'une crise!

FLAVIGNAC.

Oui, mais je tiens beaucoup à expédier aujourd'hui même ma lettre à mes électeurs, parce qu'on ne sait pas ce qui peut arriver demain.

MARTHE.

Elle ne vaut plus rien.

FLAVIGNAC, étonné.

Qui a dit cela?

MARTHE.

Vous écrivez que vous êtes inébranlable dans vos convictions.

FLAVIGNAC.

Eh bien?

MARTHE.

Eh bien, vous avez changé trois fois de groupe.

FLAVIGNAC.

J'écris que je ne change pas, parce que je change; sans cela je n'aurais pas besoin d'écrire.

Il se dirige vers son cabinet.

MARTHE *.

Je vous préviens, papa, que, si vous entrez, vous serez retenu.

FLAVIGNAC

Par quoi?

* Flavignac, Marthe.

MARTHE.

Par... par le père Grenoux.

FLAVIGNAC, baissant la voix.

Il est ici?

MARTHE.

Oui.

FLAVIGNAC.

Je le croyais au tribunal.

MARTHE.

Moi aussi.

FLAVIGNAC.

Et il s'est installé dans mon cabinet?

MARTHE.

Vous savez bien qu'il se croit chez lui.

FLAVIGNAC.

Mais c'est insupportable, à la fin!

MARTHE, effrayée.

Il va vous raconter son procès.

FLAVIGNAC, baissant toujours la voix.

Oh! je n'entre pas, je n'entrerai à aucun prix; ne lui dis pas que je suis venu.

MARTHE.

Soyez tranquille.

Flavignac se dirige à pas de loup vers la porte du fond, qui s'ouvre, et i se trouve en face du père Grenoux.

. SCÈNE V

MARTHE, FLAVIGNAC, GRENOUX.

FLAVIGNAC.

Ah!

MARTHE.

Le père Grenoux!

GRENOUX, avec joie.

Mon député!

Il va déposer son chapeau sur la cheminée, qu'il a époussetée avec soin.

FLAVIGNAC, à Marthe *.

Que me disais-tu qu'il était dans mon cabinet?

MARTHE, très embarrassée.

J'avais cru l'entendre.

FLAVIGNAC.

Il y a donc quelqu'un?

MARTHE.

Oh! non. (vivement.) Vous n'avez pas salué le père Grenoux.
il se formalisera.

FLAVIGNAC.

C'est juste.

Il va vers le père Grenoux.

GRENOUX.

Oh! notre député, que je suis content de vous voir!

* Grenoux, Flavignac, Marthe.

FLAVIGNAC.

Et moi donc, père Grenoux, et moi!

GRENOUX.

Il m'est arrivé un accident.

FLAVIGNAC.

Où donc?

GRENOUX.

Au tribunal.

FLAVIGNAC.

Quel accident?

GRENOUX.

J'ai appelé l'avoué du gouvernement : cafard.

FLAVIGNAC.

Encore?

GRENOUX.

C'est la première fois, notre député.

FLAVIGNAC.

L'autre jour, vous avez appelé l'avocat : crétin.

GRENOUX.

Je ne peux pas souffrir l'injustice, moi.

FLAVIGNAC.

Vous êtes vif, père Grenoux.

GRENOUX.

On est vif quand on est dans son droit et je suis dans mon droit. Et puis vous êtes là, mon député, vous êtes là.

FLAVIGNAC.

Certainement, je suis là.

GRENOUX.

Vous ne laisseriez pas un électeur dans l'embarras.

FLAVIGNAC.

Mais s'il y a récidive?

GRENOUX.

Mon député, je vais vous conter la chose.

FLAVIGNAC.

Plus tard, mon bon Grenoux; on m'attend à la Chambre,
et il faut que j'entre dans mon cabinet.

GRENOUX.

Ce ne sera pas long.

MARTHE, bas, à Flavignac.

Ne le contrariez pas.

GRENOUX, prenant Flavignac par le bouton de sa jaquette
et ne le lâchant plus.

Or donc, il y a un Grenoux qui est mort à Versailles...

FLAVIGNAC.

Sans héritiers, je sais cela.

GRENOUX.

Mais non, pas sans héritiers, puisque j'ai hérité.

FLAVIGNAC.

Précisément! vous vous êtes emparé de l'héritage.

GRENOUX.

Emparé! C'est pour ce mot-là que j'ai appelé l'avoué du
gouvernement : cafard.

FLAVIGNAC.

Calmez-vous, père Grenoux. L'État prétend que la succession lui revient, comme n'appartenant à personne.

GRENOUX.

Et je soutiens, moi, qu'elle m'appartient.

FLAVIGNAC.

Voilà le procès.

GRENOUX.

Mon avocat m'a juré que je le gagnerais, si je trouvais seulement quelqu'un qui pourrait affirmer au tribunal... que le Grenoux qui est défunt était bien mon parent.

FLAVIGNAC.

Un faux témoin?

GRENOUX, continuant.

Je lui ai répondu que j'avais notre député.

FLAVIGNAC.

Je ne puis pas affirmer que vous êtes parent ; je n'en sais rien.

GRENOUX.

Oh! mon député, vous qui savez tout!

FLAVIGNAC.

N'exagérons pas.

GRENOUX.

On vous a nommé à cause de ça. On imprimait : nommons Flavignac, il connaît nos besoins, il connaît... il connaît... tout, quoi ! — Et vous ne sauriez pas que j'étais parent du Grenoux qui est défunt, quand je vous le dis?

FLAVIGNAC.

Votre nom s'écrit avec un x, et l'autre n'avait pas d'x.

GRENOUX.

Vous dites comme l'avocat du gouvernement. Je lui ai crié : Ne faites donc pas tant d'embarras pour une misérable lettre, qui est même dans les dernières de l'alphabet ! Et le président m'a interdit la parole. Ils s'entendent tous pour me reprendre un pauvre héritage que j'avais recueilli pour ma fille ; mais vous êtes là, mon député, vous êtes là.

FLAVIGNAC.

Comptez sur moi dans toutes les limites que me trace ma conscience.

GRENOUX.

Vous êtes un bon député, vous. Vous vous occupez de vos électeurs.

FLAVIGNAC.

Si je m'en occupe ! Je vais vous montrer la lettre que je leur écris.

MARTHE, vivement.

Je vais aller la chercher.

FLAVIGNAC, la retenant.

Tu ne sais pas où elle est. (A Grenoux.) C'est vous qui la lirez le premier.

Il entre dans le cabinet, à gauche.

MARTHE, effrayée.

Oh ! mon Dieu !

GRENOUX.

Merci, notre député.

MARTHE.

Il va voir Alcide !

GRENOUX, criant*.

Pas d'x, pas d'x ! Pourquoi ce Grenou, qui n'avait pas d'x, avait-il des champs dans ma commune ? Voilà ce qu'il faut dire !

Il met des morceaux de sucre dans sa poche.

FLAVIGNAC, revenant**.

Qui diable a mis tant de journaux dans mon cabinet?

MARTHE, tremblante.

C'est moi, papa.

FLAVIGNAC.

Il y en a partout. Et quel est ce nouveau meuble que tu as acheté?

MARTHE.

Ce nouveau meuble?

FLAVIGNAC.

Une espèce de pouf en dos d'âne.

MARTHE, à part.

C'est Alcide !

FLAVIGNAC.

Recouvert d'un tapis!

MARTHE, à part.

C'est lui! (Haut.) Oui, papa, oui, c'est un nouveau modèle, un échantillon. (Bas.) Débarrassez-vous vite du père Grenoux, pour aller à la Chambre.

FLAVIGNAC, bas.

C'est qu'il me prend par le bouton de ma jaquette; c'est

* Marthe, Grenoux.
** Marthe, Flavignac, Grenoux.

très incommode. (Haut.) Tenez, père Grenoux, voici votre
exemplaire : « Inébranlable dans mes convictions... »

GRENOUX, prenant l'exemplaire sans le lire.

Oh! ça! oh! ça! oui; quand vous avez dit quelque chose,
c'est dit. Et si vous disiez aux juges que je suis le parent du
défunt...

FLAVIGNAC.

J'étudierai l'affaire ; mais pardonnez-moi si je vous quitte.
Je suis appelé à la Chambre par des questions de la plus
haute importance pour le pays.

MARTHE.

Mais, papa...

FLAVIGNAC.

Je tiens à lui dire ça, — de la plus haute importance
pour le pays. Vous ne voulez pas que je trahisse mon
mandat.

GRENOUX.

Ne le trahissez pas, mon député. Recommandez au gouvernement de ne pas taquiner un pauvre électeur, maire
de sa commune.

FLAVIGNAC.

Comptez sur moi. Mais, en ce moment, les plus graves
intérêts sont en jeu, et vous comprenez que je dois être à
mon poste, — je tiens à lui dire ça, — vous qui êtes patriote!

GRENOUX.

Oui, je suis patriote. Voilà pourquoi je ne veux pas que
le gouvernement se rapetisse en me disputant trois pauvres
champs, dont un de luzerne.

FLAVIGNAC.

N'oubliez pas que vous nous avez donné pour mission...

MARTHE.

Mais...

FLAVIGNAC.

Je tiens encore à lui dire ça, — que vous nous avez donné pour mission d'augmenter les ressources, en équilibrant le budget.

GRENOUX.

Augmentez l'impôt sur les allumettes; moi, je me sers d'amadou. Mais il ne faut pas dépouiller un pauvre père de famille qui a toujours bien voté.

FLAVIGNAC.

Voyons, père Grenoux, vous êtes riche?

GRENOUX.

Ce n'est pas une affaire d'argent.

FLAVIGNAC.

Comment?

GRENOUX.

C'est une affaire de sentiment.

FLAVIGNAC.

Vous ne connaissiez pas le défunt!

GRENOUX.

Je ne parle pas du défunt, mais des champs. (Avec émotion.) Ces pauvres champs.

Il prend son mouchoir de poche.

FLAVIGNAC, bas, à Marthe.

Console-le. Je m'esquive.

Il s'échappe par le fond.

GRENOUX, continuant.

Ces pauvres champs où j'ai planté moi-même des petites

betteraves...toutes roses, avec des petits navets tout jaunes!...
Ça pousse si gentiment! (Avec des larmes.) Ça vous a déjà de si
jolies petites feuilles, toutes vertes! Et on voudrait m'en
séparer! (Avec énergie.) Mais vous êtes là, mon député; vous
êtes... Il n'y est plus, notre député?

Il se précipite à la poursuite de Flavignac.

SCENE VI

MARTHE, puis ALCIDE.

MARTHE, seule.

Comment n'a-t-il pas découvert Alcide?

Elle va ouvrir la porte du cabinet de travail. Alcide paraît.

ALCIDE.

Ils sont partis?

MARTHE.

Oui.

ALCIDE, entrant*.

Oh! que j'ai eu peur!

MARTHE.

Pas plus que moi. Je tremblais comme la feuille. Et je
mentais! je mentais! Voilà à quoi l'on est exposée quand on
est la fille d'un homme politique.

ALCIDE.

Moi, je n'ai eu que le temps de jeter un tapis sur mon
dos et de me mettre à genoux, en me dissimulant sous
mes journaux. — Mais je connais à fond le groupe Lalubize:

* Alcide, Marthe.

« Nous demandons avec instance qu'il soit donné une plus vive impulsion... »

MARTHE.

Ce n'est plus cela.

ALCIDE.

Comment ?

MARTHE.

Nous n'appartenons plus au groupe Lalubize.

ALCIDE, interdit.

Ah bah !

MARTHE.

Papa a formé un groupe à lui tout seul.

ALCIDE.

Alors, pour connaître sa nouvelle nuance ?...

MARTHE.

Il faudrait la lui demander.

ALCIDE.

Je ne peux pas, moi.

MARTHE.

Oh ! non.

ALCIDE.

Mais vous, mademoiselle ?

MARTHE.

Ce serait inutile, maintenant.

ALCIDE.

Pourquoi ?

MARTHE.

Parce que votre père a envoyé à la Chambre une protestation contre l'élection de papa.

ALCIDE.

Ce n'est pas lui, mademoiselle ; je vous jure que ce nest pas lui.

MARTHE.

Lui ou ses partisans, l'effet est le même. — Monsieur Alcide, nous ne devons plus nous revoir.

ALCIDE.

Oh ! mademoiselle Marthe !

MARTHE.

Nous sommes martyrs de nos convictions.

ALCIDE.

C'est bien dur, quand on n'en a pas.

MARTHE.

Et je n'ai plus qu'une prière à vous adresser.

ALCIDE.

Parlez, mademoiselle.

MARTHE.

Ne dites jamais que j'ai consenti à vous recevoir.

ALCIDE.

Je vous le jure.

SCÈNE VII

MARTHE, ALCIDE, GRENOUX.

GRENOUX, paraissant au fond *.

Monsieur Alcide!

MARTHE.

Il vous connaît?

ALCIDE.

Oui.

MARTHE.

Nous sommes perdus.

GRENOUX **.

Monsieur Alcide Chamboret! chez notre député!

ALCIDE.

Oui, père Grenoux, oui; vous allez bien?

MARTHE.

M. Alcide vient d'entrer.

GRENOUX.

Il est donc entré par la fenêtre?

ALCIDE.

Comment, par la fenêtre?

MARTHE.

Mais non, père Grenoux.

* Alcide, Marthe, Grenoux.
** Alcide, Grenoux, Marthe.

GRENOUX.

J'étais sur le palier à causer avec mon député.

MARTHE, interdite.

Ah !

ALCIDE, décontenancé.

Ah !

GRENOUX.

Que je suis donc fâché d'être revenu !

MARTHE.

Pourquoi ?

ALCIDE.

Pourquoi ?

GRENOUX.

Parce que j'ai vu monsieur Alcide.

MARTHE.

Eh bien ?

GRENOUX.

Eh bien, notre député aura peur que je raconte dans le pays que j'ai trouvé chez lui le fils de M. Chamboret.

ALCIDE, vivement.

D'abord, moi, père Grenoux, je n'ai pas d'opinion.

GRENOUX.

Oh ! il ne faut pas dire ça, monsieur Alcide ; votre papa mettait dans ses affiches : « Ces principes sont dans mon » sang : ils m'ont été transmis par mon père, comme je » les ai transmis à mon fils. »

ALCIDE.

Papa se vante ; il se vante, papa.

GRENOUX *.

Fallait le dire. Mais c'est tout de même dur de penser que de pauvres électeurs se cassent des bras et des jambes pour leur candidat, pendant que les candidats se donnent des poignées de main en cachette.

MARTHE, avec un sérieux comique.

Eh bien! non, père Grenoux, je ne veux pas qu'on accuse papa de manquer de sincérité dans ses convictions. Il ne sait pas que M. Chamboret est ici.

GRENOUX.

Ah! le papa ne le sait point?

MARTHE.

C'est moi seule que M. Alcide venait voir.

ALCIDE, bas, à Marthe.

Vous allez vous compromettre.

MARTHE, de même.

L'important, c'est que papa ne soit pas compromis comme député.

ALCIDE.

Mais vous, mademoiselle?

MARTHE.

Moi, je ne suis qu'une femme. (Haut, à Grenoux.) C'est moi qui ai fait cacher M. Alcide.

ALCIDE.

Parce que j'ai eu peur.

* Alcide, Marthe, Grenoux.

MARTHE.

Parce que je savais que mon père aurait jeté par la fenêtre le fils de son adversaire; vous voyez, père Grenoux, que vous vous trompiez tout à fait.

GRENOUX.

Oui, mam'selle. Alors comme ça, notre député ne connaît pas M. Alcide?

MARTHE.

Il ne l'a jamais vu, et je vous prie de me garder le secret.

GRENOUX.

Oh! mam'selle, du moment qu'il y a du mystère...

MARTHE.

Il n'y en a plus pour vous.

GRENOUX.

Oh! non, je comprends.

MARTHE.

A la bonne heure.

GRENOUX.

Je comprends que la jeunesse, c'est la jeunesse.

MARTHE.

Mais vous êtes notre ami, père Grenoux?

GRENOUX.

Oh! oui, mam'selle.

ALCIDE.

Et le mien aussi, père Grenoux.

GRENOUX*.

Oh! oui, monsieur Alcide.

MARTHE.

Il a un procès, ce pauvre père Grenoux!

ALCIDE.

Bah!

GRENOUX, à Alcide.

Je plaide avec le Gouvernement.

MARTHE.

On lui dispute trois pauvres petits champs.

GRENOUX.

Dont un de luzerne.

ALCIDE.

Oh!

MARTHE.

Qu'il a plantés lui-même, ce pauvre père Grenoux!

GRENOUX.

Oui, monsieur Alcide, moi-même, de mes propres mains;
ça prouve bien qu'ils m'appartiennent.

ALCIDE.

Certainement, ça le prouve.

MARTHE.

Il y a mis de petites betteraves toutes roses et de jolis
petits navets tout jaunes qui ont déjà de petites feuilles...

GRENOUX.

Et on voudrait me reprendre ça, monsieur Alcide.

MARTHE.

C'est une abomination.

* Alcide, Grenoux, Marthe.

ALCIDE.

Une vraie abomination.

GRENOUX.

Mais je gagnerais, si notre député voulait seulement venir au tribunal.

MARTHE.

Il ira, père Grenoux.

GRENOUX.

Vous l'y déciderez, mam'selle Marthe?

MARTHE.

Je vous le promets.

GRENOUX.

Alors, si on le faisait demander?...

MARTHE.

Vous pourriez compter sur lui. Il vous l'a dit et papa n'a qu'une parole.

GRENOUX.

Et puis, mam'selle Marthe, vous êtes si bonne et si adroite!

MARTHE.

Vous prendriez bien un biscuit, père Grenoux?

GRENOUX.

Oui, mams'elle, ça me remettra.

On l'installe à la table de gauche.

MARTHE*.

Monsieur Alcide, versez un verre de chartreuse au père Grenoux.

* Marthe, Grenoux, Alcide.

GRENOUX, assis.

J'aimerais mieux du rhum.

MARTHE, à Alcide.

Du rhum !

ALCIDE.

Bien, mademoiselle.

GRENOUX, à part, les regardant en dessous.

Ils sont bien aimables, pour des gens qui n'ont rien à se reprocher.

Marthe et Alcide préparent le rhum et les biscuits de l'autre côté de la scène.

MARTHE, bas*.

Dans quelle situation nous sommes-nous mis !

ALCIDE.

Dites-moi ce qu'il faut faire.

MARTHE.

Je ne sais pas.

ALCIDE.

Moi non plus.

Ils reviennent à Grenoux.

MARTHE, apportant du rhum.

Voici, père Grenoux.

ALCIDE, apportant des biscuits.

Voilà, père Grenoux.

GRENOUX, assis*, après avoir bu.

J'aurais préféré du cassis.

Il mange.

MARTHE.

Je n'en ai pas, mais j'ai du curaçao.

Alcide court à la console.

* Grenoux, Marthe, Alcide.

GRENOUX.

Avec de l'anisette, alors?

MARTHE.

De l'anisette? je vais en chercher.

Elle sort vivement par la droite.

GRENOUX, à part, en mangeant.

C'est égal, si j'écrivais dans le département que le fils de M. Chamboret boit du rhum chez notre député, ils ne seraient plus nommés ni l'un ni l'autre, les deux papas. — Et si je me portais maintenant pour représenter l'agriculture, j'aurais des chances.

Marthe rentre.

ALCIDE, à Marthe**.

Pardonnez-moi, mademoiselle Marthe. Je suis cause de tout.

MARTHE.

Le mal est fait, maintenant.

ALCIDE.

Si je menaçais ce vieux coquin de lui tirer les oreilles!

MARTHE.

Gardez-vous-en. Le plus sage est de vous retirer pour ne jamais revenir. (Avec effroi). Voici papa!

* Marthe, Grenoux, Alcide.
** Grenoux, Marthe, Alcide.

SCÈNE VIII

LES MÊMES, FLAVIGNAC.

FLAVIGNAC, entrant par le fond, toujours empressé *.

Marthe, nous allons au bal du marquis de Beausemblant. (Apercevant Alcide.) Ah ! pardon !

MARTHE, à part.

Que dire ?

GRENOUX, bas.

Je vais vous aider. (Haut.) Monsieur vient d'entrer, c'est moi qui l'ai reçu.

FLAVIGNAC, à part.

Il boit mes liqueurs maintenant !

GRENOUX.

Il vient voir notre député.

FLAVIGNAC, se rengorgeant et saluant.

Monsieur !

GRENOUX.

Il va comme ça chez les députés, chez tous les députés.

FLAVIGNAC, vivement.

Ah ! très bien. Veuillez vous asseoir, monsieur, on m'avait annoncé votre visite.

ALCIDE, étonné.

Ah !

* Grenoux, Marthe, Flavignac, Alcide.

FLAVIGNAC, à Alcide.

Vous avez déjà vu plusieurs de mes collègues ?

ALCIDE.

Moi ? oui... oui... oui...

FLAVIGNAC, bas, en lui serrant la main.

J'apprécie votre discrétion. (Il va se faire un verre d'eau sucrée.
Je vous demande pardon, je viens de la Chambre.

GRENOUX*, bas, à Alcide.

Répondez-lui quelque chose.

ALCIDE.

Quoi ?

GRENOUX.

N'importe.

ALCIDE.

Pour qui me prend-il ?

GRENOUX **.

Je l'ignore, moi... mais c'est égal, allez toujours. (Allant
à Flavignac.) Vous voyez bien que vous savez tout, notre député.
Vous savez pourquoi monsieur est venu, sans qu'il vous le
dise.

FLAVIGNAC.

J'étais prévenu. (Prenant une lettre et la lisant.) « Monsieur le
député, je prépare une biographie impartiale de tous les
membres de la Chambre ; un de mes rédacteurs aura l'honneur de se présenter chez vous : je vous prie de lui faire
bon accueil... » Comment ne pas lui faire bon accueil ?

* Marthe, Grenoux, Alcide, Flavignac.
** Marthe, Alcide, Grenoux, Flavignac.

III.   25

GRENOUX.

Alors ce jeune homme vient?...

FLAVIGNAC.

Me demander quelques renseignements pour ma biographie.

GRENOUX.

Ah !

FLAVIGNAC.

Je voudrais les lui refuser, mais... j'appartiens à l'histoire.

GRENOUX.

Oui, notre député. (A part.) Maintenant qu'ils se débrouillent ! (En allant reprendre son chapeau.) Ils ont l'air de ne pas se connaitre ; ils se connaissent peut-être : ça a de ces malices-là, les bourgeois.

FLAVIGNAC.

Vous partez, père Grenoux ?

GRENOUX.

Oui, notre député, je vais au tribunal.

FLAVIGNAC, le présentant.

Le père Grenoux, maire de Landernas, un de nos maires les plus distingués, mon meilleur électeur, le plus influent et le plus sûr.

GRENOUX.

Notre député me flatte.

FLAVIGNAC.

Non, père Grenoux, non, je ne vous flatte pas.

GRENOUX.

Je vais au tribunal.

sort par le fond.

SCÈNE IX

FLAVIGNAC, ALCIDE, MARTHE.

FLAVIGNAC, à Alcide *.

Je sais que vos instants sont précieux. Permettez-mo
de dire un mot à ma fille, et je suis tout à vous.

ALCIDE.

Ne vous gênez pas, je vous en prie.

FLAVIGNAC, en aparté avec Marthe.

Ma chère enfant, nous allons ce soir au bal.

MARTHE.

Chez M. de Beausemblant ?

FLAVIGNAC.

Oui.

MARTHE.

Vous disiez que c'était un bal d'opposition.

FLAVIGNAC.

Je suis de l'opposition en ce moment.

MARTHE.

Mais vous avez refusé, il y a huit jours.

FLAVIGNAC.

J'ai écrit que je craignais de ne pouvoir répondre à l'ai-

* Alcide, Flavignac, Marthe.

mable invitation, parce que ma fille était un peu souffrante.
Tu étais souffrante, tu ne l'es plus, nous allons au bal et le
groupe Flavignac se dessine. Va vite t'occuper de ta toilette.

MARTHE.

Mais, papa...

FLAVIGNAC.

Il faut que je reste un instant avec monsieur.

MARTHE.

Alors...

FLAVIGNAC.

Va, va vite.

MARTHE, en sortant.

Mon Dieu ! que vont-ils se dire ?

Elle entre à droite.

SCÈNE X

FLAVIGNAC, ALCIDE.

FLAVIGNAC*.

Je reconnais, monsieur, toute l'importance de la mission
que vous vous êtes imposée.

ALCIDE, à part.

Qu'est-ce que cela peut bien être ?

FLAVIGNAC.

Vous voulez apporter votre pierre à l'histoire politique de
notre époque.

---

* Alcide, Flavignac.

ALCIDE, de même.

, Quelle pierre ?

FLAVIGNAC.

Mon plus vif désir serait de maintenir dans l'ombre mon
humble personnalité, mais je n'ai pas le droit de me sous-
traire à vos investigations. Je vous appartiens.

Il installe Alcide à la table de gauche.

ALCIDE, très étonné.

Je vous remercie, monsieur.

FLAVIGNAC.

J'avais préparé quelques notes.

ALCIDE, de même.

Ah!

FLAVIGNAC.

Pour simplifier votre tâche.

ALCIDE, cherchant toujours à comprendre.

Vous êtes trop bon.

FLAVIGNAC, s'asseyant près de lui.

Tenez-vous à avoir la date de ma naissance ?

ALCIDE.

Non.

FLAVIGNAC.

Quelques collègues mettent : Né vers 1830. J'aime assez
cette formule.

ALCIDE.

Moi aussi.

FLAVIGNAC.

Très bien. Je n'ai rappelé dans mes notes que les faits

importants. Bachelier à seize ans ; prix de discours latin ;
père éminent, mère éminente ; nourri par une chèvre, c'est
caractéristique, je tiens beaucoup à cela. A vingt ans, je
sauvais dix-neuf moutons dans un incendie. A trente, j'arrachais des flots un gendarme qui, en pêchant à la ligne,
s'était laissé entraîner par une carpe, et j'étais sauvé moi-
même par un terre-neuve, devenu légendaire. Mais passons
sur ces traits de courage, trop connus dans le pays, et que
je relate seulement pour rendre hommage à la vérité. Ce
qui intéresse le public de nos jours, c'est le côté anecdo-
tique, et j'ai pensé que vous me prieriez de vous conter quelques incidents de ma vie de jeune homme : voilà pourquoi
j'ai renvoyé ma fille.

ALCIDE.

Ah

FLAVIGNAC.

J'ai beaucoup plu aux femmes. Dans le canton où j'ai ma
principale résidence...

ALCIDE, à part.

Bionval !

FLAVIGNAC, continuant.

Je ne le désignerai pas autrement, — il y avait un juge
de paix.

ALCIDE, à part.

Mon oncle !

FLAVIGNAC.

Nous mettrons : un notable. Je passais toutes les nuits
par la lucarne du grenier pour aller voir sa femme.

ALCIDE, à part.

Ma tante !

FLAVIGNAC.

Et, afin d'étouffer le bruit de mes pas, j'avais imaginé

d'imiter le chat; j'imite très bien le chat. S'il m'arrivait de renverser quelque meuble, un miaou formidable couvrait ce tapage insolite. C'était fort drôle. Je vous donne cela pour amuser vos lectrices.

ALCIDE, à part.

Mes lectrices? Il veut que je raconte que ma tante... oh!

FLAVIGNAC.

Depuis, je suis devenu député; mais le juge de paix est resté mon ami.

ALCIDE, à part.

Pauvre oncle!

FLAVIGNAC.

Et il a voté pour moi, bien qu'il soit le cousin germain de mon adversaire. Je ne vous raconterai pas les nombreuses aventures qui ont émaillé le printemps de ma vie. J'ai beaucoup plu aux femmes... Vous me voyez au nez une cicatrice?... On ne la voit peut-être plus; c'est égal, vous pouvez la noter : elle rappelle un combat terrible que me livra un mari jaloux, sur les toits; nous avions arraché chacun un paratonnerre, et j'eus la narine transpercée. J'étais svelte alors, élégant et beau diseur. Je ne vous oblige pas de dire cela; je ne demande qu'à rester dans l'ombre, mais c'est par ces menus détails qu'on donne à une physionomie toute sa couleur. J'ai beaucoup joué la comédie de salon, je représentais Agamemnon avec quelque succès.

> Oui, c'est Agamemnon, c'est ton roi qui t'éveille;
> Viens, reconnais la voix qui frappe ton oreille.

Je me préparais ainsi aux luttes de la tribune. On dit que je suis très éloquent... dans les commissions. (Avec modestie.) Ce sont des amis sans doute et j'ai trop de modestie pour me prononcer moi-même. J'ai noté : Très éloquent, — c'est pour mémoire, vous apprécierez. Mais, puisque nous rentrons dans ma vie politique, je veux appeler ma fille.

Il remonte.

ALCIDE, stupéfait.

Pourquoi me raconte-t-il tout cela?

FLAVIGNAC, ouvrant la porte à droite.

Marthe, tu peux rentrer, mon enfant.

SCÈNE XI

FLAVIGNAC, ALCIDE, MARTHE.

MARTHE, rentrant *.

Me voici, papa.

FLAVIGNAC, à Marthe, en montrant Alcide.

Ne dérange pas monsieur, il prend des notes pour ma biographie.

ALCIDE, comprenant enfin.

Ah!

Il se lève.

FLAVIGNAC.

Tu sais combien j'aime à rester dans l'ombre, mais j'appartiens à l'histoire.

ALCIDE, reprenant son aplomb.

Oui, monsieur, oui, vous lui appartenez.

FLAVIGNAC.

Monsieur prépare une biographie impartiale et sincère de tous les membres de la Chambre. Il daigne me demander quelques faits saillants de mon existence.

* Alcide, Flavignac, Marthe.

ALCIDE.

Le plus possible. Tout intéresse chez un homme de mérite.

FLAVIGNAC.

Tu l'entends, mais il est bien embarrassant de parler de soi. Ne pourrais-tu pas nous aider de tes souvenirs?

ALCIDE.

Je vous en supplie, mademoiselle.

MARTHE.

Vous parlerez à monsieur des dix-neuf moutons...

FLAVIGNAC.

J'en ai déjà parlé.

MARTHE.

Et du gendarme que vous avez sauvé...

FLAVIGNAC.

Je l'ai déjà raconté.

MARTHE.

Ah !

Elle cherche.

FLAVIGNAC.

Tu ne trouves pas autre chose?

MARTHE.

Je cherche, papa.

FLAVIGNAC, cherchant aussi.

Il doit y avoir autre chose.

ALCIDE.

Ne négligez rien, monsieur, je vous en prie.

III.   25.

FLAVIGNAC.

Je ne veux rien négliger. (Cherchant toujours.) Au collège, j'ai composé une pièce de vers en l'honneur du... de... (A part.) Mais il vaut mieux n'en point parler, ça engage.

ALCIDE, à part.

Cette fois, je saurai son opinion. (Haut.) J'ai d'abord à vous adresser une question extrêmement importante.

FLAVIGNAC.

Parlez, monsieur.

ALCIDE.

Votre biographe doit nécessairement connaître votre nuance en politique.

FLAVIGNAC, avec importance.

V us voulez connaître mon opinion? Je ne la cache pas, moi, monsieur. Je ne suis pas de ceux qui se laissent prendre aux flatteries des pouvoirs. Mon opinion... (Un domestique lui apporte un billet, qu'il ouvre vivement.) « Monsieur Flavignac est prié de rester chez lui : le Président va le faire appeler. » (A Alcide.) Mon opinion, je vous la dirai ce soir.

ALCIDE.

Ah!

MARTHE, à part.

Qu'est-il arrivé?

FLAVIGNAC, à part.

Le Président! Je suis ministre! (Haut.) Excusez-moi, monsieur, si je suis forcé d'interrompre notre entretien...

MARTHE.

Qu'avez-vous donc, papa?

FLAVIGNAC.

Rien, ma fille, rien, un peu d'émotion.

ALCIDE.

Je me retire.

FLAVIGNAC.

Vous pouvez rester. Ce n'est pas un mystère... d'autant que ce billet appartient déjà à l'histoire. On va me faire appeler à la Présidence.

MARTHE.

Vous, papa?

FLAVIGNAC.

Oui, ma fille.

ALCIDE.

Vous, monsieur?

FLAVIGNAC.

Oui, mon cher biographe; vous ne vous doutiez pas, tout à l'heure que vous causiez avec un futur ministre?

ALCIDE.

Comment!

MARTHE, avec joie.

Vous êtes ministre?

FLAVIGNAC.

Pas encore, ma fille, pas encore. On va m'offrir un ministère, mais l'accepterai-je?

MARTHE.

Vous hésiteriez?

FLAVIGNAC.

Ma santé me permettra-t-elle de supporter ce terrible fardeau?

MARTHE.

Vous avez une santé excellente.

FLAVIGNAC.

Ne crois pas cela. Je sais bien qu'on fera appel à mon dévouement, il sera difficile de résister.

MARTHE.

Impossible.

FLAVIGNAC.

Cependant le dévouement a des bornes. Et puis, j'ai les goûts simples : j'aime à rester dans l'ombre, à vivre aux champs. Les grandeurs ne me touchent pas.

MARTHE.

Mais songez donc...

FLAVIGNAC.

Je songe à mon repos. On me dira que je suis un égoïste. Je répondrai... je sais bien que je serai embarrassé pour répondre... car enfin chacun de nous doit se sacrifier pour l'intérêt général.

MARTHE.

Oh! oui, papa, oui, sacrifiez-vous.

FLAVIGNAC.

Tu le veux?

MARTHE.

Oui, je le veux.

FLAVIGNAC.

Je vais reprendre ma redingote.

MARTHE.

J'irai vous la chercher.

Elle entre vivement dans la chambre de Flavignac.

FLAVIGNAC, à Alcide.

Si j'accepte, monsieur, ce sera pour ma fille, afin de la marier plus brillamment. Un beau-père ministre, cela flatte un gendre. Il y a tant de gens vaniteux à notre époque!

MARTHE, revenant joyeusement *.

Oh! papa, quand vous serez ministre...

FLAVIGNAC.

Ma fille, je ferai de grandes choses.

MARTHE.

Oh! oui, papa, vous serez généreux.

FLAVIGNAC.

Magnanime.

MARTHE.

Vous pardonnerez à vos adversaires.

FLAVIGNAC.

A tous.

MARTHE.

A vos ennemis politiques.

FLAVIGNAC.

Je leur tendrai la main.

MARTHE.

Monsieur Alcide, jetez-vous au cou de papa.

ALCIDE.

Oh! monsieur!

* Alcide, Flavignac, Marthe.

FLAVIGNAC.

Qui, Alcide? Quel Alcide?

MARTHE.

C'est le fils de M. Chamboret.

FLAVIGNAC.

Qui fait ma biographie?

ALCIDE.

Oui. monsieur, oui; mais je n'ai pas d'opinion, ou plutôt j'ai les vôtres.

FLAVIGNAC.

Mais c'est une surprise ! C'est un guet-apens !

ALCIDE.

Vous avez promis d'être magnanime.

FLAVIGNAC.

Je le serai : Louis XII ne vengera pas les querelles du duc
d'Orléans. Mais si j'avais su que c'était vous, monsieur, qui
étiez chargé d'écrire ma biographie, je... (A part.) je ne lui
aurais pas parlé de sa tante.

MARTHE.

Vous aviez agréé M. Alcide avant les élections.

FLAVIGNAC.

Mais tout a bien changé depuis, tout va changer encore.

MARTHE.

Oh! papa !

ALCIDE.

Oh ! monsieur !

On sonne.

FLAVIGNAC.

On vient me chercher.

Marthe va vite ouvrir la porte du fond.

MARTHE.

C'est le père Grenoux.

SCÈNE XII

LES MÊMES, GRENOUX.

GRENOUX*.

Eh bien! notre député, vous êtes prêt?

FLAVIGNAC.

Oui, père Grenoux, oui, je suis prêt.

GRENOUX.

Le Président vous attend.

FLAVIGNAC.

Je le sais.

GRENOUX.

Vous lui direz que je suis parent du défunt.

FLAVIGNAC.

A qui?

GRENOUX.

Au président.

FLAVIGNAC.

Quel président?

* Alcide, Grenoux, Flavignac, Marthe.

GRENOUX.

Mon avocat vous a écrit que le président allait vous faire appeler.

FLAVIGNAC.

C'était le président du tribunal?

GRENOUX.

Dame! oui.

Entre un domestique.

FLAVIGNAC.

C'était le président du tribunal! Ah!... (Le domestique lui remet une lettre.) Une autre lettre! Celle-ci peut-être me rapporte l'espérance. (La donnant à Marthe.) Lis, ma fille, je suis trop ému.

MARTHE, ouvrant la lettre.

C'est d'un collègue. (Elle lit.) « Mais que faites-vous donc, cher ami? On a profité de votre absence pour vous invalider. »

FLAVIGNAC, reprenant la lettre.

Invalidé! Je suis invalidé. Oh! c'est autre chose, cela; vous l'entendez, monsieur Chamboret?

ALCIDE*.

Papa n'a point protesté, il renonce à sa candidature.

GRENOUX, à part.

J'étais bien sûr qu'ils se connaissaient.

FLAVIGNAC **.

Père Grenoux, vous êtes électeur, et ce sont vos droits qu'on méconnaît.

---

* Grenoux, Alcide, Flavignac, Marthe.
** Grenoux, Flavignac, Alcide, Marthe.

GRENOUX.

Oh ! pas les miens, notre député. Je n'ai pas voté pour vous.

FLAVIGNAC.

Hein ! et vous venez vous installer chez moi !

GRENOUX.

Mais je m'en vais maintenant, et puisque la place est vacante, je vais me porter.

FLAVIGNAC, furieux.

Vous !

GRENOUX, à part.

Je ferai mieux mes affaires moi-même.

Il remonte.

FLAVIGNAC, saisissant Alcide par le bras *.

Monsieur Chamboret, unissons-nous contre ce coquin.

ALCIDE.

Moi ?

FLAVIGNAC.

Votez pour moi, et je vous donne ma fille.

ALCIDE.

Oui, oui, unissons-nous.

MARTHE**.

Mais vous suivrez les opinions politiques de papa.

* Grenoux, Alcide, Flavignac, Marthe.
** Grenoux, Flavignac, Alcide, Marthe.

ALCIDE.

A la piste.

FLAVIGNAC.

Je peux me représenter fièrement devant mes électeurs. J'ai porté mes convictions à gauche, à droite, au centre ; elles sont restées inébranlables !

FIN DES CONVICTIONS DE PAPA

ET DU TOME TROISIÈME

TABLE

—

—

PARIS. — IMPRIMERIE CHAIX. — 18196-8-92. — (Encre Lorilleux).

www.ingramcontent.com/pod-product-compliance
Lightning Source LLC
Chambersburg PA
CBHW070755030726
47504CB00003B/568